LES VISAGES DE LA VENGEANCE

LES CARNETS DE FRANCIS –2

DU MÊME AUTEUR

Matshi l'esprit du lac. Roman jeunesse.
   Montréal : Médiaspaul, Jeunesse-pop 162, 2008.

« Les Carnets de Francis »
   1. *Un automne écarlate*. Roman.
      Lévis : Alire, Romans 122, 2009.

Les Visages
de la Vengeance

François Lévesque

Illustration de couverture : BERNARD DUCHESNE
Photographie : YAN DOUBLET – LE SOLEIL

Distributeurs exclusifs :

<u>Canada et États-Unis :</u>
Messageries ADP
2315, rue de la Province
Longueuil (Québec) Canada
J4G 1G4
Téléphone : 450-640-1237
Télécopieur : 450-674-6237

<u>France et autres pays :</u>
Interforum editis
Immeuble Paryseine
3, Allée de la Seine, 94854 Ivry Cedex
Tél. : 33 (0) 4 49 59 11 56/91
Télécopieur : 33 (0) 1 49 59 11 33
Service commande France Métropolitaine
Tél. : 33 (0) 2 38 32 71 00
Télécopieur : 33 (0) 2 38 32 71 28
Service commandes Export-DOM-TOM
Télécopieur : 33 (0) 2 38 32 78 86
Internet : www.interforum.fr
Courriel : cdes-export@interforum.fr

<u>Suisse :</u>
Interforum editis Suisse
Case postale 69 – CH 1701 Fribourg – Suisse
Téléphone : 41 (0) 26 460 80 60
Télécopieur : 41 (0) 26 460 80 68
Internet : www.interforumsuisse.ch
Courriel : office@interforumsuisse.ch
Distributeur : OLS S.A.
Zl. 3, Corminboeuf
Case postale 1061 – CH 1701 Fribourg – Suisse
Commandes :
Tél. : 41 (0) 26 467 53 33
Télécopieur : 41 (0) 26 467 55 66
Internet : www.olf.ch
Courriel : information@olf.ch

<u>Belgique et Luxembourg :</u>
Interforum editis Benelux S.A.
Boulevard de l'Europe 117, B-1301 Wavre – Belgique
Tél. : 32 (0) 10 42 03 20
Télécopieur : 32 (0) 10 41 20 24
Internet : www.interforum.be
Courriel : info@interforum.be

Pour toute information supplémentaire
LES ÉDITIONS ALIRE INC.
C. P. 67, Succ. B, Québec (Qc) Canada G1K 7A1
Tél. : 418-835-4441   Fax : 418-838-4443
Courriel : info@alire.com
Internet : www.alire.com

Les Éditions Alire inc. bénéficient des programmes d'aide à l'édition de la Société de développement des entreprises culturelles du Québec (SODEC), du Conseil des Arts du Canada (CAC) et reconnaissent l'aide financière du gouvernement du Canada par l'entremise du Programme d'aide au développement de l'industrie de l'édition (PADIÉ) pour leurs activités d'édition.

Gouvernement du Québec – Programme de crédit d'impôt pour l'édition de livres – Gestion Sodec.

Dépôt légal : 1er trimestre 2010
Bibliothèque nationale du Québec
Bibliothèque nationale du Canada

Je dédie ce roman aux mères,
fussent-elles adoptives,
spirituelles ou de substitution.
Je dédie ce roman
à la meilleure d'entre toutes,
la mienne.

Aux vieilles copines…

TABLE DES MATIÈRES

Note de l'auteur

Au lecteur qui envisage de lire un jour *La Petite Fille au bout du chemin*, de Laird Koenig, qu'il sache que c'est maintenant ou jamais, ce roman-ci révélant plusieurs éléments clés de l'intrigue.

Remerciements

Un grand merci à mon comité de soutien technique, alias Sébastien Aubry, pour les précieuses informations et surtout pour l'enthousiasme indéfectible.

À ma famille, qui y croit et qui m'encourage ; à Benoît, qui endure la vie avec un écrivain pas trop tourmenté mais quand même : merci, merci.

Slasher : Le slasher (de l'anglais slasher movie) est un genre cinématographique, sous-genre de film d'horreur, mettant en scène les meurtres d'un tueur psychopathe qui élimine un par un les personnages de l'histoire.

Giallo : Les films de ce genre sont caractérisés par de grandes scènes de meurtres excessivement sanglants, un jeu de caméra très stylisé et une musique inhabituelle […]. L'élément whodunit est conservé mais combiné au slasher, filtré par la longue tradition italienne de l'opéra et du grand guignol.

Wikipedia

PROLOGUE

La mélodie romantique, à la limite du sirupeux, s'élevait dans la soirée tiède. Le chanteur dilettante interprétait la chanson populaire avec une intensité un brin surfaite. Sans doute ne dépasserait-il jamais le stade des mariages et des bals de fin d'année.

Plantée au centre d'un immense terrain verdoyant aux limites de la petite ville de Saint-Clovis, l'école secondaire Des Saules était ce soir-là le théâtre du Bal des finissants, événement solennel s'il en était.

Des guirlandes de lampions avaient été disposées de part et d'autre de l'avenue piétonnière menant à l'entrée principale du bâtiment brun, carré. Des bouquets de ballons, quelques banderoles colorées... les étudiants chargés de la décoration avaient déployé des trésors de garniture pour faire un peu oublier la banalité des lieux. Et ils y étaient presque parvenus.

À l'intérieur, on avait créé un couloir en masquant de drapés noirs le large accès aux casiers, ceux-ci occupant tout le côté gauche du spacieux hall. Les lumières avaient été tamisées... À l'entrée de la grande salle, on avait aménagé un petit accueil où deux enseignants, tout sourire, discutaient distraitement en jetant périodiquement un coup d'œil au spectacle qui se déroulait derrière eux.

Plusieurs couples dansaient au rythme des ballades tandis que d'autres, attendant peut-être un air plus enflammé, circulaient tranquillement, un verre de punch à la main. Les regards solitaires, nombreux, fusaient, tantôt gourmands, tantôt tristes, envieux, voire mauvais.

Le chanteur annonça aux élèves qu'il faisait une petite pause. Ces derniers ne cachèrent pas leur soulagement à la perspective d'entendre de la vraie musique. Au centre de la piste de danse, un couple en particulier semblait évoluer dans un univers à part.

Les deux partenaires se dévisagèrent. La jeune fille rougit derrière ses lunettes. Le jeune homme l'attira contre lui alors que s'élevaient les premières notes de *Unchained Melody*. Leurs lèvres se touchèrent.

— Viens, dit-il.

— Où ?

— Dans l'gymnase ; y aura personne. Suis-moi.

— Je sais pas…

— Aie pas peur, susurra-t-il à son oreille.

Ils s'éclipsèrent sans attirer l'attention des professeurs assignés à la surveillance.

Arrivés devant la grande porte à double battant, il tira un petit coup sec, question de s'assurer que la serrure était déverrouillée. Il ouvrit doucement en regardant à l'intérieur. Le gymnase était plongé dans la noirceur quasi complète. Seuls de petits rectangles éclairés en rouge indiquaient les sorties de secours. Il la sentit serrer son bras. Ils n'avaient pas été suivis, mais sa partenaire semblait encore nourrir quelques réserves.

— Fais-moi confiance, dit-il en l'embrassant.

Ils entrèrent et disparurent bientôt dans les ténèbres. La porte se referma sans bruit.

PREMIÈRE PARTIE

« FRANFIF EST MORT »,
MURMURA-T-IL EN S'APPROCHANT.

Chapitre 1

Francis et le bon docteur

La pluie tambourinait furieusement contre la fenêtre du bureau, gris comme le ciel au-dehors. Engoncé dans un fauteuil d'apparence un peu plus confortable que nécessaire, le maître de céans jaugeait son jeune interlocuteur d'un œil attentif. Ce dernier, un garçon qui contemplerait bientôt la fin de l'adolescence, renvoyait à son vis-à-vis un air pareillement composé.

Une joute particulièrement ardue venait de se jouer entre eux deux, l'aboutissement, en fait, d'une longue série d'affrontements psychologiques qui, sous couvert de thérapie, déboucheraient sur la relaxe du patient – sa victoire – ou, à moyen terme, sur sa prise en charge par une institution pour adultes pour une période indéterminée – sa défaite. Pour le jeune homme, cette dernière possibilité n'était tout simplement pas envisageable, aussi s'était-il appliqué à la rendre inadéquate aux yeux du pédopsychiatre qui, à en juger par son expression soudain détendue, paraissait avoir suivi son patient sur la route subtilement suggérée par ce dernier. Victoire ?

— Je suis très fier de tes progrès, Francis. Vraiment. Je sais que ces sept années ont pu ressembler à une punition injuste, mais je crois que tu es maintenant en mesure de pleinement comprendre toutes les…

— Je comprends, coupa le jeune homme.

Le ton était posé, la voix douce mais ferme.

— Je comprends, poursuivit-il, que l'État a dû m'interner afin de me soigner et de me protéger de moi-même. Ce n'était pas une punition, ni une prison, d'ailleurs. La réalisation...

Je m'étais construit un univers chimérique à partir de mon amour de plus en plus obsessif des films d'horreur. Les coups de mon père, ses agressions... J'ai transféré l'horreur concrète dans une réalité plus fantasmagorique, donc plus bénigne. J'ai ainsi pu éviter de composer avec les faits tels qu'ils étaient. L'ennui, bien sûr, c'est que je me suis pris au jeu du fantasme et que mon nouveau voisin d'alors, Richard, en a fait les frais.

— ... que mon père était un meurtrier pédophile, poursuivait Francis au profit de son interlocuteur, jumelée aux abus qu'il m'avait fait subir avant que ma mère ne demande le divorce, ont convergé pour créer en moi une sorte de... cassure psychologique...

L'arrivée de Richard dans mon décor a agi comme un catalyseur. J'ai fait un transfert. À mesure qu'il se substituait à mon père, je le rendais coupable des mêmes sévices afin de ne pas affronter la vérité, à savoir que mon père m'avait violé. Le choc a été très dur... J'étais enfant et il était difficile de prévoir si ma névrose se résorberait ou si, au contraire, elle évoluerait de manière exponentielle. Sept années... j'avais neuf ans.

— ... une cassure psychologique qui m'a fait régresser jusqu'à revenir au temps où Éric, mon meilleur ami, était toujours en vie. J'avais besoin d'une présence rassurante, quitte à m'en fabriquer une ; quitte à m'enfoncer dans une névrose de plus en plus étanche. Et à nouveau, c'est mon père qui m'a fait sombrer un peu plus profondément. Il a tué des amis, puis Richard, le voisin...

Du moins, de l'avis des flics, qui ne m'ont inquiété avec aucun des deux meurtres du vendredi 7 novembre 1986. Pour eux, il était clair que mon père avait tué Richard par jalousie et qu'il s'était ensuite enlevé la vie en ma présence après avoir envisagé de faire de moi sa prochaine victime. Imaginer un soubresaut d'humanité dans l'esprit malade de mon père les aura rassurés. À croire que c'étaient eux, les enfants…

Mais plus important, rien ni personne n'est venu contredire cette lecture des faits. À commencer par moi, alors enfant traumatisé muré dans un mutisme commode que me commandait mon instinct de survie, qui du reste m'a toujours bien servi. Officiellement, je n'ai donc tué personne. Je ne suis qu'une victime collatérale lourdement balafrée psychologiquement et émotionnellement. D'où ma présence ici, docteur.

— Tu parles un peu comme un psychiatre, Francis…

Mais je continue de raisonner comme un fou, docteur. Ah! si vous pouviez entendre tout ce que je vous tais…

— … mais c'est un excellent résumé, approuva l'homme. Néanmoins, en comprends-tu le sens? Te sens-tu intrinsèquement concerné par tous ces mots?

Docteur, docteur… Je me suis mieux diagnostiqué que vous n'auriez pu le faire en dépit de tous vos jolis diplômes.

Son médecin traitant, le docteur Barbeau, la cinquantaine bien assise dans de profondes pattes d'oie et une tignasse neigeuse, codirigeait le Centre psychiatrique Normande-Carle pour mineurs depuis plus de vingt ans. L'établissement se scindait en deux secteurs semi-autonomes: l'aile ouest, à sécurité maximale, accueillait les cas lourds et violents, présentant un risque élevé d'homicide ou de suicide; l'aile est, pour sa part, était consacrée aux patients pouvant évoluer dans un environnement contrôlé mais empreint d'une certaine souplesse. Le docteur Barbeau avait rapidement tranché que lui, Francis, appartenait à cette dernière catégorie. Si ce classement des patients relevait parfois de la gageure, force était d'admettre que Barbeau ne s'était, semblait-il, encore jamais trompé.

Le pédopsychiatre le fixait intensément. Il suivait personnellement Francis depuis son arrivée, au printemps 1987. À seize ans, ce dernier était en mesure d'avoir une appréciation distanciée de son parcours. Une enfance parsemée d'abus de toutes sortes, tant dans le noyau familial que dans le scolaire, avait provoqué chez lui la création d'un monde sublimé où son meilleur ami, mort noyé plusieurs mois plus tôt, était toujours en vie ; une forme assez rare de construction résiliente pernicieuse, comme Barbeau se plaisait à nommer la chose.

Francis savait que son point de rupture avait été atteint quelques mois après le début de sa troisième année scolaire, à l'automne 1986. Les événements s'étaient enchaînés rapidement. Sa mère avait couvert sa disparition et le meurtre du voisin avait d'emblée été attribué à l'ex-mari, dont on savait déjà qu'il avait tué quatre enfants. Ce mensonge par omission n'avait jamais été mis au jour ; Francis s'en étonnait encore un peu, parfois. Non qu'il doutât de la volonté de sa mère de le protéger coûte que coûte, mais il la savait mentalement instable, aussi était-il envisageable qu'elle éventât leur secret sans trop en avoir conscience. Il avait appris à vivre avec cette épée de Damoclès.

Le jour fatidique, Francis avait été retrouvé, dans le boisé jouxtant sa maison, accroché au cadavre de son père. Au fil de l'enquête, la chronologie des événements avait pu, en partie du moins, être reconstituée, même si certaines zones d'ombre persistaient. Et que ses conclusions étaient, pour l'essentiel, erronées, quoique non exemptes de conséquences fâcheuses. Ainsi, peu après l'internement de Francis, sa mère avait sombré dans un état de délire psychotique. Les médecins avaient conclu à un choc post-traumatique sévère. Ces conclusions-là étaient on ne peut plus justes.

Le docteur Barbeau avait longtemps eu du mal à comprendre dans quel univers son nouveau patient évoluait, Francis s'étant muré dans le silence dès sa sortie du boisé où s'était joué le dernier acte d'une longue tragédie.

Ce nouveau cas, qui semblait probablement se complexifier de jour en jour, était devenu une obses-sion pour l'éminent pédopsychiatre, Francis l'avait bien senti. Puis lentement, très lentement, il avait manifesté quelques signes d'ouverture. Il était alors au Centre depuis plus de deux ans.

Dès lors, ils avaient pu travailler ensemble sur les blessures, délires et hallucinations de l'enfant. Du moins, celles et ceux que Francis avait bien voulu laisser dépasser.

Le traitement s'était échelonné sur plusieurs années. Celle qui venait de s'écouler, charnière, avait été mar-quée par de nets progrès. Francis avait en effet réussi à verbaliser sa condition – celle que lui prêtait Barbeau – en jouant la carte de l'épiphanie et, plus important, de la reconnaissance. Sommité ou pas, le docteur était sensible à la flagornerie.

— Comprends-tu le sens des mots, des concepts, Francis ? Surtout, saisis-tu leur implication dans ta vie ? reformula Barbeau.

Considérant toujours l'adolescent d'un œil inqui-siteur, le pédopsychiatre se cala dans son fauteuil rembourré au design futuriste.

— Oui, docteur. Je saisis.

Et c'était le cas. Victoire.

◆

Francis quitta le bureau de Barbeau en réprimant un sourire. Il obtiendrait bientôt son congé, il en était maintenant certain. La dernière question du docteur lui avait mis la puce à l'oreille : ce souci manifeste de s'assurer que Francis évoluait bel et bien dans le monde rationnel, qu'il ne se contentait pas d'en simuler les signes… Il était habile, Barbeau ; roublard, même.

Francis prit le chemin de sa chambre sans se presser. Ces murs couleur craie lui manqueraient-ils ? Probablement pas. De part et d'autre, les portes closes numérotées lui faisaient cortège à mesure qu'il s'éloignait des bureaux des médecins, de la guérite du personnel soignant, des autres chambres, de cet univers aseptisé auquel il dirait bientôt adieu sans regret.

Dans le couloir, il croisa Frédéric qui, avec la régularité d'un métronome, s'adonnait à son traditionnel rituel de la branlette publique. Les infirmiers de garde, Pierre et Jacques, vinrent le « maîtriser » alors que Francis arrivait en vue de la porte numéro 12, celle de sa chambre.

— Salut, Francis ! cria Frédéric. Tu vas venir me voir plus tard, hein ?

Il riait et sanglotait tout à la fois en essayant, presque pour la forme, d'échapper à l'emprise des deux infirmiers, plus costauds.

Francis ouvrit puis referma la porte en s'adossant contre la surface froide. Il soupira, autant de lassitude que d'agacement.

Frédéric était arrivé au Centre à la même époque que lui. Les services sociaux l'y avaient placé après qu'il eût incendié sa maison. Il avait d'abord mis le feu au lit de son père et de sa belle-mère, puis à celui de son oncle, qui habitait avec eux. Personne n'en avait réchappé, hormis Frédéric, alors âgé de dix ans. Depuis la mort de sa mère, quatre ans avant l'incendie, il servait d'esclave sexuel aux trois adultes. Et puis un jour, son oncle l'avait repoussé en prétextant qu'il était maintenant trop vieux. Frédéric avait alors sombré définitivement... et s'était vengé. Il gardait de l'aventure des mains à jamais scarifiées. Tout espoir de vie normale s'amenuisait d'année en année, les médecins ne parvenant pas à inhiber ses pulsions exhibitionnistes et, surtout, ses envolées pyromanes. À cet égard, Frédéric était le résident le plus étroitement surveillé de toute l'aile est.

Francis et lui s'étaient tout de suite reconnus. Ils revenaient des mêmes contrées névrotiques, à la différence que Frédéric y avait sans doute séjourné trop longtemps.

Ils avaient réussi à s'aimer un peu, dès les premiers feux de l'adolescence, sans trop éveiller la méfiance du personnel de garde, quoique Francis soupçonnait Barbeau d'avoir sciemment laissé faire tout du long : les yeux gris acier du pédopsychiatre semblaient louper bien peu de détails. Francis avait eu l'occasion de le vérifier lors de leurs nombreuses séances.

Il sourit tristement. Il pourrait enfin clore cette partie-là de sa vie. Bientôt, il retournerait dans le vrai monde. Cette dernière rencontre avec Barbeau en était la confirmation. Bientôt, il regagnerait Saint-Clovis. Saint-Clo. Son esprit cynique balançait entre euphorie discrète et appréhension légitime. Ses souvenirs, du moins ceux valant qu'il s'en rappelât, s'étaient quelque peu estompés au fil des ans... Peut-être la ville avait-elle beaucoup changé ? Il essaya de se projeter dans l'avenir, mais son imagination ne se montra guère enthousiaste.

Francis jeta au lieu spartiate un regard déjà empreint d'indifférence. Les murs de la pièce blanche où il avait passé le plus clair des sept dernières années étaient couverts de dessins : des visages hyperréalistes, pour la plupart, ayant la particularité de n'être les portraits de personne.

Près de son lit se trouvait une table à dessin professionnelle, ancienne mais en très bon état, que lui avait gracieusement fournie le Centre. Une quantité appréciable de crayons à mine de plomb de différents tons de gris s'y trouvaient éparpillés. Quelques-uns avaient roulé par terre, parmi les boulettes de papier. Tout autodidacte fût-il, Francis n'en était pas moins un artiste exigeant, et, toutes proportions gardées, bien peu de croquis trouvaient leur chemin jusqu'au mur.

Il s'approcha du meuble, songeur. Il passa une main caressante sur sa surface lisse en un adieu silencieux.

◆

— Je dois rencontrer le juge de la chambre de la jeunesse qui a été saisi de ton dossier. Je vais lui recommander ton congé, Francis. Tu sais ce que ça signifie ?

Francis prit le temps de la réflexion et tourna la tête de quelques degrés vers la longue fenêtre. Trois jours s'étaient écoulés depuis la précédente rencontre avec le pédopsychiatre. Barbeau se méfierait d'une réponse précipitée. Dehors, le soleil brillait. Dans le petit parc bordant la portion sud du bâtiment, les lilas étaient en fleur. N'eût été la vitre insonorisée, Francis aurait peut-être entendu le chant guilleret des oiseaux. Il fit un effort pour masquer son amusement devant cette image pastorale mièvre. La perspective de sortir d'ici le ramollissait-elle ?

— Ça signifie, je crois, que vous m'estimez prêt à réintégrer la société, mais ça ne veut pas nécessairement dire que tout se déroulera sans heurt. J'ai été isolé du monde longtemps…

— Sept ans, oui. Comment te sens-tu, par rapport à cette éventualité ? Comment appréhendes-tu ces retrouvailles avec la société, comme ça, à chaud ?

— Je suis confiant. J'ai le sentiment que vous m'avez bien outillé, que nos séances ont réussi à me confronter à mes démons et que je les ai apprivoisés au lieu d'être leur… pantin ?

— C'est là une bonne analogie, Francis. Je suis… très confiant, moi aussi. Un pantin… oui, c'est une très bonne analogie.

… qui se frayera certainement un passage jusqu'à un bouquin à la gloire de vos traitements, docteur Ego.

◆

Francis prit une gorgée d'eau et avala d'un trait. Il rendit le petit gobelet de carton à Michèle, la plantureuse garde de nuit moulée dans un uniforme blanc qui venait valider quelques clichés hospitaliers d'un certain cinéma.

— Bonne nuit, Francis, dit-elle en sortant. Fais d'beaux rêves.

Elle fit une pause, brève mais marquée.

— Essaie d'être heureux, dehors. Tu l'mérites.

Michèle quitta la chambre ; un sourire bienveillant étirait ses lèvres naturellement pulpeuses.

Laissé seul, Francis se leva tranquillement et gagna sa minuscule salle de bain. « Fais d'beaux rêves »… La formule, même bien intentionnée, ne manquait jamais de l'amuser. Les médicaments qu'il avalait étaient puissants et, depuis son admission ici, les songes qui meublaient ses nuits auraient mis en pâmoison les adeptes du surréalisme.

— Dali, Magritte, Chagall, murmura-t-il en remuant à peine les lèvres.

Il s'installa sur la lunette froide et bâilla copieusement en recrachant discrètement deux pilules dans sa main. Il fit mine de s'essuyer et laissa tomber papier et cachets dans la cuvette. Il regagna son lit en imprimant à son pas juste ce qu'il fallait de nonchalance. Peut-être cette mascarade qu'il s'imposait depuis plus d'une semaine était-elle inutile : une caméra filmait certes en permanence sa chambre, mais il n'avait jamais réussi à savoir s'il en allait de même pour les toilettes. La logique lui faisait pencher pour l'affirmative, ne serait-ce que pour prévenir les tentatives de suicide. Mais tout cela était pour l'heure de peu d'intérêt : des considérations plus importantes réclamaient son attention. Il quitterait le Centre sous peu pour ne plus jamais y revenir. Or il avait des adieux à faire, des adieux nécessitant un esprit non altéré ; une dernière visite avant de refermer définitivement la porte.

— Y paraît qu'on s'en va bientôt, dit Éric en s'asseyant au coin du lit.

— Non, dit Francis. *Je* pars bientôt. Toi, tu restes.

— T'as changé. T'as tellement grandi, toi. Pis tu parles drôle.

— Ça fait quelques années qu'on s'est vus, expliqua Francis.

— Oui, acquiesça Éric, oui. C'est à cause des pilules. Tu fais bien de pus les prendre. Ça t'rend aveugle.

— C'est pour te voir que j'les prends plus. Et elles me rendent pas aveugle, Éric. Elles me font voir clair. Et fais-toi pas d'illusions : je vais recommencer à les prendre demain matin. Je vais continuer de les prendre tant et aussi longtemps que… que mon cerveau en aura besoin pour focaliser à la bonne place.

— Tu parles bizarre, Francis… Quelle place ?

— Focaliser dans la bonne réalité. Tu existes pas pour vrai, c'est… t'es juste dans ma tête… On est dans ma tête.

— Non ! Je suis là, moi ! Tu m'parles, Francis ! T'es pas fin !

Francis sentit monter en lui une inattendue bouffée de culpabilité. Il prit une longue inspiration et cligna lentement des yeux avant de reprendre :

— Je pars bientôt, Éric. Et toi, tu resteras ici. Pour toujours.

◆

Francis ouvrit péniblement un œil endormi. Ce bruit… la porte que l'on ouvre doucement. Avait-il rêvé ? Il respirait péniblement. Il écarquilla les yeux, incrédule : Frédéric était agenouillé sur lui. Ses cuisses enserraient sa taille. Ce n'était en soi guère inquiétant, ni nouveau, si ce n'était que le jeune pyromane tenait dans une main une bombonne de fixatif à cheveux et dans l'autre, un briquet.

La petite flamme dansante éclairait de sa chiche lueur orangée le visage contrarié de Frédéric.

— Tu peux pas t'en aller, Francis. Pas toi.

Il ne devait pas lutter, au risque de se changer en torche humaine.

— Tu sais que c'est pas ma décision, dit-il d'une voix triste. Ils peuvent plus me garder. Ils disent que j'suis guéri, maintenant.

— J'm'en crisse ! J'veux pas qu'tu t'en ailles ! Pas toi ! brailla Frédéric en levant la bombonne.

— Mais je veux pas m'en aller, Frédéric. Pas sans toi…

L'intrus stoppa son geste. Il fixait intensément Francis, qui s'immisça dans la brèche.

— Laisse-les pas me chasser, supplia-t-il en cambrant légèrement le bassin. Laisse-les pas…

Frédéric gémit en appuyant davantage son postérieur sur le pelvis de Francis.

— Embrasse-moi, dit ce dernier. Embrasse-moi…

La flamme s'éteignit au moment où leurs lèvres allaient se toucher. Frédéric s'immobilisa soudain ; un gargouillis étrange s'échappait de sa gorge. Francis le poussa sur le côté et gagna la porte, une main sur le bouton de l'interrupteur, l'autre sur la poignée glacée.

La lumière crue des néons dissipa les ténèbres et offrit au jeune homme un bien triste spectacle. Presque une reprise de celui qui l'avait conduit ici sept ans plus tôt, constata-t-il, moins surpris qu'il ne l'aurait souhaité.

Sur son lit défait se tordait un Frédéric terrifié à l'idée de mourir. Il perdait du sang mais, dans les circonstances, pas énormément. Dans le noir, Francis avait raté la jugulaire.

— Calme-toi, Frédéric, dit-il en posant une main apaisante sur la tête de son ami. Et essaie pas d'enlever le crayon de ton cou, ce serait pire. J'vais aller chercher Michèle. Reste calme.

Il sortit dans le couloir alors que, derrière lui, Frédéric essayait de dire quelque chose entre deux hoquets coulants.

Francis courut jusqu'au poste de garde de leur étage, qu'il trouva désert. Il reporta son attention sur le couloir et regarda dans les deux directions : vide, silencieux. Tant pis. Il contourna le comptoir de la guérite, dont la partie supérieure, fermée, était en partie constituée de verre blindé. Il testa la poignée : déverrouillée. Étrange… Il entra en cherchant du regard le téléphone ou, mieux, un bouton de panique. Une douzaine de petits moniteurs branchés sur la trentaine de caméras balayant tout l'étage présentaient, en alternance, le corridor, les chambres calmes… et les salles de bain individuelles. La plupart des caméras étaient en mode infrarouge et offraient une image verdâtre. Dans la chambre 12, Frédéric s'agitait toujours. Ses mains souillées de sang agrippaient tantôt les draps, tantôt le vide. Francis se força à détourner le regard.

Il allait prendre le combiné du téléphone quand les moniteurs changèrent leur sélection. Dans la chambre 9, celle de Frédéric, un bras pendant dépassait de sous les draps : Denis ou Paul, l'un des deux infirmiers de nuit. Francis n'aurait su dire lequel s'était laissé prendre par Frédéric qui, c'était couru d'avance, verrait son exploit sanctionné par un déménagement du côté de l'aile ouest – pour peu qu'il survive à l'intrusion du crayon dans sa gorge, s'entend.

Francis plissa les paupières en approchant le visage de l'écran. Oui, il distinguait une tache sombre sur le drap de son ami. Une chose était certaine, Denis-ou-Paul n'en réchapperait pas.

Son regard remonta. La caméra de la chambre 27 lui révéla, par élimination, l'identité de la victime de la chambre 9. Denis effectuait sa ronde, le cadavre était donc celui de Paul.

Francis examina le long comptoir et tira à lui la chaise à roulettes qui faisait face à la portion ajourée de la vitrine. Il sourit en voyant à gauche le petit bouton rouge placé tout en haut de la paroi qui délimitait l'espace réservé aux jambes du personnel. Il avança la main mais stoppa aussitôt son geste en voyant ce qui s'y trouvait : garde Michèle était tout au fond, le contenu de son sac à main turquoise éparpillé près d'elle : maquillage, carnet d'adresses, parfum, cigarettes… Sa peau était encore tiède, pas tout à fait froide. En cherchant son pouls, Francis sentit les aspérités des os de sa nuque brisée.

Il appuya sur le bouton en soupirant et ramena son regard sur le moniteur de la chambre 27 que Denis quittait à la hâte. Deux secondes plus tard, l'infirmier arrivait en trombe au poste et s'immobilisait brusquement à la vue de Francis.

— Bouge pas, dit-il en s'approchant doucement de la porte. Tout va bien aller…

Francis roula des yeux en soupirant de plus belle.

◆

Retour à la chambre 12; retour à la table à dessin. Francis repoussa avec humeur la feuille toujours blanche, insolemment blanche, mais se reprit aussitôt. Donner le change, il devait donner le change. Derrière lui, il sentait l'objectif de la caméra épier ses moindres faits et gestes et, par-delà la lentille, le regard clinique de Barbeau qui scrutait les manifestations, subtiles ou non, du non-verbal de son patient récemment éprouvé.

Les notes estivales du second mouvement des *Quatre Saisons* de Vivaldi lui parvenaient, diffuses malgré la porte close. La musique classique inondait le couloir et la salle commune la journée durant. Seul le salon de télévision échappait à Mozart, Bach, Chopin, Beethoven et les autres.

Francis rageait en silence. Deux mois complets s'étaient écoulés depuis l'incident. Deux mois! Sans surprise, Frédéric avait été confié aux soins moins conciliants du personnel de l'aile ouest, où il croupirait jusqu'à sa majorité prochaine. La police avait enquêté pour la forme : les bandes vidéo avaient conservé la trace de tout ce qu'il y avait eu à voir. D'emblée, il avait été établi que Francis avait agi en état de légitime défense et son comportement subséquent, c'est-à-dire sa rapidité à donner l'alarme, avait été salué. Cependant…

Il était tout à fait conscient que le pédopsychiatre se tâtait, qu'il envisageait peut-être de poursuivre le traitement s'il estimait que Francis risquait de sombrer à nouveau par la faute de Frédéric et de son escapade

meurtrière. Car Francis avait bel et bien fait couler le
sang de la personne dont il était le plus proche au
Centre, et il était hors de question que Barbeau n'ex-
plorât pas en profondeur le trauma potentiel qu'un tel
événement avait peut-être provoqué, voire réveillé.
Francis, lui, refusait de voir sa relaxe compromise.

Alors il donnait le change. Il devait prouver à
Barbeau que son poulain n'allait pas trébucher dans
le dernier droit. Il dessinait et faisait au docteur des
confidences crédibles mais sans conséquence, un art
qu'il peaufinait depuis quelques années déjà. Et Francis
s'instruisait…

Au fil de leurs séances, il avait pu soutirer au docteur Barbeau tous les enseignements possibles, le plus
souvent à l'insu de ce dernier, qui avait tout misé sur
les notions d'ouverture et de verbalisation sans réaliser
que son nouveau patient était de façon continuelle en
mode observation. Francis avait étudié sa proie non
pour la dévorer mais pour la déjouer.

Barbeau s'exprimait clairement. Quand il s'adressait
à Francis, l'enfant d'alors comprenait toujours de quoi
parlait cet adulte qu'il devait voir plusieurs fois par
semaine. Pas de rhétorique vaseuse pour les patients,
avec le docteur Barbeau : la théorie anesthésiante contenue dans ses bouquins et qu'il ne pouvait s'empêcher
de citer à l'occasion, il devait la garder surtout pour
les colloques.

Dès lors qu'ils comprenaient les paroles simples
de cet interlocuteur intimidant, les jeunes patients
devaient avoir l'impression que tout n'était peut-être
pas perdu. Mais cela, c'était pour les cas ordinaires.
Francis était dans une classe à part.

Il avait rapidement assimilé les règles du jeu psychiatrique. Au bout d'une période suffisamment longue
– plus de deux ans –, Francis avait fait mine de s'ouvrir. Et Barbeau avait été trop heureux d'y voir une
preuve de plus de la justesse de son expertise.

— Je dois admettre, Francis, que tu m'as beaucoup impressionné au cours des dernières semaines, avait lâché une heure plus tôt le docteur Barbeau en plissant un peu les paupières, manifestation tangible de la profonde réflexion qui avait précédé l'énoncé des conclusions.

Après un hochement de tête approbateur, le pédopsychiatre avait gribouillé quelques mots dans son carnet de notes pendant que Francis, patient, avait pris soin de garder pour lui son soulagement, en attendant la suite. Qui n'était pas venue. Du moins, pas encore.

Francis replaça lentement la feuille blanche devant lui et se força à y tracer quelques traits.

À quand le grand départ ?

À quand ?!

CHAPITRE 2

FRANCIS : LE RETOUR

Samedi 20 août 1994. Le paysage plat défilait indifféremment depuis quelques heures déjà, mais Francis le découvrait à peine, le soleil venant tout juste de se lever. Il avait voyagé de nuit. Plus agréable, lui avait-on assuré ; plus commode : on peut dormir. Il n'avait pas fermé l'œil.

Il s'agita en vain sur son siège confortable. Rien à faire : il s'emmerdait ferme. Un livre aurait été le bienvenu. En désespoir de cause, il avait même lu la brochure insipide de la compagnie ferroviaire. C'était dire la profondeur de son ennui.

Au Centre, il avait accès à des romans à profusion. Des romans présélectionnés, mais des romans quand même. Il aurait dû en chiper un ou deux avant de partir, quoiqu'il eût quitté l'endroit sans demander son reste.

Au final, les conneries de Frédéric avaient repoussé de presque trois mois son départ. Douze semaines au cours desquelles le docteur Barbeau s'était assuré, réassuré, et enfin rassuré, que ces fâcheux événements n'avaient pas ouvert une seconde boîte de Pandore chez son patient favori.

Eh bien non, une nouvelle boîte ne s'était pas ouverte. Ils se reverraient donc à la mi-novembre, question de discuter de l'école, de la vie dehors, de l'acclimatation de Francis en général. Bien entendu, le bon docteur serait disponible vingt-quatre heures sur vingt-quatre pour lui. En cas de besoin, Francis pourrait lui passer un coup de fil à n'importe quel moment.

Cher, cher docteur Barbeau… j'ai finalement réussi à vous convaincre, pensa Francis en reposant son crâne sur l'appuie-tête rembourré. Il renifla distraitement et se cala davantage dans son siège. C'était fini. Tout cela était fini, derrière lui. Il pouvait maintenant se concentrer sur le futur. Enfin.

Le wagon de passagers était quasiment désert. À la suite des nombreuses gares rencontrées sur la « run de lait », comme on disait, Francis et une dame âgée qui ronflait doucement étaient désormais les uniques occupants du train. On était à des kilomètres de l'image d'un romantisme suranné véhiculée par le cinéma depuis des lustres. En effet, point de compartiments luxueux garnis de boiseries, point de wagon-restaurant aux tables ornées de dentelle. Une locomotive, un wagon de passagers, quelques wagons de marchandises : voilà pour le charme ferroviaire.

Son oncle Réjean était cadre pour la compagnie de chemin de fer, d'où le billet de faveur, et d'où la présence de Francis à bord d'un train plutôt que d'un autocar au trajet beaucoup plus court.

— Tout va bien ? s'enquit le contrôleur, peu sollicité.

Francis ne l'avait pas entendu arriver, perdu dans sa rêverie.

— Quelque chose à boire ? poursuivit l'homme. Quelque chose pour votre confort ?

Le jeune passager refréna un sourire.

— Juste une question : est-ce que Jamie Lee Curtis est à bord ? Ça manque un peu d'action…

L'homme s'éloigna en haussant les épaules, perplexe. Francis sourit davantage en retournant au paysage morne : le préposé était trop vieux pour avoir connu *Le Train de la terreur*.

◆

— Mon Dieu qu'il a grandi ! Mon doux Jésus qu'il a changé ; c'est un jeune homme, astheure !

La tante de Francis s'extasiait sur le quai de la gare comme si elle était le témoin privilégié d'une apparition divine.

Après être demeuré immobile sur le marchepied du wagon, le neveu prodigue posa le pied sur le débarcadère, incertain de l'étiquette à observer après une si longue absence. Son oncle, qui se tenait légèrement en retrait, lui jeta un coup d'œil modérément intrigué avant de regarder sa femme puis, enfin, de se prendre d'intérêt pour ses chaussures vernies.

Francis vint à leur rencontre, un sac de cuir usé à l'épaule pour tout bagage. Un air indéfini flottait sur son visage ; une combinaison changeante de soulagement, de lassitude et d'indifférence.

— Ma tante Lucie. Mon oncle Réjean.

Les noms sortaient de sa bouche avec difficulté. Il avait l'impression de les prononcer pour la première fois.

— Ben ! Sois pas gêné, mon beau Francis ! Viens embrasser ta vieille tante, fit-elle en ouvrant des bras maigres.

Il s'exécuta en essayant d'y mettre un peu de conviction. Elle parut satisfaite. Il serra fermement la main moite de son oncle. Ce dernier devait encore lever le coude : son visage était rougeaud et flasque ; sa peau, couperosée. Le blanc de ses yeux impassibles, placides, tirait maintenant sur le jaune. Le foie devait avoir commencé à faire tic-tac.

Ils entrèrent dans la petite gare où les quelques personnes présentes, employés et voyageurs, dévisagèrent Francis sans retenue.

— Occupe-toi-z'en pas, chuchota Lucie. On les croisera pas à l'église, ceux-là, ajouta-t-elle un peu plus fort.

Certains détournèrent le regard, gênés d'avoir été pris en défaut, tandis que d'autres n'eurent tout simplement pas la force de résister à la tentation de scruter à la loupe le nouveau venu, et ce, malgré la foncière inconvenance du comportement.

Au cours des vingt et quelques secondes qu'ils mirent à traverser la gare, Francis eut la désagréable impression d'être de retour dans la cour d'école, en troisième année. Tous ces yeux qui lui criaient sa marginalité…

Il serra les mâchoires, très fort. Ses traits se durcirent. Calme, se commanda-t-il. Calme… ils peuvent t'atteindre seulement si tu le leur permets. Seulement si tu les laisses entrer…

— Ç'a pas été trop long, l'voyage ?

Évidemment que ça a été long.

— Non, ça a passé assez vite, ma tante. Merci pour le billet, mon oncle.

Réjean eut un geste vague en baragouinant quelques mots que Francis ne saisit pas.

Dans le stationnement, Lucie et son mari se dirigèrent vers une berline turquoise plutôt voyante. Francis leur emboîta le pas docilement. Quand, enfin, ils prirent place dans la voiture, ils fermèrent leurs portières simultanément, comme pressés de marquer une séparation entre eux et le reste du monde. Ils quittèrent les lieux sans mot dire, visiblement soulagés.

Au bout d'une minute, Francis réalisa que seule une odeur de pot-pourri embaumait l'habitacle. Une fragrance artificielle à laquelle ne se mêlait pas le parfum persistant du tabac.

— Vous avez arrêté d'fumer ?

— Ben oui, dit Lucie. V'là quatre ans. Réjean, c'est l'médecin qui a beaucoup insisté. J'en ai mâché, d'la gomme !

Elle éclata d'un rire qui devint rapidement forcé à mesure qu'il apparaissait évident que ni l'oncle ni le neveu ne l'accompagneraient dans la rigolade.

Ils traversèrent le centre-ville à moitié désert. Francis reconnaissait les lieux de son enfance, à la différence que la ville avait à présent des allures presque post-apocalyptiques.

— Ils ont fermé la base militaire v'là six ans, dit Lucie en suivant le regard de son neveu. C'est plus c'que c'était, Saint-Clo. Heureusement qu'on a toujours les moulins parce que là, ils parlent même de déménager la direction du chemin d'fer…

Francis vit les jointures de son oncle pâlir jusqu'à virer au blanc.

— Ils déménageront pas, coupa Réjean en serrant le volant.

— Réjean a parlé !

— M'a t'en sacrer rien qu'une, Lucie !

— Manque-moi pas, prévint-elle sans s'émouvoir.

Réjean desserra son étreinte et déglutit, le regard toujours fixé droit devant lui. Lucie se cala dans son siège, satisfaite. Francis soupira en détournant les yeux : il n'y avait pas que la ville qui était à la dérive.

La maison n'avait pas changé : biscornue, vieille et moche. Au moins, ils avaient repeint la façade, en blanc, et fait refaire le revêtement du toit comme le révélait le papier goudronné encore lustré qui dépassait des extrémités de la toiture. Les volets, qui auraient plutôt dû être remplacés, avaient eux aussi été repeints. Malgré les efforts horticoles de sa tante, le terrain paraissait toujours aussi mal entretenu, et ce, malgré le salaire plus que confortable de Réjean. Les carcasses de bagnoles qui avaient continué de s'accumuler n'aidaient évidemment pas le coup d'œil. Le regard de Francis fit le décompte, de la plus rouillée à la plus récente. S'il ne se méprenait pas, il y en avait deux nouvelles, pour un total de huit, bien alignées au fond de la grande cour, seul barrage, avant les arbustes sauvages, au ravin qui surplombait la rivière Matshi.

— J'ai abandonné l'idée d'avoir une clôture, fit sa tante derrière lui. Viens, on va rentrer. Je t'ai fait d'la bonne soupe aux légumes. Ça va t'remettre les idées en place, dit-elle avec une bonhommie forcée.

— J'ai des pilules pour ça, répliqua Francis en suivant son oncle à l'intérieur.

Sa tante demeura interdite quelques secondes avant de les suivre dans la maison, l'œil fixe. La porte se referma en grinçant.

Francis décompressait dans son nouveau sanctuaire : l'ancienne chambre d'Hortensia, sa grand-mère maternelle. Sa présence ne léserait personne, mamie ayant passé l'arme à gauche depuis longtemps déjà, bien avant sa naissance à lui.

Après les chocs successifs de l'arrivée, Francis s'était enfermé dans la chambre qui serait son univers au cours de la prochaine année, en attendant le collège. Les chocs, parce qu'après avoir traumatisé sa tante avec son humour clinique, c'est lui qui en avait été quitte pour une surprise. En effet, si la maison ne payait pas de mine de l'extérieur, l'intérieur, en revanche, avait été entièrement redécoré au goût du jour, c'est-à-dire que tout était désormais gris, menthe et saumon, selon la pièce. Et il y avait maintenant de la mélamine partout. Finis le bois et le préfini, le brun et l'orangé ; vive le pastel ! Beurk !

Sa chambre, comme le reste de l'étage d'ailleurs, avait cependant échappé au massacre. En haut de l'escalier aux marches bavardes, le temps semblait s'être arrêté. La moquette beige, usée à la corde en son centre, couvrait toujours le plancher du couloir qui arborait le même préfini sombre que dans les souvenirs, plutôt vagues, de Francis.

C'est que, son enfance durant, l'étage lui avait toujours été interdit. En haut, c'était pour les grands, point final. Bien sûr, Francis s'était débrouillé pour désobéir. Une fois, pendant que sa mère et sa tante s'engueulaient, ce qui n'était pas rare, il s'était faufilé dans l'escalier et il était venu explorer l'étage. Il avait été très, très déçu.

Face à l'escalier, il y avait d'abord la chambre que partageaient jadis sa mère et sa tante, laquelle l'avait transformée en atelier de peinture ces dernières années. C'était du moins la déduction qu'avait faite Francis tout à l'heure à la vue du chevalet de bois surmonté d'un canevas encore vierge. Pour le reste, la pièce avait conservé intactes les marques du passage des deux fillettes à une autre époque : papier peint jauni arborant un motif de fleur des champs, deux lits jumeaux abriés de courtepointes élaborées recouvertes, à leur tour, de housses de plastique transparent, deux étroites commodes et un crucifix paré d'une branche de rameau cloué au-dessus de la porte, voilà pour l'ameublement.

En poussant dans le couloir, on rencontrait, à droite, la salle de bain et, au-delà, la chambre de Francis. Son oncle et sa tante occupaient celle d'en face, la plus vaste, située au-dessus du salon. Cette dernière chambre se distinguait de l'autre par la présence d'une haute étagère pleine de figurines de verre et de porcelaine. Bref, rien de très intéressant pour un gamin aventureux, d'où sa déception enfantine. L'interdiction devait découler de ce que Lucie craignait que Francis brisât l'un ou l'autre de ses précieux bibelots.

Même si les lieux auraient difficilement pu être plus banals, il ressentait une indéniable satisfaction à les occuper, comme une douce revanche un peu tordue.

Sa chambre était chichement meublée et c'est ainsi qu'il l'aimait : une commode et un bureau où s'entassaient déjà une pile de feuilles, un carnet à dessin et ses crayons ; une table de chevet et un lit, son lit, double pour changer et qui faisait face à l'une des deux fenêtres. La première donnait à l'ouest, en direction du centre-ville, et la seconde, celle qu'il contemplait en ce moment depuis son lit, au sud, sur la cour arrière et, surtout, la rivière Matshi qui traversait la ville d'est en ouest. Beaucoup d'arbres, d'arbustes et de verdure… La vue était belle, pour peu qu'on parvînt à faire abstraction des bagnoles abandonnées de tonton. Francis se leva afin d'aller voir le panorama de plus près.

L'eau était très basse, beaucoup plus basse que d'habitude pour cette période de l'année. Comme si, de concert avec la morosité économique, la sécheresse s'était abattue sur la ville. Un tel panorama était en tout cas fort inaccoutumé. Quoique dans un mois, l'automne et ses pluies se chargeraient bien de remettre à flot le cours d'eau.

De l'autre côté de la rivière, en haut de la paroi verdoyante, Francis distinguait quelques pierres tombales de l'ancien cimetière et, plus loin à l'est, derrière les arbres, la fumée de la cheminée d'une maison qu'on chauffait au bois. Le temps était effectivement très frais pour la fin d'août.

Francis laissa son regard errer. À sa droite se dressaient le pont de métal noir du chemin de fer et, plus loin, un second pont, destiné celui-là aux piétons et aux voitures. Et au-delà de ce pont, direction sud-ouest, il y avait un petit quartier résidentiel. Et sa maison. Et celle de Richard. Il ferma les yeux, embarrassé.

La soupe promise par sa tante était effectivement délicieuse. Il en redemanda, ce qui acheva de mettre Lucie de bonne humeur, et ce, malgré un Réjean tirant toujours la gueule.

Si le calcul de Francis était exact, son oncle terminait son quatrième whisky depuis qu'ils étaient à table. Et c'était sans compter ceux, probables, qu'il s'était envoyés derrière la cravate avant le souper.

— Demain, on va aller à la messe de onze heures, annonça Lucie en débarrassant. Et après, on ira dîner au restaurant, OK, Francis ?

— À l'église ? Tu vas encore à l'église, ma tante ?

— Plus que jamais, ronchonna son oncle entre deux gorgées. Sainte Lucie !

— Oui, plus que jamais, lâcha-t-elle. Il faut expier, il faut…

Elle se reprit et sourit à son neveu.

— On va aller à l'église demain. En famille, ajouta-t-elle en jetant à son époux un regard froid.

— Je sais pas, ma tante…

— Francis, juste cette fois-ci. Je… je serais très fière que tu nous accompagnes. Les gens sont assez méchants, surtout quand y savent pas…

— OK, OK, consentit Francis. Mais après le restaurant, j'aimerais aller voir ma mère.

S'il y en avait eu, on aurait entendu voler les mouches.

— Je sais pas, mon grand, finit par dire Lucie d'une voix éteinte. Ta mère…

— Ma mère est internée parce qu'elle a essayé de se suicider à plusieurs reprises après mon internement à moi. Je sais ça. Le docteur Barbeau m'a tout expliqué. Plusieurs fois. Et c'est pas ma faute, je sais ça aussi. Je veux la voir. Je l'ai pas vue depuis sept ans, ma tante.

— On ira après dîner, trancha Réjean.

Lucie ne protesta pas, mais elle était de toute évidence anxieuse. Ou contrariée.

Ils terminèrent le repas en silence. Francis avait hâte de retrouver sa chambre. La pâleur du rez-de-chaussée l'agressait ; elle lui rappelait celle du Centre.

Sa chambre... il n'aurait malheureusement pas grand-chose à y faire.

— Que sont devenues nos choses ? s'enquit-il soudain.

Sa tante s'essuya la bouche avec sa serviette de table, prise de court.

— Ben, avec ta mère hospitalisée, y a fallu vendre la maison. Pour les meubles, on a entreposé ceux qu'on a pu au sous-sol... Y a un compte en fiducie à ton nom. Y avait déjà l'assurance-vie de ton...

Elle se racla la gorge, mal à l'aise.

— Tu toucheras l'argent à ta majorité, étant donné qu'ta mère...

Elle inspira un coup alors que ses yeux s'embuaient dangereusement, puis elle se leva de table.

— Ça me fait penser... J'ai presque oublié de te l'donner...

Elle ouvrit le tiroir fourre-tout, dans le vaisselier, et en sortit un portefeuille de cuir noir.

— Tiens. J'ai... on a pensé que t'en aurais pas. Ça prend ça, un bon portefeuille. Il va t'durer longtemps, à part ça. C'est du vrai cuir, là ; pas du simili.

Elle posa le portefeuille devant lui et retourna s'asseoir en s'essuyant discrètement les yeux.

— Excuse-moi, mon grand. Qu'est-ce que j'disais ? Ah, oui ! En attendant tes dix-huit ans, j'dois gérer ton argent d'poche. Ils m'ont nommée tuteur légal, c'est pour ça. J'sais pas encore combien faudrait que j'te donne d'argent, par exemple. Combien on donne d'argent d'poche à un jeune de seize... mon Dieu, presque dix-sept ans ?

Elle posait la question tant à son neveu qu'à son mari. Ce dernier haussa les épaules sans chercher à dissimuler son peu d'intérêt pour la question. Francis, lui, mûrissait le problème.

— Aucune idée, admit-il finalement. Je sais pas ce que j'en ferais de toute façon. Plus jeune, j'économisais pour acheter des films, uniquement. Ça m'a plus ou moins réussi, conclut-il sans s'émouvoir.

◆

Malgré la présence d'un déshumidificateur qui fonctionnait à plein régime, le sous-sol dégageait une odeur tenace d'humidité. Francis déglutit sans en avoir conscience. Il n'aimait pas... il n'aimait plus les sous-sols.

Déposés en vrac sur le sol de ciment froid, leurs meubles et quelques caisses occupaient la majeure partie de la cave jamais terminée. Leurs effets avaient été laissés là, à la merci de la poussière. Il y avait fort à parier que, depuis le temps, l'odeur peu agréable avait tout imprégné.

Francis soupira avec résignation en s'approchant d'un monceau de boîtes. Là-haut, son oncle et sa tante s'engueulaient au sujet de la pertinence d'amener Francis rendre visite à sa mère.

— Faites comme si j'étais pas là, murmura-t-il en attaquant un premier carton.

Au bout d'une quinzaine de minutes, il trouva ce qu'il cherchait : leur ancien magnétoscope. Pourvu qu'il soit toujours en état de marche, se dit-il, résolu à ne pas retourner s'enfermer dans sa chambre sans la promesse d'une quelconque distraction.

Il s'approcha de son vieux fauteuil, impassible. Combien d'heures avait-il passé à s'y bercer, enfant ? Sa lèvre supérieure fut prise d'un léger tressautement :

il se revoyait, juste après le meurtre de Richard, se
berçant trop fort… Revenir, revenir…

Il prit une profonde inspiration et expira bruyam-
ment en cherchant quelque chose du regard, n'importe
quoi. Rasséréné, il posa le magnétoscope sur le téléviseur qu'on avait bêtement abandonné sur le fauteuil
et remonta le tout sans que son visage ne trahisse le
moindre effort.

Parvenu en haut des marches, il abaissa l'interrupteur du menton, laissant à nouveau le champ libre à
la noirceur.

En bas, un des cartons avait été laissé entrouvert
sans que Francis ne le fouille vraiment. Il contenait
une dizaine de vidéocassettes : des films d'horreur.
Les films de Francis. Les films vécus par Francis.

— Est-ce que le VidéoRoyal est toujours à la même
place ?

Lucie sursauta. Elle finissait de laver la vaisselle
et ne l'avait probablement pas entendu remonter de la
cave.

— Oui, dit-elle après une seconde de réflexion,
oui, c'est toujours à côté de l'ancienne pizzeria.

— Ancienne ? Ils l'ont fermée ?

Il demandait pour la forme.

— Oui, soupira sa tante. Tu vas voir que pas mal
de commerces ont fermé, ces années-ici. Ils disent
qu'on est encore en récession…

Mais le club vidéo était toujours ouvert et, dans
l'immédiat, rien d'autre n'avait d'importance pour
Francis.

— J'vais aller me chercher un film, dit-il en montant
à sa chambre.

Il tenait toujours la télé et le magnétoscope à bout
de bras.

— Ce soir ? Je sais pas… Y commence déjà à faire
sombre…

Francis éclata de rire en stoppant momentanément son ascension.

— Qu'est-ce que tu veux qui m'arrive de pire, ma tante ? Sérieusement ?

Lucie demeura bouche bée, une assiette dans une main, un linge à vaisselle blanc dans l'autre.

— Il paraît que les monstres existent pas, ajouta-t-il. De toute façon, je sais m'défendre.

— Rentre pas trop tard, dit-elle en retournant à son évier.

Du coin de l'œil, il la vit prendre appui sur le comptoir, comme si elle craignait de défaillir.

— Oui, ma tante, l'enfant est bel et bien mort, souffla-t-il pour lui-même.

◆

Francis sortit sans hâte de la cour et fit quelques pas le long de la petite rue déserte avant de se retourner vers la propriété et de humer l'air humide. L'automne risquait d'être froid et l'hiver, précoce.

Il résidait désormais dans l'un des premiers quartiers de la ville. Les propriétés y avaient été construites à bonne distance les unes des autres. Dans ce secteur-ci, point de maisons préfabriquées comme la sienne ou, plutôt, comme son ancienne maison. Celle de sa tante, à l'instar des constructions avoisinantes, était un modèle unique. Elle partageait des similitudes avec les autres, mais elle était dotée de quelques attributs particuliers, notamment la division des pièces et, surtout, ses fenêtres aux dimensions irrégulières de tous les côtés, même au nord. Le look général avait quelque chose d'incongru, Francis le réalisait avec le recul. Oui, il y avait trop de fenêtres, comme des yeux avides épiant la Matshi, en contrebas.

La rue se terminait bien sûr en cul-de-sac. Un parapet de béton avait été installé afin de parer à une chute dans la rivière après que le grand-père de Francis y eut plongé avec sa voiture alors que sa mère et sa tante étaient encore gamines. Lucie l'avait maintes fois mis en garde contre les dangers de l'alcool. Ça ne l'avait pas empêchée, elle, d'épouser un alcoolo congénital. Il n'y avait pas à dire, elles avaient fait de beaux mariages, sa mère et sa tante !

Francis accéléra le pas en direction du centre-ville.

Les érables qui jalonnaient la rue laissèrent bientôt la place aux lampadaires de l'avenue principale, ces derniers plus volumineux que ceux ponctuant les rues secondaires. Non loin de là, les feux de la traverse du chemin de fer venaient marquer la frontière municipale mythique séparant le bon grain de l'ivraie.

Arrivé à la hauteur des rails, Francis se pencha et ramassa un caillou noir; des milliers bordaient la voie ferrée sur toute sa longueur. Enfant, il aimait bien en ramasser, l'été. Tous identiques, leur surface noire, particulière, luisait au soleil à la manière d'une tache d'huile. Mais il n'était plus un gamin et l'été, comme le jour, tirait à sa fin. Il jeta la pierre et enjamba les rails.

Il cheminait sur l'artère principale depuis cinq minutes quand l'évidence le frappa : Saint-Clo était en passe de devenir une ville fantôme. Le quart des locaux commerciaux était inoccupé. Les seules voitures qu'il avait croisées étaient garées devant l'une ou l'autre des deux tavernes du centre-ville. L'avenue marchande lui paraissait tout à coup bien modeste.

Francis se hâta en direction de l'intersection suivante. De l'autre côté de la rue, le VidéoRoyal n'avait pas bougé. Une voiture passa. Son conducteur dévisagea le piéton avec un sans-gêne assez remarquable.

Francis traversa la rue et poussa la porte du commerce en ne parvenant que difficilement à masquer une certaine appréhension.

— Bonsoir, fit la propriétaire que la quarantaine ne semblait pas avoir trop inquiétée.

— Bonsoir, Doris.

— Désolée, chu pas certaine de t'avoir déjà… Non ! Francis ? Le p'tit Francis !

— Le p'tit Francis de six pieds, oui, ironisa-t-il en pénétrant plus avant dans le commerce.

Doris contourna son comptoir pour venir embrasser celui qui, jadis, avait été son client le plus assidu.

La femme s'essuya les yeux. Elle doit être émue, se dit Francis. Elle devait en outre se mourir de savoir *dans le détail* ce qui s'était passé.

Car, bien entendu, personne n'était au courant de tous les éléments de l'affaire qui avait conduit à l'internement prolongé de Francis. Certes, le plus gros de l'histoire officielle avait eu tôt fait de circuler, mais bien des nuances n'étaient connues que du docteur Barbeau ainsi que d'un juge de la chambre de la jeunesse. Quant à la vérité, Francis en était le seul détenteur. Même sa mère n'en possédait que des bribes.

Mais, comme aucune loi, aucune ordonnance de non-publication ne pouvaient empêcher une petite ville de demeurer informée, disons que les grandes lignes, et un peu plus, avaient atteint les oreilles grandes ouvertes des habitants du coin. Francis le comprit en plongeant son regard dans celui mêlé de tristesse et de sollicitude de Doris. Oui, c'était bien ce qu'il y lisait… Il avait été un peu rapide à la détente car cette expression-là contenait la promesse d'une visite exempte de questions. Tant mieux.

Il jeta un coup d'œil à la ronde, mains dans les poches.

— Bon, Doris, qu'est-ce que j'ai manqué ? En sept ans, ils ont bien dû faire au moins un bon film d'horreur ?

La propriétaire éclata d'un rire sonore en se détendant.

— J'ai peur de t'décevoir, mon grand. Y les font pus comme y z'étaient.

— Rien ? fit-il, incrédule.

— Y'ont faite un beau *Dracula*, y a deux ans. Coppola, l'réalisateur des trois *Parrains*…

— Trois ?

— Oui, y'en a faite un troisième, peux-tu croire ? Mais perds pas ton temps.

— Et le *Dracula*, il est bon ?

— Y'est surtout très *beau*. C'est… c'est spécial. C'est ben beau.

— Je sais pas…

… je devrais peut-être laisser faire les vampires…

Malgré qu'il fût seul, avec sa mère internée, à connaître cette particularité de sa névrose qui l'avait jadis poussé à enfoncer un pieu dans le cœur de son voisin, Francis était aujourd'hui encore submergé par une vague d'embarras au souvenir de ce spectaculaire déraillement.

Oups ! Il était un peu trop perdu dans ses pensées : Doris le couvait d'un œil inquiet. Désireux de tuer dans l'œuf tout malaise potentiel, il eut un haussement d'épaules, question de se donner une contenance, et se dirigea vers son rayon de prédilection. La propriétaire l'arrêta aussitôt.

— Les films d'horreur sont rendus su' l'mur du fond, astheure.

Francis suivit le regard de la femme et reconnut aussitôt quelques pochettes : *Meurtres à la St-Valentin*, *The Prowler*, *Alice, douce Alice*, *Le Bal de l'horreur*, *Vendredi 13*, *Vendredi 13 chapitre 2*, *3D*, *chapitre final*, *chapitre V : une nouvelle terreur*… Son regard s'éclaira.

Il se présenta une minute plus tard devant une Doris feignant le découragement. Elle examina les pochettes une à une et lança à Francis un regard amusé.

— Nous avons donc : *Vendredi 13, chapitre VI :
Jason est vivant*, *Vendredi 13, chapitre VII : Le sang
nouveau*, *Vendredi 13 : Jason à Manhattan*, et, finalement... *Jason va en enfer*. Tu risques d'être déçu, le
prévint-elle. Surtout avec les deux derniers : y montrent
pas grand-chose. C'est comme si les règles avaient
changé, tsé ?

— Qu'est-ce que tu veux dire, Doris ?

— Les maquillages gore pour... ben, pour les
meurtres. En tout cas, tu verras ben par toi-même, se
reprit-elle après un petit rire nerveux. On va commencer par te faire un dossier, parce que maintenant
on est informatisé, mon cher.

— J'habite chez ma tante Lucie. Ils ont peut-être
un dossier ?

— J'croirais pas, fit la propriétaire en roulant des
yeux. Ta tante approuve pus mon commerce, figure-
toi donc. C'est un lieu de perdition, qu'à m'a dit.
Rien que ça !

— Ouais... on dirait que ses bondieuseries ont
monté d'un cran en mon absence.

— Y a ben des choses qu'ont changé, en ton absence,
fit Doris en fixant son écran bleu.

Elle compléta l'abonnement de Francis mais, au
moment où ce dernier allait sortir son portefeuille tout
neuf, elle eut un geste de la main lui enjoignant de le
ranger.

— Aujourd'hui c'est gratis. Bienvenue chez vous,
Francis.

◆

Le jeune homme paraissait contrarié. Assis sur le
canapé, il marmonnait quelque inaudible diatribe ; des
reproches. Las, il s'intéressa au contenu de la table
basse : les cadeaux colorés n'avaient pas encore été
déballés.

Il saisit une boîte, la mine toujours boudeuse, et entreprit d'ouvrir le petit paquet. Il ne remarqua pas l'ombre, derrière lui. La silhouette massive s'avançait...

Le tueur leva la machette, l'abattit et... et rien. Rien du tout. On retournait dans les bois, la nuit, avec l'insignifiante héroïne qui courait sans grande conviction dans une nature beaucoup trop éclairée.

Francis soupira d'agacement. Quelques gouttes de sang et hop! on escamote le gore. Il se leva et appuya sur « stop » – il n'avait pas retrouvé la télécommande de l'appareil. Il trouvait inexcusable ce changement d'attitude dans l'une de ses séries favorites. Ils auraient dû laisser voir la tête qui roule par terre ou, mieux, qui reste en partie rattachée au cadavre... Mais où était passée leur imagination macabre?

On avait profité de son absence pour assainir Jason Voorhees. Ça, c'était triste. Francis fixa un moment l'écran parasité puis éteignit le poste à regret. Il avait installé l'appareil sur la commode, avec le magnétoscope sur le dessus. Rien n'avait été négligé en vue d'une merveilleuse nuit blanche à rattraper le temps perdu. Tout était au rendez-vous... hormis les films. Car il était maintenant hors de question pour Francis de regarder les deux derniers volets: la télékinésie (!?) et les effets-chocs aussi laborieux que ratés du chapitre VII venaient de l'achever.

Il détourna le regard du meuble, un peu surpris de l'ampleur de son désarroi. Qu'allait-il faire, maintenant? Dessiner, peut-être?

◆

Dimanche 21 août. Après une première journée, ou plutôt soirée, marquée au fer de la déception, Francis avait décidé qu'il entamait ce jour-là son retour officiel à Saint-Clovis. Il avait pour l'occasion demandé un calendrier à sa tante qui, jamais de celles qu'on prend au dépourvu avec ce type de requête, en avait aussitôt extirpé un du tiroir du vaisselier, celui-là même dans lequel elle avait pêché un portefeuille. Enfant, Francis se disait parfois que ce rangement polyvalent, aussi connu sous l'appellation de « tiroir à cossins », s'apparentait presque à une caverne d'Ali Baba tant Lucie allait y farfouiller souvent.

Dans sa chambre, il contemplait la photo d'un castor nageant dans un ruisseau, branche au bec. La scène avait ce côté à la fois naïf et anonyme qu'on était en droit d'attendre d'un personnage comme Lucie. Oui, voilà un objet qui cadrait parfaitement dans l'univers de sa tante, pensa Francis en ouvrant la porte où il avait accroché le calendrier scout à un clou.

— Francis, on serait prêts à y aller, lança-t-elle du bas des marches.

— Je sais, répondit-il en s'y engageant au même moment.

La maîtresse de maison rougit un peu, comme confuse d'être constamment devancée par son neveu.

◆

L'église paraissait avoir rétréci. Elle était si grande, dans son souvenir. D'imposante et massive, elle était devenue chétive et menue. On aurait d'ailleurs pu aisément appliquer ces qualificatifs à la congrégation, fort peu nombreuse. Une congrégation éparse, oui, mais curieuse, en témoignaient les regards furtifs qui mitraillaient, pas très discrètement, Lucie et Réjean mais, surtout, leur neveu Francis ; Francis le fou. Francis qui était aussi dangereux que son père ?...

Ils pensaient tellement fort, tous, que le principal intéressé aurait presque été tenté de converser avec eux par l'esprit, une idée peut-être pas si saugrenue, eu égard au lieu. Il y renonça. Au royaume des bigots plus qu'ailleurs, toute vérité n'était pas bonne à dire. C'eût annihilé tout le plaisir du commérage que d'admettre son existence.

Francis reporta son attention sur l'autel. Monsieur le curé y prêchait sans y mettre trop de passion. Le manque flagrant de conviction de l'homme d'Église le frappa alors de plein fouet. Croyait-il un seul mot des balivernes liturgiques qu'il débitait? Enchaînait-il mécaniquement les saintes paroles comme un automate exécute jusqu'à l'usure ultime la tâche pour laquelle il a été conçu? Francis s'imagina C3PO[1] en chaire l'espace d'une seconde, ce qui ne manqua pas de faire apparaître sur son visage un sourire un peu trop apparent.

Il souriait beaucoup. Le docteur Barbeau lui avait appris. Francis avait déjà su, tout petit, mais il avait vite oublié entre les chicanes de ses parents, les coups de son père, la dépression de sa mère et… et le reste. C'était la première chose que le docteur Barbeau s'était appliqué à lui démontrer: il n'avait rien fait de mal; il n'était pas responsable des comportements sordides de son père. Et l'état mental d'alors de Francis s'expliquait par un enchaînement de circonstances particulièrement difficiles.

Son état mental… Francis avait appris à l'apprivoiser, à le… contrôler. Paradoxalement, son côté lunatique était demeuré intact. La preuve en était qu'il avait perdu le fil du sermon. Le curé parlait maintenant de brebis égarées regagnant le troupeau. Très subtil, monsieur le curé, pensa-t-il, mais ne comptez pas me revoir ici; les allégories culpabilisantes, très peu pour moi.

Après le service, ils demeurèrent quelques minutes sur le parvis. Sa tante semblait attendre qu'on vienne

---

[1] Robot particulièrement flegmatique de la série *Star Wars*.

les saluer – comprendre : voir de près son neveu. Les fidèles se contentèrent de sourires discrets, de bonjours silencieux. Tous gardèrent leurs distances, mais cette réserve apparente n'en était pas moins affectée.

— Bon, on va au restaurant ou pas ? s'enquit Réjean, qui ne semblait pas avoir réalisé qu'on les évitait.

— Je sais pus, là, fit une Lucie apparemment troublée.

— T'inquiète pas, ma tante, dit Francis en se dirigeant tranquillement vers la voiture. J'avais pas envie d'jaser de toute façon. Je les aurais ennuyés, tes amis ; j'aurais pas su quoi leur dire. Et puis, ils savent probablement déjà tout ce qu'il y a à savoir sur moi...

— C'est pas vrai, s'emporta Lucie en lui saisissant le bras. T'es pas juste... t'es pas juste ça. N'importe qui aurait eu des... des problèmes après avoir vécu c'que t'as vécu. Ils ont pas l'droit d'te juger ! Ils ont pas l'droit !

Francis l'observait en silence. Elle débloquait complètement en lui serrant le bras de plus en plus fort à mesure qu'elle s'enflammait. Elle parlait d'une justice au-dessus de celle des hommes, que les paroissiens s'étaient montrés bien petits – elle cracha presque le mot – et que c'étaient eux qui seraient jugés.

— Tout l'monde est jugé tôt ou tard, conclut-elle.

— Tu vois, ma tante, si c'était toi qui faisais les sermons, l'église serait toujours pleine, plaisanta Francis quand elle se tut finalement.

Lucie lui caressa les cheveux, presque sur la pointe des pieds, souriant à demi. Le geste était banal, mais venant d'elle, une femme sévère, voire sèche, il était surprenant, et d'autant plus tendre.

Francis n'essaya pas de se soustraire à la marque d'affection, bien qu'à la vérité il ne la partageât pas.

Ils montèrent en voiture sous les regards circonspects de quelques paroissiens traînards.

Ils n'allèrent pas au restaurant. Ils traversèrent le centre-ville et se garèrent plutôt devant la salle des Chevaliers de Colomb, tout près de l'aréna municipal. Les deux grands bâtiments se dressaient non loin de la gare et des autres locaux du chemin de fer, ceux-là voués à l'entretien et à l'administration. Un peu plus loin, un viaduc menait à un vaste quartier résidentiel. Ce pont-là créait une sorte de barrière géographique entre le municipal et le ferroviaire.

Dès qu'il mit le pied sur le macadam, Francis renifla l'odeur caractéristique du bacon frit.

— Aimes-tu toujours autant l'bacon ? s'enquit Lucie avec un peu trop d'entrain.

Oui, il aimait toujours autant le bacon. Il avait oublié qu'elle le connaissait si bien, Lucie. Comment se faisait-il qu'elle le connût si bien ? Il n'avait pourtant pas passé beaucoup de temps avec elle, sauf peut-être dans les derniers jours ayant précédé... les événements.

Elle le couvait toujours d'un œil trop attentif, fébrile. Elle camouflait bien mal son anxiété, la tante. Francis mit fin à son supplice.

— Oui, j'aime encore ça, dit-il en tournant la tête vers le grand bâtiment de brique et de tôle.

— J'espère qu'ils ont pas fait brûler l'café, ronchonna Réjean en claquant sa portière.

Francis perçut le soupir de sa tante, qui se tenait tout près de lui. Il les laissa passer devant et les suivit du regard alors qu'ils se dirigeaient vers le large perron de béton. La première marche était fissurée à l'extrémité gauche, remarqua-t-il. La tôle des parois extérieures du hall était rongée par la rouille.

Francis regarda à la ronde. Tout ici était vieux, décati, à l'instar de la ville en déclin. En proie à un scepticisme teinté de curiosité, il gagna lui aussi le perron.

À l'intérieur, un brouhaha animé décourageait le solitaire de demeurer dans sa bulle contemplative. Francis salua de la tête les quelques personnes qui lui souriaient plus franchement. Pour peu qu'on acceptât de ne pas le traiter en bête de foire, il était tout disposé à se montrer sociable, voire affable. Il en était capable. Il avait appris.

Il suivit Lucie et Réjean jusqu'au buffet organisé un dimanche par mois au profit des bonnes œuvres locales. Après s'être servi de trop copieuses portions, ils prirent place à l'une des longues tables disposées en quatre interminables rangées qui couvraient presque toute l'étendue de la grande salle institutionnelle.

Le café parut au goût de Réjean, qui ne tarda pas à se relever pour se servir de nouveau. Lucie allait dire quelque chose à Francis quand son visage s'éclaira. Elle regardait par-dessus l'épaule de son neveu, l'air ravi.

— Salut, Francis, dit une voix féminine qu'il reconnut aussitôt.

— Bonjour, Sophie, dit-il avant même de se retourner vers la nouvelle venue.

Elle l'observa quelques secondes puis, constatant que son retour impromptu dans l'univers de Francis ne semblait guère le troubler, opta pour un sourire large mais figé.

— C'est l'fun, de t'revoir, dit-elle avec une sincérité factice.

Toujours aussi hypocrite, pensa-t-il en lui renvoyant un sourire d'égal calibre. Sept années passées et, affectation à l'appui, toujours la reine incontestée des peaux de vache. Sophie Malo... terreur de l'école, et lui, souffre-douleur de prédilection, à nouveau réunis. Les humiliations, l'intimidation... Francis revoyait tout cela, et elle aussi, certainement. Il devinait son propre passé moche dans le regard faussement réjoui de Sophie.

Il ne baissa pas les yeux. Au contraire, il s'appliqua à la reluquer sans ambages. Elle avait considérablement aminci, mais on percevait toujours la fillette boulotte derrière ses traits poupins. Son teint de pêche avait perdu presque toutes ses taches de rousseur ; ses cheveux roux avaient tourné à l'auburn cuivré. Elle était devenue, en toute justice, fort jolie.

— T'es vraiment belle, Sophie, dit-il en plantant de nouveau ses yeux dans les siens.

Elle rougit : enfin. Le sourire de Francis s'élargit.

◆

Ils roulaient depuis trois quarts d'heure. L'hôpital psychiatrique du comté, « La Bine », comme on appelait communément l'institution, n'était plus très loin. Francis n'avait compris que trois ans plus tôt la provenance de cette dénomination en apparence incongrue, alors qu'il s'était sérieusement mis à l'anglais. Il ne s'agissait que d'une contraction de l'expression « *looney bin* ».

Il n'avait pas tardé à maîtriser la langue. Au bout de quelques mois, il était parfaitement bilingue, tant à l'oral qu'à l'écrit. Il s'était cependant gardé une petite gêne avec le personnel et, surtout, avec le docteur Barbeau. Nul besoin d'attirer l'attention sur soi, se disait-il déjà à l'époque. Il ne retirait du reste aucune gratification particulière à se faire dire qu'il était bon, voire brillant. Il le savait. Il aurait voulu le nier qu'il n'aurait pas pu. La fausse modestie, il la laissait aux pleutres.

Avec du temps, de la patience et surtout de la discipline, on pouvait maîtriser à peu près tout, à commencer par soi-même. Or du temps, il en avait eu. Sa patience, il l'avait exercée à loisir. Et la discipline ? Elle avait eu raison des techniques de Barbeau.

Francis avait tiré de nombreux enseignements de toutes ces années passées au Centre, notamment que, pour le meilleur ou pour le pire, il était bel et bien différent, n'en déplaise à Barbeau et à sa philosophie inclusive de la santé mentale. L'aisance de Francis à décoder les gens et à brosser leur portrait psychologique n'avait d'égale que sa facilité à rendre leurs traits sur le papier. Et il retenait l'information. Une seule mention ou lecture suffisait. Il assimilait tout, reliait tout. Enfant, il n'avait pas été vraiment conscient de ce potentiel qui se manifestait de manière imprévisible, chaotique. Barbeau, sans le savoir, l'avait aidé à y mettre de l'ordre, à maîtriser la bête.

C'est ainsi que Francis désignait son cerveau : la bête. Non seulement l'avait-il domptée, mais il lui avait en plus appris des tours. Les médicaments agissaient comme une cage. Il arriverait éventuellement à dominer la bête sans eux, sans béquille psychotrope, mais il se donnait encore du temps. Rien ne pressait. Prendre du recul pour mieux se lancer, voilà qui lui convenait tout à fait.

— En tout cas, t'es pas bavard, mon Francis !

Lucie s'était retournée. Elle affichait encore cette jovialité crispée. Assis sur la banquette arrière, Francis se contenta d'acquiescer du chef. Sa tante reporta son attention sur le paysage égayé, çà et là, d'un panneau publicitaire de restaurant, de bar ou d'hôtel.

Une chose était certaine, La Bine ne donnait pas dans ce genre de réclames. L'établissement accueillait tous les fous de l'est de la région, clientèle de choix à laquelle appartenait désormais sa mère.

Au final, elle avait eu moins de chance que lui, s'attrista-t-il en tirant le lourd battant du portique principal, dix minutes plus tard. Peut-être en réchapperait-elle. Peut-être… Pourvu qu'ils ne se soient pas contentés de la bourrer de pilules, songea-t-il en s'avançant dans le hall aseptisé. Non qu'il eût nourri beaucoup d'espoir sur la question.

La visite ne se déroula pas comme il l'avait espéré. Dès leur arrivée à la réception, il demanda à son oncle et à sa tante de le laisser seul avec sa mère, parce qu'il ne l'avait pas vue depuis plusieurs années, violons, blabla. Ils acceptèrent sans qu'il eût besoin d'argumenter. Même Lucie ne parut pas trop ravagée. La requête de Francis était légitime, logique ; ce point à lui seul devait suffire à rassurer sa tante.

Il prit donc l'ascenseur sans eux et appuya sur le 4. La porte s'ouvrit dans un tintement indifférent. Devant lui, un corridor plus jaunasse que blanc. Il aurait pu être de retour au Centre Normande-Carle. Il aurait pu, oui, mais il n'y était pas ; il n'y était plus.

— Plus jamais, marmonna-t-il.

Francis passa devant le comptoir de l'étage en s'assurant d'un regard que l'infirmière en poste savait qu'il arrivait. Elle ne leva même pas le nez de son magazine. Le moins qu'on puisse dire, c'est que la sécurité ici n'avait rien à voir avec celle du Centre Normande-Carle ! Tout juste s'il avait repéré deux caméras, une au rez-de-chaussée et une qui le contemplait à l'instant même. À bien y regarder, les installations paraissaient dans l'ensemble assez désuètes. Un air généralisé de vétusté se dégageait des lieux. L'idée que sa mère croupissait ici depuis six ans révolta Francis.

Il remonta les numéros jusqu'à la chambre de sa mère. Vide. Il suivit le bruit d'un téléviseur et déboucha dans une pièce commune complètement enfumée. Deux infirmiers veillaient au grain tandis que les malades vaquaient à différentes activités allant du dessin au crayon de cire à la plongée sous-marine imaginaire, selon la lourdeur du cas.

Au fond de la pièce, une cigarette achevant de se consumer entre deux doigts jaunis par la nicotine, sa mère. Elle avait les cheveux ébouriffés, légèrement grisonnants ; les yeux hagards, perdus.

Il s'approcha doucement, la gorge nouée. Il vivait une émotion bien réelle contre laquelle il ne trouvait cette fois aucune parade.

— Bonjour, maman, dit-il d'une voix soudain haut perchée, la voix d'un enfant.

— Francis, dit-elle en lui prenant la main.

Elle se leva, comme ivre.

— T'es rev... nu.

— Oui, j'suis revenu. Comment tu vas, maman ?

Elle réfléchit, peinant manifestement à rassembler ses idées.

— Ça va, asteure que t'es là.

Elle le regarda dans les yeux en prenant son visage entre ses mains tremblantes. Il vit du coin de l'œil le mégot incandescent tomber par terre. Il remarqua du même coup les nombreuses cicatrices aux poignets de sa mère.

— T'avais laissé ton col roulé chez Richard, souffla-t-elle tout bas. Inquiète-toi pas, je l'ai ramassé. J'ai frotté l'bâton pis l'maillet de croquet, pour pas qu'ils sachent. C'était pas d'ta faute ; t'étais tout mêlé... comme maman... comme maman...

Elle le contemplait toujours, mais le tremblement semblait avoir quitté ses mains. Et puis tout s'emballa.

— J'vais aller faire ma valise, dit-elle.

— C'est parce que...

Il n'eut pas le temps de terminer sa phrase que déjà elle gagnait le couloir en apostrophant au passage l'un des infirmiers.

— J'm'en vais d'ici, enfin ! Tu l'vois, lui, là-bas, le beau grand jeune homme ? C'est mon fils. C'est *mon* garçon. Y'est venu m'chercher, parce qu'il' sait c'que vous m'faites icitte...

— OK, ma belle, on se calme, répondit l'infirmier d'une voix posée mais autoritaire.

— Va chier, lui cria-t-elle en revenant vers son fils. Francis, viens m'aider à faire ma valise, j'ai pas grand-chose; j'ai pus rien. Mais j't'ai, toi, hein Francis? Hein mon beau?

Elle ne remarqua pas le médecin qui arrivait derrière elle, une seringue à la main. Elle ne vit pas davantage l'infirmier qu'elle venait d'invectiver se rapprocher. Mais quand elle sentit leurs bras l'entraver, elle se déchaîna.

— Francis! Laisse-les pas faire, y veulent me garder, même si j'vais bien. Y veulent que j'crève icitte. Mais j'suis correcte, j'suis infirmière, pour l'amour! C'est ma sœur, c'est ça? C'est elle, la chienne! Elle veut que j'reste icitte pour pouvoir t'avoir juste à elle, parce que sa couille molle de mari a jamais été capable de la remplir! Mais c'est moi, ta mère, oublie pas, mon beau. Mon beau Francis. Je l'savais pas... j'm'excuse! J'm'excuse, Francis... Laisse-moi... pas... i-c-i...

Le sédatif commençait à produire son effet. Sa mère offrait moins de résistance et avait du mal à articuler.

— Maman... t'aime, dit-elle en fermant les yeux, maman va... t'protéger, astheure. Maman est infirmière... maman va t'protéger... Franciiiiis!!!

Elle émit un dernier hurlement déchiré de sanglots avant de sombrer.

Francis les regarda emmener cette mère qu'il ne reconnaissait plus, ou plutôt si, il la reconnaissait, et c'était bien là son drame: il aurait préféré qu'il y ait eu erreur sur la personne. Il demeura interdit un long moment. Sur le carrelage de linoléum, le mégot achevait de se consumer.

Quand il rejoignit Réjean et Lucie dans la salle d'attente du rez-de-chaussée, ses traits détendus ne trahissaient aucune émotion particulière.

— Comment elle va ? s'enquit Lucie en se levant d'un bond.

— Comme on peut s'y attendre, se contenta de répondre Francis en les dépassant.

La visite est terminée. On rentre.

Ils gagnèrent le vaste stationnement en silence, mais Francis pouvait presque entendre les questions muettes s'entrechoquer dans la tête de sa tante. Il accéléra le pas au moment où d'autres visiteurs descendaient de voiture : un homme et une femme au début de la quarantaine et une adolescente, probablement leur fille. Cette dernière affichait une moue contrariée : probablement la jeune fille aurait-elle préféré passer autrement son dimanche après-midi qu'en venant rendre visite à quelque parent timbré.

Comme si elle était consciente d'avoir attiré son attention, elle tourna la tête vers Francis, discrètement, puis ostensiblement. Ses yeux s'agrandirent, sa bouche s'entrouvrit légèrement. Elle dit quelque chose, « maman », si Francis se fiait au mouvement de ses lèvres. Et de fait, la femme regarda elle aussi dans la direction de Francis, qui se rapprochait. Le père les imita avec deux ou trois secondes de décalage.

Francis ne leur accorda aucune attention en passant devant leur voiture. Celle de son oncle était garée non loin de là. Mâchoires serrées, il s'y adossa, l'œil fixe.

Au retour, mère Nature les gratifia d'un ciel fâché au diapason de l'humeur de Francis. Quand les premières gouttes de l'averse frappèrent le pare-brise, Lucie se retourna et, comme à l'aller, y alla d'un commentaire badin visant surtout à rompre le silence qui, décidément, semblait lui peser plus que tout.

— Ça fait qu'elle allait bien ?

Bon, elle ne lâcherait vraisemblablement pas le morceau.

— Oui, elle allait bien.

— Elle devait être tellement contente de t'voir… Tsé qu'elle voulait voir personne d'autre ? Même pas sa sœur.

— Attends… Tu me dis que t'as pas vu ma mère depuis six ans ?

— Cinq, en fait. Les procédures et tout ça… C'est pas comme pour toi. Toi, on pouvait même pas aller t'voir ! Parce qu'on serait allés, tu l'sais, ça ! Mais ils voulaient pas. J'imagine qu'y savaient c'qu'ils faisaient… Sept ans sans voir son filleul, as-tu pensé ? C'est du temps, ça. C'est ben du temps… C'est fou comment qu'ça' l'air long, pendant, pis que là ça semble avoir passé tellement vite…

— C'est fou, en effet, ne put-il s'empêcher de relever.

— Francis, j'disais pas ça dans l'sens…

— J'te taquine, ma tante.

— Ah… OK.

— Les connaissez-vous, les gens qu'on a croisés dans le stationnement ? Ils sont de Saint-Clo, non ?

— T'as d'la mémoire, dit Lucie en se tournant davantage afin d'être un peu plus à l'aise.

Francis réalisa alors qu'il venait de mettre le doigt dans l'engrenage de la conversation. Sa tante était visiblement aux anges.

— Oui, poursuivit-elle. Y sont d'Saint-Clo certain : c'est les Laure. La p'tite, elle doit être de ton âge… Comment elle s'appelle, déjà ? Réjean, comment qu'elle s'appelle, la p'tite Laure de tantôt ?

— Sais pas, dit-il sans quitter la route des yeux.

— Tu sais jamais rien. Comment qu'elle… Johanne ! C'est ça ! Johanne Laure. Est-ce qu'elle a déjà été dans ta classe, Francis ?

Avait-elle déjà été dans sa classe ? Bonne question. Peut-être bien. La masse névrotique de ses souvenirs scolaires se divisait en deux catégories : ceux se rapportant à Éric, à Geneviève et, malheureusement, à Sophie, et les autres, plus généraux. De ceux-ci, Francis ne gardait que de vagues impressions, quelques images. Johanne Laure appartenait à cette catégorie plus anonyme. Oui, son visage lui disait quelque chose, mais sans plus. Il avait dû se mêler à ceux des autres enfants qui le torturaient dans la cour de récréation ; des faciès grimaçants, mesquins.

CHAPITRE 3

LES VISITEURS DU SOIR

La mine de plomb courait sur la surface lisse du papier bon marché. Par couches successives, le volume hachuré, sombre et dense, se muait en un clair-obscur très prononcé. Un visage émergeait de la multitude de petits traits serrés.

Au Centre, Francis prenait soin de ne dessiner que des portraits « imaginaires » ou, enfin, de ne laisser trace que de ceux-là. Dans les faits, il perfectionnait l'art du portrait depuis quelques années mais, une fois l'œuvre achevée, il la modifiait suffisamment pour rendre le sujet méconnaissable. Encore une fois, cette précaution visait à lui assurer une certaine quiétude. L'excellence, dans quelque discipline que ce fût, venait avec son lot d'inconvénients, à commencer par un surcroît d'intérêt de la part de l'entourage – en ce qui le concernait, le personnel soignant. Très peu pour lui.

Francis n'avait rien à leur reprocher. Même que la plupart d'entre eux étaient sympathiques. Ils accomplissaient leur travail avec diligence. Seulement... seulement, ils étaient sans intérêt. Francis préférait être seul, non pas laissé à lui-même, mais bien libre de lire, dessiner, réfléchir à loisir sans interférence aucune.

Seul le docteur Barbeau était parvenu à éveiller sa curiosité ; son savoir, plus précisément, avait séduit

Francis. Celui-ci pouvait en tirer quelque chose. Il l'avait fait tout en cultivant, dans l'esprit du pédopsychiatre imbu de sa personne, la certitude qu'il menait le bal : l'ex-patient savait s'intéresser au bon moment et poser les bonnes questions. Il était tellement facile de renvoyer aux gens l'image exacte qu'ils souhaitaient voir dans le regard de leur interlocuteur. Il suffisait d'être attentif. Écoute et observation, tel avait été le mantra de Francis au cours de son internement.

Au début, cette attitude relevait surtout du réflexe, son environnement familial l'ayant conditionné à agir de la sorte. Puis, à mesure que le temps avait passé, Francis s'était aperçu que le savoir qu'il cumulait à propos d'autrui pouvait s'avérer utile quand venait le moment d'interagir. Surtout, il avait pris conscience que ses intuitions, lesquelles découlaient de cette attention exacerbée, se vérifiaient presque systématiquement.

Barbeau avait beau aligner les diplômes, il était esclave de son discours, de sa rhétorique. Une fois conscient de cela, Francis avait pu à loisir flatter le docteur dans le sens du poil. Était-ce dire qu'il n'aurait pas dû être déclaré « sain d'esprit » et recevoir son congé ? Il n'en savait rien. En revanche, il était certain de se trouver mieux hors des murs du Centre.

Il suspendit son geste. Les yeux hyperréalistes lui renvoyaient le même regard dégoûté, mais empreint d'une curiosité certaine, que dans le stationnement de l'hôpital psychiatrique. Francis l'étudia attentivement. Il s'était appliqué à bien le rendre, sachant pertinemment qu'on le lui renverrait *in fine* au cours de la prochaine année, son ultime à Saint-Clo, si tout allait bien.

Esquissant un vague sourire, Francis appuya de nouveau la mine pointue sur le papier. Quelques traits ciblés suffirent à transformer Johanne Laure en jeune fille anonyme.

La métamorphose complétée, il déposa son crayon sur le bureau et s'étira longuement en faisant faire à son cou ankylosé quelques rotations. Il se frotta les yeux en bâillant bien qu'il ne fût pas fatigué : juste un peu de lassitude, voilà tout.

Dessiner ne lui disait plus rien pour ce soir. L'inspiration s'était momentanément tarie. Sans se lever, il approcha le visage de la fenêtre et regarda dehors, attentif au paysage nocturne. La lune était basse et pleine, très brillante. Ses yeux vagabondèrent un moment avant d'en rencontrer deux autres braqués sur lui. Francis fronça les sourcils sans toutefois sursauter.

Sur le gazon en contrebas, entre deux voitures abandonnées, tout près de la limite de la pente qui menait à la rivière, se tenait une fille qu'il reconnut sur-le-champ : Geneviève. Il lui fit signe de ne pas bouger et quitta sa chambre sur la pointe des pieds.

Le couloir était silencieux ; pas de lumière sous la porte d'en face. Il inspira puis expira, les yeux clos. Quand il les rouvrit, ses traits étaient complètement détendus. Il parcourut en catimini les six mètres qui le séparaient de l'escalier qui, plus que le corridor, pouvait poser problème.

Francis longea le mur tout du long pour descendre. Il parvint au rez-de-chaussée sans que la maison ne le trahisse. La porte arrière se trouvait juste là, au pied de l'escalier. Francis ramassa son blouson en jean et sortit dans la nuit fraîche. Il contourna la maison et dépassa la remise, dont la porte double était toujours maintenue fermée par un vieux cadenas. Enfin, il retrouva Geneviève, postée à distance polie de la maison.

Ils se dévisagèrent un moment. Les mots ne semblaient pas encore avoir leur place.

— Viens, on va s'asseoir dans celle-là, dit-il finalement en désignant une des bagnoles. Juste au cas où ils regarderaient dehors.

— Y'est minuit ! Y doivent ronfler, c'est comme rien, dit-elle en tirant néanmoins sur la portière du passager.

Les sièges étaient encore tout à fait confortables, bien qu'assez froids.

— T'as tellement grandi, dit-elle en parcourant du regard le corps long et plutôt baraqué de Francis.

— Ouep. La poussée d'croissance a fini par arriver.

Un nouveau silence s'installa, plus bref celui-là, Geneviève prenant sur elle de couper court à cette gêne importune.

— Raconte, dit-elle.

Francis sourit faiblement.

— Dis-moi c'que tu sais et je boucherai les trous.

— Est-ce que c'est vrai ? J'veux dire…

Elle hésitait à en dire davantage, comme si les paroles pouvaient à elles seules dissimuler quelque danger. Elle ne semblait pourtant pas mal à l'aise ni craintive. Elle pouvait être tranquille : Francis s'imaginait difficilement lui causer le moindre mal. Ils étaient amis depuis les couches, même s'il était officiellement d'un an son aîné.

Avait-elle peur de lui ? Non, il ne devait s'agir que d'un peu d'inconfort, ou peut-être de la pudeur, qui sait ?

Alors… était-ce vrai ?

Bien sûr que non, Geneviève. C'est pire.

— Oui, c'est vrai.

— Toute ?

— Oui. Tout.

Geneviève, les yeux ronds, le dévisageait sans parvenir à adopter une expression cohérente. Elle semblait paralysée devant la complète absence d'inhibition de Francis. Il lui sourit.

— C'est toi qui voulais savoir, lui rappela-t-il. Ça t'va bien, les lunettes.

Et, sans crier gare, il l'embrassa. Elle demeura immobile puis, après quelques secondes, il la sentit se détendre. Il éloigna son visage et la regarda un moment, un sourire monalisien retroussant légèrement ses lèvres.

— T'as pas encore embrassé beaucoup d'gars, hein ?

Geneviève ne dit rien et rougit un peu.

— Viens, je vais t'raccompagner.

— J'ai pas peur de rentrer toute seule !

— Je sais, dit-il d'un ton égal, mais j'ai envie d'marcher. Tu surveillais ma fenêtre depuis longtemps ?

— Tu vas penser qu'chu folle, si j't'e l'dis. Euh... s'cuse-moi.

Elle avait proféré le mot tabou.

— C'est correct, assura-t-il en ouvrant sa portière. Folle, folie, fou... Les mots ont rien d'bien dangereux. C'est l'importance qu'on leur accorde qui pose problème, si on s'met à les croire.

Il tenait toujours sa portière ouverte, le regard vague.

— Francis, ça va-tu ?

— Oui... Désolé. Ça m'arrive de déraper. Du moment que je prends mes p'tites pilules, y a aucun danger.

Il avait parlé comme s'il faisait une réclame publicitaire.

— C'pas drôle, fit Geneviève en sortant.

— J'essayais pas de l'être. Viens, j't'e ramène. On va piquer par le cimetière.

Ils jetèrent un coup d'œil du côté de la maison : aucune trace d'activité. Ils traversèrent la muraille d'arbustes derrière les voitures abandonnées et longèrent la lisière de la pente abrupte qui bordait la rivière.

Bien que la plupart eussent installé des clôtures, les propriétaires y laissaient pousser la végétation dense afin de parer à d'éventuels glissements de terrain : les racines retenaient le plateau de terre et de roche bien en place.

Même si, depuis l'étage des maisons plongées dans le noir, on ne pouvait pas les voir, ils préférèrent courir le dos voûté, au cas où.

Ils arrivèrent bientôt en vue du pont de la voie ferrée, construit de lourdes poutres de métal noirci par les années. Sa surface mate ne réfléchissait aucune lumière, même par un soir de pleine lune. Une épaisse nappe de brume venait lécher les assises de la structure jusqu'au niveau des rails. Elle s'élevait de la rivière qui coulait quelque vingt mètres plus bas, dissimulant le cours d'eau qu'on ne devinait qu'au son chuintant renvoyé par l'écho.

Francis s'engagea sur le pont le premier en s'assurant de poser le pied sur les épaisses poutres de bois goudronné. Le brouillard envelopperait bientôt toute l'armature, constata-t-il. Il fronça les sourcils : quelque chose clochait. Il se retourna.

Derrière lui, Geneviève demeurait immobile. Il rebroussa chemin et s'approcha de son amie.

— Ça va pas ? On peut aller jusqu'au vrai pont, proposa-t-il.

— Non, non, c'est correct. J'ai juste… Ça fait drôle d'être là avec t… C'est correct, se contenta-t-elle de répéter.

— C'est surtout pour pas être vu que je voulais passer ici. Sinon tes parents l'apprendraient sûrement, même à cette heure-ci… Un automobiliste et toute la ville va s'demander avec qui tu t'promenais en pleine nuit ! Est-ce que ton père a toujours aussi peur qu'il t'arrive quelque chose ? J'me souviens, quand il voulait plus qu'tu prennes l'autobus, le matin…

— Lui, il a pus ben ben l'occasion d'me faire chier, dit Geneviève en tournant la tête du côté de l'autre pont. C'est vrai, tu l'savais pas… Y ont divorcé. Ma mère l'a mis à' porte pas longtemps après… pas longtemps après qu't'es parti. J'habite avec elle.

Elle reporta son attention sur Francis, qui perçut une certaine dureté dans le regard de Geneviève.

— Elle travaille à' taverne Chez Méné, astheure. Elle rentre pas avant quatre heures et demie du matin. Pis malgré un père absent pis une mère à temps partiel, ben j'suis pas tombée dans l'enfer d'la drogue. Ça ferait une bonne histoire édifiante pour adolescents, me semble. Tu penses pas?

— J'pense surtout que beaucoup de choses ont changé ici, dit Francis.

— Qu'est-ce tu veux dire?

— Juste ça. Beaucoup d'choses ont changé. Comme toi. Tu portes des lunettes. Et t'es devenue assez *cute*.

Il fit mine de l'embrasser de nouveau, mais cette fois elle le repoussa, l'air grave.

— Arrête ça, Francis. Je l'sais qu'tu niaises.

— Que je niaise?

Elle prit le temps de rassembler ses idées.

— Tu... on dirait qu'c'est pus toi, lâcha-t-elle enfin. J'veux dire... c'est toi, j'te reconnais, même si tu parles un peu comme un Français, mais on dirait qu't'es pas complètement r'venu. Que la plus grosse partie est cachée pis qu'les becs, c'est pour m'empêcher d'gratter. J't'en poserai pas, des questions, si tu veux pas m'raconter. Ça m'dérange pas. J'suis contente que tu soïs revenu, c'est ben assez pour moi. Mais laisse faire les *french*. Pis oui, c'est vrai que j'suis pas habituée. Icitte, j'ai encore une réputation de *tomboy*; les gars m'regardent comme un d'leurs chums...

Francis, préférant méditer la sortie de Geneviève, ne répondit pas tout de suite. Elle était intelligente, son amie. Elle l'avait toujours été.

— Désolé. C'est promis: plus de *french*. Faut pas m'en vouloir. Là où j'étais, c'était les gars d'un bord, les filles de l'autre. Ça fait que...

Il se tut et se contenta de lui jeter un regard équivoque. Il lut sur le visage de Geneviève qu'elle comprenait, mais elle posa néanmoins la question.

— T'as déjà embrassé un gars, Francis?

Il réprima un éclat de rire.

— Embrassé?

Il porta un poing à sa bouche et poussa sa langue contre sa joue, mimant ainsi une fellation. Geneviève vira à l'écarlate, puis au blanc.

— Pauvre chouette, fit-il en riant, j'voulais pas te traumatiser.

— Non, non, c'est beau. Ça va… J'imagine que… ben que… ça devait pas être facile. C'est pire pour les gars, y paraît, les hormones pis toute. Tu t'es soulagé comme tu pouvais, même si t'aimais pas ça…

— Oh, j'aimais ça, l'assura Francis.

Geneviève abandonna la partie. Elle prit une profonde inspiration et s'engagea sur le pont. Quand elle passa près de Francis, elle prit soin de ne pas croiser son regard.

Au tiers de la distance environ, elle s'immobilisa brusquement et s'agrippa à une poutre verticale. Francis la rejoignit aussitôt.

— Ça va pas ? demanda-t-il de nouveau en la soutenant de ses deux bras, les pieds bien plantés. On va aller prendre l'autre pont.

— Non, non, j'ai juste eu un flash. Le pont d'la track, le brouillard, c'est comme dans *Génération perdue*. Ça donne presque envie d'essayer d'voler.

Il la regardait sans comprendre. Il n'avait aucune idée de quoi elle parlait. *Génération perdue* ? Essayer de voler ? Geneviève, elle, semblait perdue dans ses pensées, pensées qu'il n'était pas pour le moment invité à partager.

Une légère brise se leva. Francis ne la sentit presque pas, mais ce fut suffisant pour rompre le charme. Geneviève se tourna vers lui, de nouveau pleine d'assurance. Elle dut déchiffrer l'air perplexe de son ami d'enfance car elle crut bon expliquer l'allusion.

— S'cuse-moi, dit-elle. Tu peux probablement pas comprendre. *Génération perdue*, c'est un super bon film d'horreur qui est sorti… ben… l'été après qu'ils t'ont emmené. J'ai forcé ma mère à m'amener l'voir au cinéma. Mon père était certain qu'on y allait pour *La Grenouille et la Baleine*! Hum… Jason Patric est trop mangeable…

Elle sourit au souvenir de l'acteur principal en contemplant la mer de brume à leurs pieds.

— Y a une scène, reprit-elle, où les vampires amènent le gars avec eux autres. Lui sait pas qu'ses nouveaux amis sont des vampires. En tout cas. Dans cette scène-là, ils se suspendent en dessous du pont, pis y s'lâchent toutes dans l'vide, un après l'autre. On fait juste deviner qu'y volent. À cause d'la brume, on les voit pas. Tu comprends? Pis là, en y r'pensant, j'ai eu un peu l'vertige, tout à coup.

— T'en fais pas, dit Francis en reprenant sa marche, t'es avec la bonne personne, si jamais des vampires se pointent.

Derrière lui, il la sentit s'arrêter de nouveau.

— Qu'est-ce tu veux dire par là, « si des vampires se pointent »?

En effet, que voulait-il dire par là? Les gens n'étaient pas au courant: il n'allait quand même pas leur ouvrir son jardin secret! Prudence, Francis, se sermonna-t-il. Il devait surveiller la moindre de ses paroles; en dire le moins possible, quitte à mentir. Même à Geneviève.

— Depuis quand t'écoutes des films d'horreur, toi? demanda-t-il inopinément, question de rediriger la conversation.

— Depuis cet été-là, dit-elle tout bas. Quand j'en voyais un pis que j'me disais qu'tu l'aurais aimé, ben, c'est comme si tu l'voyais avec moi.

De part et d'autre, la structure sombre les enveloppait comme une cage noire suspendue en plein brouillard. Ils poursuivirent leur cheminement d'un pas prudent mais régulier.

— Pourquoi tu tenais à voir celui-là ? s'enquit Francis sans s'arrêter. T'as dit que t'as forcé ta mère…

— Je l'sais, pour ton voisin. Pour Richard.

Francis serra les maxillaires.

— J'sais comment qu'y'est mort, continua Geneviève. La manière, j'veux dire. Mon père…

— Ton père menait l'enquête sur les meurtres des enfants, mais c'est pas lui qui s'est occupé d'mon cas. On lui a retiré l'affaire. J'me souviens de ça.

— C'est vrai, mais y s'parlent entre collègues, Francis.

— Tu me feras pas croire que ton père t'a raconté quelque chose. Au contraire, il a probablement tout fait pour te préserver. Surtout que j'étais ton ami…

— T'es encore mon ami, Francis ! Ben non, c'est sûr qu'il s'est pas assis avec moi pour m'expliquer c'qui s'passait. Pas d'danger qu'il me traite autrement qu'en p'tite porcelaine fragile. S'il avait pu m'garder dans un cocon, il l'aurait faite. Toute cette histoire-là, ça l'a… changé. Je l'ai vu pleurer, des fois, en rentrant d'l'école. Une nuit que j'étais pas capable de dormir, j'ai voulu aller m'coucher avec mes parents, mais j'les ai entendus qui chuchotaient. J'ai écouté à' porte. Mon père parlait d'toi, de Richard, de comment…

— De comment Richard avait été tué comme un vampire ?

— Ouin.

— Pis ton père comprenait pas pourquoi mon père l'avait tué comme ça plutôt qu'avec son couteau, comme les enfants.

— Quèqu'chose comme ça.

— Et sachant que j'aimais les films d'horreur, de vampires…

— C'est ça, compléta Geneviève.

— Es-tu en train d'me dire, demanda-t-il en stoppant sa marche mais sans toutefois regarder son amie,

que toutes ces années-là, ton père m'a soupçonné de
ce meurtre-là ?

— Pour être ben franche, dit-elle en faisant halte
juste derrière lui, j'le sais pas, Francis. Je sais qu'y'a
jamais été d'accord avec les conclusions d'l'enquête,
mais je sais pas si y a sérieusement envisagé que c'était
toi. Pour lui, un enfant… je sais pas : ça va tellement
contre toutes ses valeurs. Peut-être qu'y pense que
c'est ta mère, pour c'que j'en sais. Mais j'peux t'dire
qu'il y pense encore. Pis qu'y pense probablement
que *toi*, tu sais toute. Pis j't'avertis : y'est encore plus
bucké qu'avant.

— Et toi ? Qu'est-ce que tu crois ?

Son amie ne répondit pas tout de suite bien qu'à
l'évidence elle eût mûrement médité la question bien
avant que Francis la lui posât.

— Je *sais* que c'est toi qui l'as tué. Je l'ai toujours
su, dès l'moment qu'mon père a conté à ma mère
comment ils avaient retrouvé ton voisin. Les monstres,
les vampires… ç'a toujours été ton genre. En fait,
tantôt, quand j'te demandais si « toute était vrai »,
c'est aussi à ça que j'pensais, pas juste à… ben… à
ton père. Me trouves-tu *weird* ?

— C'est à moi qu'tu demandes ça ? Non, pas du
tout. Mais pourquoi t'as rien dit de tes soupçons à ton
père ? T'avais aucune preuve, mais ça aurait peut-être
lancé ses collègues sur une autre piste.

— J'ai rien dit parce que j'me disais que t'avais
sûrement une bonne raison d'avoir faite ça. Il t'a-
tu… faite des affaires, lui avec ?

— Pas que j'me souvienne. C'est confus, Geneviève. Mais non, j'crois pas. J'ai…

Francis demeura silencieux un instant. Il était par-
tagé entre le désir d'expliquer à Geneviève les événements tels qu'ils s'étaient réellement déroulés et celui
de garder pour lui le fruit de ses sept années d'internement.

Pensif, il contempla la brume, tout autour, sans pouvoir s'empêcher d'y voir une assez juste métaphore de son propre inconscient. Oui, à bien des égards, les plages de son passé s'apparentaient à cette purée de pois. Et ce n'était probablement pas accidentel. Difficile, en effet, d'être ébranlé par quelque chose d'aussi abstrait, indistinct. Certains souvenirs devaient demeurer sous clé. Ou cachés derrière une épaisse nappe de brouillard. Francis la chasserait en temps voulu, mais il déciderait seul du moment opportun. D'ici là, ne pas se laisser sombrer, ne pas se laisser atteindre. Par qui ou quoi que ce fût.

Ce que Geneviève avait dit un instant plus tôt sur les motifs l'ayant poussée à voir ce film d'horreur l'avait en revanche touché, il ne pouvait le nier. Or bien peu de choses parvenaient à le toucher, à présent. Et puis elle savait, du moins pour Richard, alors autant lui fournir un bout d'explication, un os à ronger.

— Sais-tu c'que c'est un transfert, Geneviève ? demanda-t-il en se remettant en mouvement.

— Euh… ben oui, dit-elle à sa suite. C'est changer quèqu'chose ou quèqu'un d'place.

— En psychiatrie, un transfert, c'est quand on reporte sur quelqu'un d'autre la responsabilité de quelque chose. Moi, j'ai transféré les abus d'mon père sur mon voisin Richard. Tu comprends ?

— Oui, j'pense.

— Il avait probablement rien fait, Geneviève. J'ai tué quelqu'un qui méritait pas d'mourir. Et c'est mon père qui en a porté l'blâme.

— Mais c'est pas comme si lui y'avait rien faite ! Y a quand même tué des enfants !

— Oui, mais il a pas tué Richard.

Et il ne s'est pas suicidé non plus.

Il laissa passer quelques secondes avant de lâcher :

— Tu sais que mon père les violait, après les avoir tués ?

— Francis…

— C'était pas juste pour pas qu'ils crient – qu'il leur tranchait la gorge, je veux dire. J'pense que c'était surtout pour qu'il puisse mieux s'imaginer que c'était moi, chaque fois. En les entendant pas, il devait trouver ça plus facile… Ça a commencé un été, quand il m'a emmené à la pêche…

— Pourquoi tu nous as rien dit, à Éric ou moi ? Est-ce que c'était avant qu'Éric se noie ?

— Oui. Avant. Éric…

— Quoi, Éric ? Lui avais-tu dit, à lui ?

— Non…

Effectivement, il n'avait rien dit à son meilleur ami. Ce dernier, en revanche, avait confié à Francis l'inconduite de son père à son égard. Et il l'avait tué ; Francis avait tué Éric. Mais c'était un accident. Il l'avait poussé de l'arbre, il… Éric s'était brisé le cou et avait roulé dans la rivière.

Francis revoyait périodiquement la scène. Parfois, depuis les médicaments en fait, il parvenait à l'oublier pour un temps ; deux, trois jours, puis le souvenir coupable remontait à la surface, à l'instar du corps de son ami, qu'on avait repêché en aval. La Matshi avait la réputation de ne pas rendre ses morts. Éric aurait été l'exception. Sauf qu'il n'était pas vraiment mort… enfin, si, mais pas toujours.

— Francis ?

Il se ressaisit.

— Non. J'ai rien dit à Éric. J'ai… Je me suis construit un petit monde imaginaire qui m'arrangeait, tu comprends ? Dans ce monde-là, mon père m'avait rien fait, mais… mais il y avait une ombre qui planait ; une silhouette noire qui m'visitait, la nuit. Et puis il a eu le divorce et Richard est arrivé dans l'décor et…

et j'ai tout transféré sur lui. Il fallait que je mette un visage sur la silhouette noire, c'est bête comme ça. Le pire, c'est que tout était logique dans ma tête. Je pouvais pas... mon propre père pouvait pas m'avoir fait ça.

— J'suis tellement désolée, Francis, dit Geneviève en lui flattant le bras.

— Ça va. C'est derrière moi. Qu'est-ce que tu vas faire, maintenant qu'tu connais la vérité ?

Sans détacher son regard de son amie, Francis la vit basculer dans le vide et disparaître dans le brouillard. Arriverait-elle à voler, comme les vampires de son film ?

Son cou accusa un léger tic ; le scénario mental se dissipa quelque peu, mais pas complètement, alors que Geneviève ouvrait la bouche.

— J'la connaissais déjà, la vérité, Francis. J'ai rien dit avant pis j'ai pas l'intention d'changer ça. C'était pas d'ta faute. T'étais...

— Tout mêlé ?

— C'est ça. Tout mêlé. Pis dans l'fond, c'est vrai qu'c'est toute d'la faute à ton père. Ça fait qu'la police, elle a pas complètement tort. Ça t'donne rien de t'sentir coupable avec ça. C'était pas d'ta faute, Francis. Ça aussi, je l'sais.

Oui, elle arrivait à voler. Inutile de s'inquiéter, donc. Invalidée, l'image mentale disparut.

— Je voulais rien t'dire, Geneviève, mais en fin d'compte, je suis content qu'tu saches. Ça m'enlève un poids.

Là-dessus, il disait vrai. Elle l'avait d'abord pris par surprise, inquiété même, mais une fois de plus, elle s'était montrée à la hauteur.

— En tout cas, j'comprends pourquoi ton père s'est suicidé !

Oui, bon : elle ignorait tout de même certaines choses. En ce qui concernait la mort du père de Francis, elle devrait se contenter de la version officielle, qu'elle semblait au demeurant ne pas avoir remise en question.

— Prends pas ça mal, c'que j'vas dire, Francis, mais avec c'qu'y t'avait faite, il aurait dû s'tuer ben avant d'virer sur le capot. Tu l'as vu, quand il s'est… ?

— Oui, je l'ai vu mourir.

Parce que c'est moi qui tenais le couteau de pêche qui venait de lui ouvrir la gorge, Geneviève. Quand il est tombé dans l'herbe, j'ai replacé son Rapala dans sa main sans penser qu'on en tirerait des conclusions. Ça me semblait juste être la chose à faire à ce moment-là. Après, quand ils m'ont interrogé, j'ai rien dit au sujet de l'autre couteau que j'avais caché. J'ai rien dit tout court. Je les ai pas contredits quand ils ont parlé de suicide. Pas plus que quand ils ont suggéré qu'il avait tué Richard. Puis c'est devenu la version officielle.

— Je l'ai vu s'trancher la gorge, Geneviève.

Elle n'avait pas besoin de tout savoir. Elle dormirait mieux ainsi.

Ils parvinrent finalement au bout du pont. Après avoir marché sur une dizaine de mètres, ils piquèrent par les bosquets, à leur droite, et se retrouvèrent presque aussitôt dans l'enceinte de l'ancien cimetière dont les limites n'étaient plus déterminées que par la végétation envahissante.

Étonnement de Francis : Geneviève ne semblait pas trop affectée par l'atmosphère franchement lugubre des lieux. Considérant la teneur macabre de la conversation qu'ils venaient d'avoir, c'était tout de même surprenant. Lui, il trouvait l'endroit tout à fait approprié, pour ne pas dire à propos.

Les pierres tombales étaient tellement vieilles et mal entretenues qu'on n'arrivait plus à lire les noms des défunts sur la plupart d'entre elles : la mousse et

le lichen avaient depuis longtemps comblé les creux.
Le sol était couvert de hautes herbes et de chiendent.
Un vrai décor de la Hammer[2].

À droite, il y avait la route qu'ils devaient traverser pour rejoindre le pâté de maisons comptant celle
de Geneviève et celle, jadis, de Francis. À gauche,
passé la voie ferrée, un boisé assez dense séparait le
cimetière d'une petite chaumière au-delà de laquelle
commençait la forêt. C'était en fait une ancienne gare
reconvertie en maison au tournant du siècle. Et elle
avait une réputation : « la maison près du cimetière »,
l'appelait-on en frissonnant. Elle était depuis longtemps abandonnée, ce qui ajoutait à son aura sinistre.
Non, personne n'y avait vécu depuis longtemps, du
moins pas du temps de l'enfance de Francis. Elle
avait appartenu à un vieux couple qui avait enfanté
sur le tard. La femme était morte en couches et le père
était devenu cinglé. C'était du moins la version la
plus fréquemment colportée. Francis avait entendu sa
mère et celle d'Éric en parler, une fois. Elles s'étaient
tues en le voyant approcher.

Oui, l'Histoire de Saint-Clo comptait sa juste part
d'anecdotes scabreuses. Il se fit la réflexion que lui
aussi était sans l'ombre d'un doute entré dans les
annales locales au rayon des récits à raconter en chu-
chotant.

— Je suis une maison abandonnée…

— Qu'est-ce tu dis, Francis ?

— Hum ? Rien.

L'analogie entre lui et l'habitation, de même que
le passif de celle-ci, venait de lui sauter à la figure. À
l'instar de la maison désertée, il n'était plus habité

---

[2] Ancienne maison de production britannique spécialisée dans le cinéma
d'horreur qui connut son âge d'or au cours des années 1960-1970. Les
films qui y furent produits, presque entièrement tournés en studio,
étaient reconnus pour leur atmosphère lugubre très typée.

que par la poussière et les souvenirs. Des souvenirs qu'il valait mieux se garder d'évoquer dorénavant.

— J'me souviens que quand j'étais p'tite, j'étais contente d'habiter en bas d'la rue au lieu d'en haut, à côté du cimetière.

— Dis-moi pas que t'avais peur de quelque chose quand t'étais p'tite !

Elle lui balança un coup de coude complice. Malgré l'environnement macabre, l'atmosphère s'était allégée. Oui, la tension des retrouvailles s'était finalement dissipée, pensa Francis en suivant son amie.

Après avoir zigzagué entre les stèles et les vieux mausolées, ils replongèrent dans une muraille d'arbustes entrelacés, la dernière. Au-delà, il y avait leur... le quartier de Geneviève.

Francis eut la même impression qu'en traversant le centre-ville, plus tôt dans la journée. Ici aussi, le temps et l'économie chancelante avaient fait leur œuvre de désolation. Tout était reconnaissable mais... fatigué. Comme si la main de Dieu, ou celle du Malin, avait recouvert les façades d'une patine gris déprime.

Il s'immobilisa à l'intersection. Au même moment, juste devant lui, Geneviève en fit autant.

— Ça doit pas être évident pour toi d'revenir ici, dit-elle sans se retourner. J'vas être correcte ; tu peux rentrer, astheure. *Anyway*, j'te l'avais dit que j'pouvais rentrer toute seule...

— Ça va. C'est vrai qu'ça fait bizarre, mais... ça m'en prend plus que ça pour être traumatisé, conclut-il.

Elle n'ajouta rien et reprit sa marche. Il l'imita, surpris de s'inquiéter de ce qu'elle pensait en ce moment même. À mesure qu'ils se rapprochaient de leur destination, ils ralentissaient subrepticement le pas, comme désireux de faire durer la promenade, les retrouvailles.

Aucune lumière aux fenêtres. Personne pour témoigner du retour inopiné de Francis à la lisière du théâtre de tous ses traumatismes. Non, personne ne le savait ici, hormis Geneviève. Pas de caméra braquée sur lui ; ses faits et gestes n'étaient plus épiés. Il n'était plus dans le film de quelqu'un d'autre. Il avait repris la réalisation du sien propre. Il était à nouveau celui qui pouvait dire « action ».

Quand ils arrivèrent en vue de la maison de Geneviève, Francis dut faire un effort pour ne pas laisser errer son regard plus loin.

— Tu m'as pas demandé d'nouvelles d'la famille d'Éric, Francis.

Il se demanda si sa copine n'était pas un tantinet médium.

— Non, je t'ai pas demandé de nouvelles d'eux autres.

Et c'était inutile : il connaissait déjà l'essentiel. Cinq ans plus tôt, le docteur Barbeau l'avait reçu pour leur rencontre habituelle, mais son air pénétré avait tout de suite mis la puce à l'oreille de Francis. De mauvaises nouvelles, avait annoncé le pédopsychiatre. Ce dernier estimait que son patient avait le droit de savoir et que de le maintenir dans l'ignorance pouvait avoir des répercussions regrettables à long terme. Bref…

— J'ai su, reprit Francis. Sa mère a fait des tentatives de suicide. Comme la mienne. Sauf qu'elle a fini par pas s'rater.

Francis songea que les deux femmes étaient vraiment comme des sœurs. Dire de sa mère qu'elle était beaucoup plus proche de la mère d'Éric que de sa propre sœur était un euphémisme. Enfin, jadis…

— Paraît qu'il a déménagé, poursuivit-il, laconique. Le père d'Éric, j'veux dire, avec les jumeaux. Tu sais où ils sont rendus ?

— Aucune idée, confessa Geneviève en ralentissant ostensiblement la cadence. Probablement qu'il était pus capable de s'sentir tout l'temps regardé, comme si l'monde s'attendait qu'y s'brise en morceaux d'une minute à l'autre.

Elle se tut. Francis crut déceler une note autobiographique dans cette théorie.

— T'aurais voulu déménager, toi aussi ?

— J'te parle pas d'moi, j'te parle du père d'Éric.

— OK, Geneviève. OK.

— Bon ben… j'suis rendue, moi là.

— Oui, t'es rendue. Bonne nuit, Geneviève.

— Bonne nuit, dit-elle après une brève hésitation.

— Voulais-tu me dire quelque chose d'autre ?

— Non, c'est juste que ça fait drôle d'entendre mon nom comme ça. Toutes mes chums m'appellent Ge depuis l'secondaire un, c'pour ça. Je… j'te l'ai déjà dit, mais tu pouvais pas l'savoir.

— Là, c'est la deuxième fois que tu me perds ce soir, remarqua Francis en esquissant un pas vers elle.

— Ouin, j'imagine. Tu parles du film, tantôt, c'est ça ? C'parce que… ben… j't'ai écrit. Après qu'tu sois parti, j't'ai écrit. Une lettre par semaine, chaque semaine…

— Tu m'as écrit même si j'pouvais pas avoir de contact avec l'extérieur ?

— Oui. C'était… je sais pas. C'était ma façon de t'garder ici, avec moi, j'imagine. C'est d'quoi qu'j'ai jamais compris, pourquoi qu'y voulaient pas qu'tu reçoives de lettres pis d'visites. Me semble que ça t'aurait faite du bien !

— C'est compliqué. Le pédopsychiatre qui s'occupait de moi a des idées bien à lui sur les traitements qu'il donne à ses patients et, comme c'est une sommité, personne les remet en question. Il voulait être en mesure de contrôler tous les aspects de mon existence pendant que j'étais sous ses soins. Des visiteurs, avec leurs nouvelles et leurs questions, ça peut devenir un facteur de stress ; c'est une inconnue dans l'équation. Tu comprends ? J'étais pas dans une cellule, mais j'étais quand même en prison. Mais toi, pourquoi t'as continué d'écrire ?

Son amie eut un faible sourire.

— Parce que j'ai une tête de cochon, Francis. Tu l'sais.

— Oui, je sais. Bon, j'vais y aller maintenant.

— Francis ?

— Oui ? fit-il, un sourire à présent un peu les éclairant à demi son visage.

— Attends-moi là.

Il n'eut pas le temps de protester qu'elle rentrait chez elle sans prendre la peine de refermer la porte. Francis attendit donc et la vit reparaître presque tout de suite, une large boîte à chaussures entre les mains.

— Tiens, dit-elle en revenant vers lui. J'les aurai pas écrites pour rien.

Elle lui tendait la boîte d'un air décidé.

— T'es certaine ?

Sans qu'il pût s'expliquer pourquoi, Francis avait l'impression que c'était son journal intime que s'apprêtait à lui confier Geneviève.

— Ben oui. Après toute, c't'à toi qu'j'les écrivais. Tu vas voir que j'ai pas mal filtré, par exemple. Tsé, comme pour la mère d'Éric. Ces affaires-là, j'les écrivais pas. J'me disais que t'avais probablement ben assez de tes problèmes à toi.

« Ces affaires-là », médita-t-il un instant. Et ses problèmes… Son amie aussi en avait eu son lot. Ils en partageaient plusieurs, réalisa-t-il soudain. Les séparations, les deuils…

— Je suis désolé pour tes parents, Geneviève. Sérieux.

Il approcha une main du bras de son amie. Elle esquiva le geste de réconfort en feignant un toussotement. Francis ne fut pas dupe et n'insista pas.

— C'est vrai, Francis, c'que j'ai dit tantôt. J'dirai rien, fais-toi-z'en pas. Je... j'comprends pourquoi ça s'est passé. On peut rien y changer. Pis j'pense que si ça venait qu'à s'savoir, ça ferait ben plus de mal que d'bien. Le monde ici sont rassurés d'savoir que c'était toute lui, que c'était toute ton père, j'veux dire. Ils ont pas besoin d'savoir. Ils comprendraient pas.

— Tu m'as l'air d'y avoir pensé pas mal.

— Pendant sept ans. Chaque fois que j't'écrivais.

— Merci, Geneviève.

Elle eut un léger haussement d'épaules. Il l'observa alors qu'elle s'engageait de nouveau dans l'entrée dont l'asphalte usé craquait de partout.

— Francis ! dit-elle en faisant volte-face.

— Quoi ?

— Tu t'en retourneras pas tout de suite, hein ?

— Non. J'vais attendre que tu sois rentrée.

— Niaise pas : tu sais c'que j'veux dire.

— Oui, je sais. J'vais finir l'école ici. Tu vas m'avoir dans les pattes pour toute l'année scolaire.

Un sourire timide éclaira fugacement le visage de Geneviève.

— Merci de m'avoir ramenée.

Francis attendit qu'elle soit rentrée, après quoi il reprit le chemin du cimetière, la tête au moins aussi lourde que la boîte à chaussures qu'il tenait sous le bras. Il était tellement perdu dans ses pensées qu'il ne regarda même pas si la voie était libre avant de traverser la route. Elle l'était, heureusement pour lui.

De retour au milieu des monuments funéraires, il s'arrêta soudain, l'oreille tendue. Était-ce un craquement qu'il avait entendu, quelque part en direction de la petite maison ? Francis attendit quelques secondes, en vain. Un tour de son imagination ? Ou alors la connotation du lieu, qui avait fini par produire son effet ? Il se hâta tout de même vers le pont.

Une fois engagé sur la voie ferrée, il perçut le bruissement de buissons qu'on écartait, du côté est, c'est-à-dire du côté du boisé qui séparait la maison abandonnée de la voie ferrée. Quoiqu'il avait vu de la fumée s'échapper de l'habitation, maintenant qu'il y repensait… Quelqu'un l'occupait donc, à présent ? Et était-ce son mystérieux locataire qui le suivait en ce moment même ?

Francis traversa le pont à grandes enjambées et ne se retourna pas une seule fois. Même lorsqu'il entendit distinctement des pas sur les rails, derrière lui, il maintint le cap. Ce n'est qu'une fois arrivé de l'autre côté qu'il fit volte-face, les poings serrés. La brume achevait de se dissiper. Le pont était désert.

◆

Il referma doucement la porte. À sa droite, la cage d'escalier étirait vers le haut sa quinzaine de marches dont la lueur bleutée de la lune venait définir les arêtes jusqu'au coude qui menait au palier, sur la gauche.

Il fit quelques pas mesurés dans la spacieuse aire ouverte qui accueillait ici la salle à manger et, au fond, la cuisine, dont la fenêtre donnait sur la cour avant.

L'horloge du four à micro-ondes indiquait 1 h 06. Francis revint sur ses pas et leva machinalement les yeux. Sur sa droite, le vaisselier qui avait miraculeusement survécu à la déferlante mélamineuse était orné à son sommet d'une sculpture horlogère franchement atroce : un ours de bronze se tenant sur ses pattes postérieures et exposant un ventre bien rond dans lequel était incrusté le cadran de l'horloge, appareillage accusant un décalage de trois minutes par rapport à son homologue multifonctionnel.

Peu visible pour qui ne le cherchait pas du regard, l'objet, de par son emplacement ingrat, avait dû être offert à Lucie et à Réjean en cadeau de mariage. Un présent guère apprécié, il semblait bien. Mais peut-être avait-il appartenu à sa grand-mère maternelle ? Il n'aurait su dire. Grand-maman Hortensia, il s'en rendait compte avec un mélange détonant d'entendement et d'étonnement, avait toujours été un sujet tabou. Même l'évocation indirecte de feu son existence avait toujours mis sa tante mal à l'aise… et sa mère aussi, maintenant qu'il y pensait. Étrange qu'il ne se soit jamais penché sur la question. Quoique, son enfance durant, Francis avait eu sa bonne part de tracas.

De retour au bas des marches, il suspendit sa veste à la patère et entreprit de monter l'escalier en usant des mêmes précautions qu'à la descente. Quand il se laissa choir sur son lit deux minutes plus tard, il se surprit à échapper une profonde expiration retenue. Même courte, l'ascension clandestine de l'escalier et la traversée du couloir avaient presque revêtu des allures d'épreuve d'endurance.

Malgré l'heure et la marche, Francis ne ressentait aucune fatigue. Cette balade nocturne l'avait complètement ragaillardi. Geneviève… Petite Geneviève. Elle avait grandi, notamment en courbes discrètes, mais elle était paradoxalement demeurée la même : toute en nerfs et en bravades. Il sourit rêveusement. Son amie possédait le même genre de beauté androgyne que cette actrice à la mode, enfin, qui l'était juste avant son internement… Comment s'appelait-elle, déjà ? Mary Stuart Masterson, voilà. Oui, Geneviève avait en plein ce type-là, et au moins autant d'aplomb.

Il refréna un fou rire en revoyant son air épouvanté devant ses révélations-chocs. Elle s'en remettrait sans trop de problèmes. Et elle tiendrait sa langue. Elle en était capable. À preuve : elle n'avait soufflé mot à personne des confidences de son père qu'elle avait… glanées. Francis savait qu'il pouvait avoir confiance en elle. Geneviève n'était pas de celles qui trahissent.

À présent rangé sous le lit, le carton contenant la correspondance entêtée de l'adolescente attestait en outre de ce qu'elle était un véritable livre ouvert.

Francis échappa un bâillement bien senti. Depuis combien de temps fixait-il les ombres changeantes au plafond? Il tourna la tête vers la table de chevet où le radio-réveil indiquait trois heures cinquante-quatre. Deux flacons clairs étaient posés tout près. Francis s'en saisit, résigné, et avala deux pilules.

Avait-il oublié sa dose au souper? Oui, il l'avait oubliée. Il ne se revoyait pas prendre ses cachets à table. Sa tante aurait alors passé un commentaire faussement désinvolte, histoire de masquer son inconfort.

Oui, il avait bel et bien omis de prendre ses médicaments. Il siffla entre ses dents, rageant contre son étourderie. Puis il se rasséréna: rien ne lui servait d'être si dur envers lui-même, du moins pas si tôt après sa sortie du Centre. Sa routine avait été chamboulée et il devrait s'en construire une autre ici. Oui, il fallait veiller à ne pas basculer de nouveau dans l'autre réalité; garder un esprit pragmatique. Il devrait aussi s'obliger à laisser les histoires d'horreur au cinéma, là où elles devaient naître et mourir. Lui, il avait assez donné.

L'avait-on réellement suivi?

CHAPITRE 4

RÉMINISCENCES

Lundi 22 août. Un soleil estival bien gros et bien chaud s'étalait telle une grande tache blanche au milieu d'un ciel dégagé, comme une vaine promesse que l'automne ne viendrait pas. Le temps plus que clément ne suffisait toutefois pas à accrocher un sourire au visage de Francis, qui s'était levé du mauvais pied ce matin-là.

Au réveil, pendant quelques interminables secondes, il avait inutilement cherché à se rappeler où il se trouvait. Puis la mémoire lui était revenue, lentement. Le voile éthéré d'un sommeil qu'il devinait avoir été agité s'était peu à peu dissipé. Il était cependant demeuré avec une désagréable impression d'inconfort qu'il traînait encore au moment de s'asseoir sur les marches de la galerie principale, le regard dirigé, faute d'autre chose, vers les carcasses de bagnoles jadis tant honnies par sa tante.

L'œil contemplatif, il porta la tasse fumante à ses lèvres. Comme si elle avait deviné que son neveu serait d'humeur revêche, Lucie lui avait préparé du chocolat chaud. La boisson flirtait avec le point d'ébullition quand Francis avait fait son apparition dans l'escalier, visage fermé, regard impénétrable.

Elle avait un certain flair, sa tante, il devait bien le lui reconnaître. Ou alors ses cauchemars avaient été bruyants ? Oui… il avait fait de mauvais rêves, de drôles de rêves.

— Tes pilules, Francis. Prends tes pilules du matin, se sermonna-t-il.

Il posa la tasse sur la marche de bois récemment repeinte. Il n'aurait su dire si c'était l'œuvre du cacao ou juste du moment de méditation matinale, reste que les relents maussades du réveil l'avaient abandonné. Peu désireux de les voir revenir, Francis se leva sans trop savoir ce qu'il comptait faire dans l'immédiat.

La tiédeur alanguie du matin promettait une journée chaude. Idéale pour partir en vadrouille ? Voilà qui tombait sous le sens.

Tournant définitivement le dos à l'entrée de la cour, Francis se dirigea d'un pas décidé vers les bosquets au fond du terrain. Arrivé à la hauteur des voitures abandonnées, il s'arrêta soudain. Un demi-sourire creusait une fossette dans sa joue droite.

— Francis, y a toujours pas d'clôture ! C'est dangereux, avec la rivière en bas…

Ses lèvres s'étirèrent en un rictus malicieux.

— Je sais, ma tante. J'vais aller me promener.

Il se tut, juste le temps pour sa tante de rassembler ses idées et d'émettre un début d'objection.

— Attends-moi pas avant le souper, acheva-t-il prestement.

Il n'y aurait pas de riposte, il le savait. Il était à présent clair pour Francis que les sept dernières années avaient été très éprouvantes pour sa tante. Elle avait conservé ses vieux réflexes, mais elle était de toute évidence fatiguée.

Il se frayait un passage dans les branches enchevêtrées quand il entendit la porte de la maison se refermer doucement derrière lui. Il n'y avait pas à dire, la nature avait prospéré, par ici, se dit-il sans plus se soucier de Lucie.

Trois enjambées lui suffirent pour parvenir au bord de la pente abrupte. Avec Geneviève, il n'avait pas vraiment prêté attention à ce détail, mais à ce moment précis, en pleine clarté, le décalage entre l'état actuel des lieux et son souvenir d'enfance le frappa de plein fouet. Trois enjambées… Il gardait pourtant en mémoire un parcours plus long… désormais tout court, presque décevant, comme le reste de ses réminiscences fragmentées, d'ailleurs.

Mais à quoi s'attendait-il, au juste ?

Il agrippa une longue branche souple et s'en servit comme d'une corde, question de s'engager sur la pente du bon pied. Quand il sentit qu'il pouvait cheminer sans danger, il relâcha la branche et entama la descente en prenant appui ici sur une pierre, là sur une racine saillante. Il mit une bonne minute à gagner la rivière.

Quand il se redressa, il fut surpris de ne pas se sentir en terrain connu. Il avait si souvent imaginé ces berges depuis les hauteurs rassurantes du terrain de son oncle et de sa tante. Il en avait tant rêvé… comme cette nuit ? Non, la nuit dernière avait charrié dans son sillage brumeux de nouveaux songes, Francis en éprouvait la quasi-certitude.

Il mettait toujours quelques jours à se familiariser avec de nouvelles mythologies nocturnes. Les rêves suivants lui fourniraient des images de plus en plus nettes ; c'était chaque fois pareil. Ils adoptaient géné-ralement la forme de cycles distincts et mettaient de l'avant des symboles et des épisodes récurrents. Tout dépendait de l'obsession du moment. Pour l'heure, Francis était en mode reconnaissance/apprivoisement. Et ses songes seraient tributaires, pour un temps, de ce sentiment d'étrangeté familière que son retour à Saint-Clo avait réveillé.

Il avait rarement vu le niveau de l'eau si bas. Il disposait par conséquent d'une très confortable bande de terre pour marcher le long de la rivière. Et il comptait en profiter.

C'est sans aucune hésitation qu'il prit à droite, vers les deux ponts. Il arriva rapidement en vue des massives assises de béton qui supportaient la structure de métal noir érigée plus haut. Il n'avait jamais considéré la construction depuis cet angle. La chute devait être mortelle trois fois sur quatre, estima-t-il en simulant du regard une plongée dans la Matshi.

En reprenant sa route, il fut intrigué de voir à quel point des lieux connus cessaient d'avoir leur valeur de repère dès que la perspective dans laquelle on les abordait changeait. Pour un peu, il se serait cru en contrée étrangère avec pour seuls compagnons le bruit de ses pas étouffé par l'herbe, le chant des grillons dégourdis par la chaleur et les clapotis indifférents de la rivière amaigrie mais toujours profonde.

À mesure qu'il se rapprochait du second pont, Francis réalisa que bien peu de voitures circulaient à cette heure matinale. Il consulta sa montre : 10 h 17. Les gens étaient au boulot, enfin, ceux qui en avaient encore un. Les autres devaient cuver leur déprime ou s'occuper autrement qu'en errant dans la ville.

Et lui, était-il déprimé ? Non. Il était à l'abri des coups de cafard comme des autres émotions. Il était vide. Vide et tranquille.

Le scintillement soudain de quelque objet brillant sur l'autre rive, sous le pont, attira son attention. Un tesson de bouteille, probablement, ou encore un bout de métal tombé d'une automobile. N'empêche, sa curiosité était piquée. Il courut jusqu'au second pont et gravit la pente en prenant soin de baisser les yeux une fois de temps en temps afin de poser le pied au bon endroit. Parvenu au niveau de la route, il enjamba le garde-fou et se retrouva sur un trottoir grugé par trop d'hivers au calcium et au gros sel.

Il gagna l'autre extrémité en moins de deux et redescendit en usant des mêmes précautions. Arrivé sous le pont, il ne vit d'abord rien de particulier, hormis de la roche et un peu d'herbe humide, près de la berge mouillée. Il entreprit néanmoins de passer le sol au peigne fin, faute d'une activité plus stimulante. Non loin d'un des piliers, abandonnée sur le sol en pente qui remontait vers le tablier, une bouteille de bière vide retenue par un caillou saillant témoignait de ce que le lieu était occasionnellement occupé. Mais pas aujourd'hui ; du moins pas pour le moment.

Francis contemplait maintenant le point précis où il s'était tenu quelques minutes plus tôt sur la rive opposée. Il baissa piteusement la tête vers sa bien décevante découverte : effectivement, il ne s'agissait que d'un vulgaire tesson de bouteille. Déçu, il jeta un dernier regard à la ronde, ne sachant trop ce qu'il était venu chercher là, en fin de compte.

Du côté du pont du chemin de fer, à une dizaine de mètres environ, il crut discerner ce qui avait toutes les apparences d'un essaim de mouches. Il s'approcha, intrigué.

La nuée bourdonnante se dissipa de mauvaise grâce, révélant la dépouille d'un chat maigrichon en partie dissimulé par les hautes herbes éparses. Pas de collier. Francis tourna la tête en direction du pont routier. Peut-être l'animal avait-il été heurté par une voiture et s'était ensuite traîné là pour mourir ?

Francis reporta son attention sur le félin. Le décès devait être récent, car les vers ne s'étaient pas encore mis de la partie. Les mouches avaient cependant commencé à pondre. D'un geste calculé, il saisit un long bout de bois gris abandonné par la décrue et tapota délicatement la bête qui, selon toute vraisemblance, n'était pas qu'assoupie.

Sans se presser, et sans trop savoir pourquoi il agissait de la sorte, il plaça l'extrémité du bâton sous le chat mort et le dégagea du bouquet d'herbe. En lieu et place d'un regard vitreux, Francis rencontra deux orbites creuses. Évidées ?

Il avait repris sa promenade depuis une dizaine de minutes, cap à l'ouest toujours. Le faciès aveugle de la pauvre bête dansait encore à la lisière de sa conscience. Enfant, il se souciait beaucoup du sort des animaux, des chats en particulier. Aujourd'hui… un peu, peut-être, mais rien à voir avec ses états d'âme d'autrefois. Il repensait, parfois, à ces trois chatons abandonnés découverts dans le cabanon de la maison de pierre, celle-là même qu'avait brièvement habitée feu Richard. Éric avait adopté un des bébés chats, mais Geneviève et Francis avaient eu moins de chance, à l'instar des chatons.

Quand il avait su que Yoland Filiatreault, le père de Geneviève, les avait noyés, Francis avait été outré. À présent, il aurait mieux su cacher son jeu. L'opinion qu'il se faisait de l'homme n'avait en revanche pas changé. Et le sort qu'il avait fait aux chats de gouttière ne passait toujours pas, à en juger par le degré de crispation des mâchoires de l'adolescent.

Que serait-il advenu s'il était demeuré ici ? si, par quelque hasard, il n'avait pas été institutionnalisé et qu'il avait continué de vivre à Saint-Clo ces sept dernières années ? La série noire se serait-elle poursuivie ? D'abord Éric, puis Richard, et son père, juste après… Bien sûr, pour Éric, c'était un accident.

— J'voulais pas, Éric…

Pour son père, c'était une autre histoire. Il n'avait guère eu le choix : c'était ça ou il y laissait sa peau. À ce stade, papa était irrécupérable, et Francis, pas qu'un peu confus ; la faute au premier, essentiellement.

Cette distance dans le constat, il ne l'avait pas feinte pour le docteur Barbeau ; elle était bien réelle. Francis était effectivement parvenu à avoir une appréciation objective de sa situation. Non sans heurt, puisqu'il vivait désormais avec la culpabilité d'avoir tué un homme innocent et, de surcroît, plutôt bon. Pauvre Richard, il aura été au mauvais endroit au mauvais moment. Si les choses s'étaient déroulées autrement, s'il avait vécu, aurait-il pu avoir sur Francis une influence positive ? Ce dernier ne le saurait jamais : avec Richard étaient mortes toutes les promesses de normalité.

Que serait-il advenu si tout avait été… différent ? Y aurait-il eu des morts ? Francis était-il voué, à la base, à faire le mal, même involontairement ? Son père serait-il simplement en prison à perpétuité ou en liberté après avoir purgé le sixième de sa peine ? Et celui de Geneviève ? Aurait-il fini par payer pour avoir mis à mort deux chatons sans défense ? Et si, quand il était allé les noyer à la rivière, quelqu'un l'avait suivi et l'avait… poussé ? Juste poussé, juste assez. Parfois, cela suffisait.

Comme pour Éric, Francis ?

Il secoua la tête. L'image des deux chatons gambadant sur la berge, libres et bien vivants, se formait dans son esprit, accompagnée de celle du père de Geneviève se débattant dans l'eau vive, en face. Le sourire qui naissait sur le visage harmonieux de Francis se tordit légèrement quand l'adolescent s'aperçut qu'il se délectait du fantasme qu'il avait été un peu trop prompt à construire.

— C'est plus toi, Francis. Contrôle.

Oui : contrôle. Domine et dissimule, se commanda-t-il en accélérant la cadence de ses pas.

Sans l'avoir vraiment décidé, mais sans avoir davantage cherché à l'éviter, il se retrouva au pied du vieux cormier noueux, jadis « son » arbre. Et au-delà, le boisé très dense, la rue étroite délimitant le petit quartier résidentiel, et sa maison, désormais occupée par des inconnus.

Francis fit un effort notable pour recentrer toute son attention sur le vieux cormier qui avait continué de profiter, au fil des ans. Le fait que l'arbre se dressait pour l'heure à deux mètres de l'eau rendait bien compte du niveau exceptionnellement bas de la rivière. Son enfance durant, Francis avait plutôt été habitué à voir le cormier pousser à cheval sur la berge et la Matshi.

Après une brève hésitation, il attrapa une branche, se hissa sans difficulté et s'installa sur son perchoir avec l'aisance de celui qui enfile une vieille paire de pantoufles. Sauf que les souvenirs que sa présence en ces lieux convoquait ne semblaient pas vouloir s'estomper complètement ; certains étaient loin d'être réconfortants. Francis se ramassa un peu sur lui-même afin de dégager l'accès au creux dans un nœud où il avait rangé quelque chose, sept ans plus tôt.

Comme animée d'une vie propre, sa main refit de mémoire le chemin jusqu'au trou sombre. Sans surprise, Francis le trouva plus petit que dans son souvenir. Quand sa main se referma sur l'étui en cuir traité, il ressentit malgré lui une vague de soulagement.

Le second couteau de pêche, un des Rapalas de son père, celui que Francis avait trouvé sur les lieux du premier meurtre, était demeuré là tout ce temps. Le vernis du manche avait commencé à s'écailler mais, dans l'ensemble, Francis fut étonné de trouver l'arme en si bon état.

Après mûre réflexion, il décida de la remettre où il l'avait prise. Il serait toujours temps de revenir la chercher en cas de besoin, ce dont il doutait. En dépit de cette dernière certitude, il ne pouvait se résoudre à s'en débarrasser. Le couteau signifiait trop.

Avant de le ranger, il poussa le masochisme jusqu'à examiner la lame brillante et propre, à peine entamée par la rouille. Des analyses médico-légales auraient-elles permis de détecter quelque infime trace de sang ? celui de Samuel, le cousin de son ancienne gardienne Nancy et, surtout, celui du père de Francis ? Proba-blement. Mais encore aurait-il fallu que l'arme soit en possession des autorités. Or elle ne le serait jamais.

Comme à regret – mais encore là, pas tout à fait –, Francis regarda en bas en s'attendant presque à voir surgir son père de derrière le tronc moussu. Et cette voix susurrante qui sifflait son nom… *Fran-ciiiiiisssss…*

Mais son père était mort et, avec lui, l'enfant que Francis avait brièvement été. Le jeune homme bien bâti qu'il s'était obligé à devenir en maintenant une saine alimentation et en profitant au maximum des installations sportives du Centre n'avait plus rien à voir avec le gamin malingre que tous ici avaient connu ; plus rien. Enfin, presque.

Ses yeux, qui erraient maintenant au fil de l'eau, stoppèrent leur lent mouvement. Le petit corps d'Éric flottait toujours à la surface, emporté par le courant. L'avait-il suivi jusque-là ?

L'avait-il attendu ?

Francis ferma les paupières, très fort.

◆

À dix-sept heures tapantes, Francis émergea des buissons au fond du terrain en affichant, comme au matin, un air insouciant, peut-être un peu plus étudié, cette fois.

Sa soif d'exploration était pour l'instant satisfaite. Ses besoins physiologiques, eux, ne l'étaient pas. Il n'avait pas dîné et cette longue promenade aurait dû être accompagnée d'un peu d'eau. Après tout, il s'était absenté presque sept heures…

Il retira ses tennis boueux sur le perron et entra en regrettant presque l'époque où il devait frapper à la porte de cette maison avant d'y pénétrer. Habiter ici n'avait jamais fait partie de ses plans.

— Ah! J'commençais à m'inquiéter!

La remarque ne fut accompagnée d'aucune question du genre *T'étais passé où, toute la journée?* Et c'était très bien ainsi: Francis ne serait pas contraint de mentir. S'il avait développé une redoutable capacité à en user, Francis préférait largement l'omission à la tromperie, plus difficile à gérer à long terme puisque demandant à être maintenue et donc entretenue.

Se taire impliquait plutôt de laisser autrui sciemment dans l'ignorance, lui abandonnant du même coup la tâche de se construire des réponses. Si ces dernières finissaient par s'avérer erronées, Francis ne pouvait, en toute justice, en être tenu responsable. Évidemment, il n'était pas question de cacher les petites choses insignifiantes. Seuls les événements importants et les détails plus… personnels, intimes, justifiaient qu'on les protégeât de la connaissance des autres. Les dernières heures étaient de celles-là.

Et Lucie, en son for intérieur, ne devait pas vouloir connaître ces détails. Sans doute les craignait-elle, à tort ou à raison. Plantée au milieu de la cuisine, elle considérait donc son neveu avec plus de soulagement que de curiosité. La devinant encline à lui foutre la paix, Francis était tout disposé à la laisser lui jouer son numéro d'épouvantail culinaire, une louche dans une main, une spatule dans l'autre.

— Va t'laver les mains pis reviens t'asseoir, mon grand. On va manger dans deux minutes. Réjean? Souper!

L'épisode était clos.

CHAPITRE 5

LE CALME AVANT...

La pointe du stylo traça un fin sillon droit sur le papier glacé. Le petit trait oblique à l'encre bleue vint en croiser un autre, formant un X, le troisième du mois. Mardi 23 août. Francis se disait qu'il aurait peut-être mieux valu qu'il biffe les cases le soir plutôt que le matin alors que, techniquement, la journée n'était pas passée, mais il en était finalement venu à la conclusion qu'il préférait exécuter ce petit rituel au réveil. C'était plus encourageant ainsi.

Il délaissa le calendrier accroché à la porte close, gagna la table de chevet et attrapa un premier flacon de pilules. Il fit descendre un cachet avec une gorgée d'eau particulièrement plate pour avoir passé la nuit là. Il répéta l'opération avec un des comprimés plus gros contenus dans un deuxième flacon.

Il n'aimait pas cette pilule-là. Elle était rugueuse et passait moins bien; elle lui éraflait toujours un peu la gorge en descendant. Mais il entendait continuer de suivre religieusement sa posologie. Déjà qu'il avait un peu perdu le fil, à son arrivée...

La marque sur le calendrier, le matin, l'aidait aussi à ne pas oublier de prendre sa dose. Comme il ne sortait pas de sa chambre avant d'avoir tracé le X, il pouvait jumeler les deux routines et n'en faire qu'une. Et ensuite, c'est-à-dire une fois accomplie sa désagréable mais pour l'heure nécessaire besogne, Francis sortait deux autres cachets qu'il laissait sur la table de chevet. Le soir venu, ils étaient là, bien en vue; difficile, donc, de se mettre au lit sans les avaler.

Il trouva tout à coup assez pathétique d'en être réduit à pareil stratagème pour ne pas oublier ses médicaments. Qu'est-ce que ce serait à quarante ans! Mais à quarante ans, il n'en aurait plus besoin. Tout cela était temporaire. Dès qu'il se sentirait maître de son nouvel environnement, il arrêterait les pilules. Bientôt, il n'aurait plus besoin de béquilles; il marcherait et courrait comme avant.

— Comme avant...

Pas trop, quand même.

— Francis?...

Lucie, au rez-de-chaussée.

— Le déjeuner est prêt.

Ne la faisons pas attendre, se dit-il en abandonnant au vide la quiétude de sa chambre.

◆

Décidément, les routes du coin étaient bien peu fréquentées. Pour ce que le paysage avait à offrir! Végétation relativement variée mais vite répétitive; route large mais mal entretenue et quelques panneaux, de-ci, de-là, pour prévenir l'automobiliste téméraire de l'approche d'une courbe ou, tout simplement, pour l'empêcher de s'endormir au volant.

Sans bouger la tête, Francis eut un regard de côté pour sa tante qui conduisait en babillant sans relâche. Le magasinage, c'était son idée. Tout de suite après le déjeuner, ils avaient pris la route de Nottaway afin d'équiper Francis pour la rentrée scolaire du lendemain. Le moins qu'on pût dire, c'est que le grand jour paraissait exciter la tante bien plus que le neveu.

La veille, pendant que Réjean était au boulot et que lui s'offrait un pèlerinage moyennement concluant, Lucie s'était pour sa part assurée que toutes les formalités à la Commission scolaire étaient en ordre pour la rentrée. Elles l'étaient, aussi Lucie n'avait plus qu'à entretenir Francis de ses bonnes œuvres et de la paroisse qui s'en allait, selon ses dires, « chez l'yable ». Elle abreuvait son neveu de ses considérations morales étriquées depuis qu'ils avaient quitté les limites de la ville.

Nottaway se trouvait à un peu plus d'une demi-heure en voiture de Saint-Clovis. Toutefois, considération faite de la conduite de Lucie, ils en avaient plutôt pour trois quarts d'heure bien sonnés. Francis retint à grand-peine un soupir.

— ... et j'te raconte même pas comment j'ai eu d'la misère à mettre sur pied le comité qui devra s'occuper d'la campagne de financement pour la restauration d'notre beau chemin d'croix. Parce que t'imagines bien que c'est pas avec nos dîmes de crève-faim qu'on va y arriver ! Quand j'pense à tous ceux qui pourraient donner plus pis qui s'contentent d'une poignée d'cinq cents ! Ah oui ! Des avaricieux, on en a ! Un grand péché, l'avarice, un grand péché...

Qu'est-ce qu'il aurait donné pour être encore en mesure de ne plus l'entendre ! Il y arrivait si bien, autrefois. Avec les médicaments, c'était devenu impossible. Impossible ? Il releva un sourcil défiant. Vraiment ? Et d'où lui venait cet excès de certitude ? Il ne s'était même pas donné la peine d'essayer pour de bon ! Il était bien arrivé à déjouer Barbeau ! Et le reste du monde, sa tante en tête ! Et il ne pouvait pas la faire taire mentalement ?

— ... pis c'est pour ça qu'elle vient pus à la confesse, tu penses bien ! Répandre des rumeurs pareilles ! Pis sans l'début d'une preuve, là. Juste pour mal faire. Une vraie malfaisante, c'est en plein ça! Mais moi, j'dis rien vu que c'est pas d'mes affaires…

Il ferma les yeux. Le bavardage agressant de Lucie s'insinuait dans son crâne comme un ver gruge la matière. Francis se concentra sur sa respiration, puis sur son rythme cardiaque. Oui, c'était plus discret que de prendre de grandes et lentes inspirations. Il écoutait les battements, attentif, recalibrant au besoin sa respiration afin de maintenir une cadence constante. Les martèlements sourds emplissaient ses oreilles, occultant le reste.

Lucie… attendre… ne pas rouvrir les yeux tout de suite… il se revoyait, sept ans plus tôt, revenant du CLSC avec sa mère. Son débit effréné; elle disait des choses dangereuses. On le croyait alors épileptique. Ça lui avait passé. Et le reste lui passerait aussi.

Maman parlait trop… les autres élèves parlaient trop… Et tous s'étaient tus et Francis avait pu s'entendre penser. Parce qu'il était plus fort que tout ça; plus fort que Barbeau et certainement plus fort que Lucie.

Il rouvrit les yeux et tourna la tête en direction de la conductrice dont les lèvres bougeaient toujours. Elle ne s'était aperçue de rien. Elle lui demandait quelque chose. Il répondait. Elle paraissait satisfaite et reprenait de plus belle.

Francis reporta son attention sur la route. Son air stoïque masquait une euphorie contenue. Il n'entendait plus sa tante; un degré sous-jacent de conscience se chargeait de donner le change, d'interagir au besoin, comme à l'instant. Comme avant.

Lucie insista pour se garer le plus près possible de l'entrée principale, ce qui entraîna quelques vaines circonvolutions dans le vaste stationnement du petit centre commercial. À l'intérieur, ils trouveraient tout ce dont Francis aurait besoin à l'école ; à nouvelle vie, garde-robe neuve.

Résigné à se prêter au jeu du shopping qui devait enchanter sa tante, Francis la suivit vers le haut et large portique vitré. Un regard circulaire lui révéla qu'il pouvait s'attendre à croiser pas mal de monde. En dépit du jour et de l'heure, ils étaient loin d'être les seuls à s'adonner aux emplettes de dernière minute.

La « musak » instrumentale, aussi incontournable en ces lieux que les couleurs pastel – décidément très tendance –, le prit un peu par surprise. À regret, il sentit le mur du silence se fissurer.

— ... et là y a une papeterie mais on pourrait commencer par le linge, hein ?

— OK.

La voix de sa tante, jumelée à la multitude de sons ambiants – musique, bavardage et talons hauts –, eut raison de ses barrières mentales encore fragiles. Il sentit poindre un mal de tête.

Lucie était facile à contenter, il devait lui donner cela. Elle suivait son neveu dans les rayons et affichait un air ravi dès qu'il ramassait une chemise qu'elle jugeait seyante, un chandail d'apparence confortable, un pantalon bien coupé, etc.

Il essaya tout, rapidement, en laissant volontiers croire à sa tante que son opinion revêtait quelque importance. Elle roucoulait presque. Une vieille tourte rabougrie, décida Francis en rassemblant les vêtements qui lui convenaient.

Quand ils se présentèrent à la caisse les bras chargés, Francis sortit machinalement son portefeuille neuf en sachant qu'il disposait des ressources financières nécessaires à son autonomie. Sa tante blêmit en le voyant faire.

— Serre-moi ça, veux-tu !

La caissière sursauta et pointa un code erroné qu'elle corrigea dans un couinement d'excuse qui passa complètement inaperçu. Elle poussa le sac à dos neuf vers le bout du comptoir et attaqua les t-shirts alors que le rouge quittait lentement ses joues pleines.

— Y'est pas question qu'tu débourses un sou pour des affaires essentielles tant qu'tu vas rester avec nous autres, reprit Lucie en ouvrant sa bourse. Enweye, range ça, s'il te plaît.

Francis obtempéra sans protester, conscient de lui faire là un grand plaisir. Non que le bonheur de sa tante lui importât; il l'indifférait au plus haut point. Cela étant, placer la dame en état de béatitude, ce qui ne manquait pas d'à-propos dans le cas d'une vieille grenouille de bénitier comme elle, était tout avisé dans la mesure où chaque petite victoire que Francis lui concédait la rendait plus conciliante et, donc, plus malléable.

C'était pareil pour tout le monde. Il suffisait d'identifier et d'exploiter les points faibles de chacun. La plus grande faille de Lucie résidait en ce qu'elle était une *control freak* consommée. Or en lui donnant une certaine impression de contrôle, pas toujours mais chaque fois qu'il le pouvait, Francis non seulement achetait la paix, mais se faisait une alliée.

Il importait qu'elle se berçât d'illusions, qu'elle vît lien affectif et filiation là où lui ne percevait que servitude émotionnelle. Francis en jouait. Elle ne pouvait pas en avoir conscience, mais Lucie aurait tôt ou tard son utilité, son rôle à jouer.

◆

Une immensité verdoyante lardée d'une étroite bande d'asphalte; une automobile de l'année d'un turquoise criard suivie de loin en loin par une berline sombre.

Francis n'avait pas lâché le rétroviseur latéral depuis de longues minutes. Il avait remarqué que la voiture avait démarré dès leur sortie du stationnement du centre commercial. Bien entendu, il pouvait tout à fait s'agir d'un concitoyen qui rentrait lui aussi à Saint-Clo après quelques heures de magasinage. Une donnée venait toutefois contredire cette hypothèse. Lucie conduisait en deçà de la limite permise. Logiquement, l'autre véhicule aurait dû les dépasser depuis longtemps plutôt que de s'aligner sur leur conduite.

Francis s'en voulait de ne pas avoir été plus attentif à l'aller. L'eût-il été, il aurait pu trancher sans ambages. Il abaissa le pare-soleil et fit mine de s'examiner les dents. Le miroir lui révéla que le mystérieux – ou la mystérieuse, pourquoi pas – automobiliste maintenait la distance. Francis sourit, étrangement rassuré. Au moins, il avait la certitude qu'il n'était pas victime d'un accès de paranoïa. Dans les circonstances, la tactique de l'autre, derrière, était aussi peu subtile que de leur coller au pare-chocs.

Francis rabattit le pare-soleil, songeur. Ainsi, quelqu'un s'intéressait à ses allées et venues. Tiens donc.

◆

Entre deux bouchées d'oiseau, Lucie abreuvait un Réjean taciturne des menus détails de la virée nottawaise. Francis s'était remis en mode sourdine avec plus d'aisance. Il se sentait un peu comme Superman regagnant ses superpouvoirs après avoir été exposé à la kryptonite. Si c'était bon pour l'homme au collant bleu…

Il enfourna une copieuse bouchée de pâté au poulet, gratta son assiette, se leva de table et alla la déposer dans l'évier.

— T'es fin, Francis, j'aurais pu l'faire, protesta Lucie en s'essuyant la bouche.

— C'est correct. Est-ce qu'ils impriment encore le p'tit bottin local, pour le téléphone ?

— Ben sûr. Dans le premier tiroir du vaisselier.

Validant sa croyance enfantine, Francis constata pour lui-même que le tiroir à cossins accueillait effectivement crayons, gommes à effacer, mots croisés découpés dans le journal et soigneusement empilés, bonbons à la menthe, jeux de cartes écornés... et un livret gris annonçant en caractères noirs « Bottin téléphonique de Saint-Clovis et ses environs ».

— Tu veux appeler des amis, Francis ?

Quelque chose comme ça, ma tante.

— Oui, peut-être.

— C'est bien. C'est bien.

Le timbre chevrotant de la voix de Lucie disait exactement le contraire. À sa décharge, bien peu de gens auraient été enchantés de recevoir un coup de fil d'un ancien camarade de classe fraîchement relâché de chez les fous. Même Lucie n'était pas si naïve.

Certaines personnes pouvaient en revanche avoir une attitude... surprenante. Geneviève était de celles-là. Mais ce n'était pas avec Geneviève que Francis cherchait à entrer en communication. Pas exactement.

◆

Les soubresauts discrets de la maison qui tenaient lieu de quiétude nocturne survenaient à intervalles réguliers, quand ils ne constituaient pas carrément un bruit de fond permanent : le tic-tac lointain mais bien audible de l'horloge, dans la cuisine, le ronron du réfrigérateur. Autant de sons que Francis percevait à travers son matelas et le plancher.

Sa quatrième nuit dans la demeure familiale ne faisait que lui confirmer combien la notion même de

silence était bâtie sur du vent ; une brise rassurante,
constante… légère mais pas moins sonore. Lui n'y
voyait aucun inconvénient. Il préférait le tangible aux
vues de l'esprit. Quand on savait que le silence est
une illusion, on était plus à même d'en connaître les
composantes et, ainsi, de s'en servir. Toute concrétude
pouvait s'avérer profitable, croyait-il fermement. Les
chimères, en revanche, étaient inductrices de jugements
erronés. Comme de croire que son voisin est un vampire, avec des résultats à l'avenant.

Connaître et étudier les détails de son environnement
était crucial afin de s'en faire une appréciation juste.
Ainsi, après un premier essai fructueux à l'occasion de
la visite de Geneviève, Francis avait passé les jours
suivants à discrètement relever les pièges que recelait
son nouveau chez-lui : une marche plus bruyante que
les autres, un point faible dans la structure des plan-
chers se traduisant par une zone de craquement, les
caisses de bières vides entassées dans l'entrée arrière,
au bas des marches, qu'on pouvait malencontreusement faire tinter dans un éventuel faux pas, etc.

Fin prêt à ajouter sa plus minime contribution à la
symphonie de minuit, Francis, qui ne s'était pas dé-
vêtu avant de se coucher, s'extirpa de son lit dans un
grincement de ressorts étouffé. Le frottement de ses
bas de coton sur la moquette produisait un son feutré
à peine audible.

Il s'approcha de la porte, l'entrouvrit et tendit
l'oreille. De la pièce d'en face lui parvenaient les
ronflements de son oncle. Si sa tante ne dormait pas,
ce dont Francis doutait, ceux-ci agiraient comme un
bouclier sonore contre les manifestations potentiel-
lement perceptibles de l'escapade fomentée depuis
leur retour sous surveillance de Nottaway.

Escapade qui débuta par un détour du côté de la
salle de bain. Après avoir précautionneusement refermé

la porte de la pièce exiguë, Francis s'accroupit et
chercha à tâtons la serviette blanche qui faisait office
de tapis de bain. Quand ses doigts rencontrèrent la
ratine aplatie, l'adolescent s'en saisit et la tassa le
long de la porte. Enfin, il se releva et alluma, sans
craindre qu'un rai de lumière ne réveillât les maîtres
du logis.

Sans même se jeter un coup d'œil, Francis fit cou-
lisser le panneau miroir de l'armoire à pharmacie et
examina sommairement le contenu de celle-ci, qu'il
connaissait déjà très bien. Dans le récipient cylin-
drique troué conçu pour accueillir les brosses à dents,
il trouva ce qu'il était venu chercher.

Ses observations méthodiques avaient porté leurs
fruits car, peu après, Francis s'éclipsa de la maison
avec l'agilité et la discrétion d'une souris opérant en
terrain connu. Aucun son inhabituel ne vint indiquer
aux propriétaires endormis que leur charge avait
décidé d'aller faire un tour.

Dehors, un vent d'est timide chatouillait le feuillage
sombre des arbres. Décidé à ne pas traîner, Francis
s'assura que son sac à dos acheté le jour même était
bien ajusté puis gagna le fond de la cour où, comme
la veille et l'avant-veille, il dépassa les voitures abandonnées, écarta les buissons et longea la lisière de la
pente longue et raide. En bas, la rivière serpentait
indifféremment, noire couleuvre.

Arrivé au pont du chemin de fer, Francis posa le pied
sur une première poutre, prit appui sur la structure
latérale et traversa rapidement. Une fois sur l'autre
rive, il eut un regard en direction de l'ancien cimetière
puis, comme s'il sortait d'une torpeur malvenue, secoua la tête et entreprit de descendre jusqu'à la rive.

Dix minutes plus tard, il était de retour près des
carcasses de bagnoles, à peine essoufflé et son sac à

dos plus lourd qu'à l'aller. Un regard dans la direction de la fenêtre sombre de la chambre de son oncle et de sa tante, une dizaine de longues foulées et il avait regagné son point d'origine. Aucune expression particulière ne trahissait l'intense activité cérébrale dont son cerveau était l'hôte.

L'ombre fugitive de Francis se profila dans l'entrée de la cour arrière en rasant la partie saillante du solage. Prudent, le rôdeur regarda tout autour avant de s'engager dans la petite rue déserte faiblement éclairée. Les lampadaires voyaient leur spectre de lumière orangée considérablement amoindri par la présence de chênes bien fournis qui formaient de part et d'autre de l'avenue résidentielle une galerie végétale en arche masquant l'essentiel de la voûte céleste.

Une fois sa reconnaissance achevée, Francis se mit en marche d'un bon pas. Inutile d'attirer l'attention par des enjambées trop mesurées et un dos voûté, quoique l'absence de lumière aux fenêtres et le calme ambiant ne laissaient guère présager de rencontres impromptues. Le cas échéant, Francis ne paraîtrait pas trop louche aux yeux d'un veilleur hypothétique, hormis peut-être le fait qu'il se baladait aux petites heures du matin. Bah! Il sortait à peine de chez les dingues : un peu d'étrangeté dans son cas était à prévoir, se dirait-on, l'insolite se muant ainsi en normalité afin que l'esprit débouchât sur un paradoxe rassurant. Francis ne courait pas un très grand risque en misant là-dessus.

Quand il parvint à l'intersection, il traversa rapidement l'artère relativement passante le jour, dépassa le dépanneur qui affichait « fermé » à cette heure tardive et poursuivit en ligne droite un moment avant de bifurquer dans une rue secondaire étroite.

Les lampadaires étaient ici beaucoup plus espacés et les maisonnettes modestes n'étaient séparées du trottoir que par une chiche bande de gazon, souvent jauni faute d'un terreau adéquat.

Heureux de n'avoir croisé personne, Francis se fit la réflexion que les insomniaques du quartier, si ce dernier en comptait, avaient de toute évidence convenu de rester chez eux, ce qui en l'occurrence l'arrangeait assez.

En arrivant à destination, il constata cependant que quelqu'un avait bel et bien décidé de veiller : une lueur bleutée émanait d'une fenêtre latérale, du côté de l'entrée de la cour en terre battue traversée de roulières. Une Honda Accord noire de l'année y était garée.

Il n'avait donc fallu à Francis que quelques minutes de marche pour changer d'univers. Car si les propriétés qui longeaient la rivière étaient relativement cossues ou, plus exactement, l'avaient déjà été, celles qui composaient l'essentiel du panorama du « mauvais côté d'la track » où Francis logeait désormais ressemblaient fort au bungalow plat devant lequel il se tenait en ce moment : toiture en diamant peu élevée, revêtement de bardeaux d'amiante et vide sanitaire en lieu et place d'un sous-sol.

Un visiteur de fortune aurait pu s'étonner de ce que la personne habitant ces lieux pût s'offrir une si jolie bagnole, mais Francis n'était pas là par accident, pas plus qu'il n'ignorait l'identité du propriétaire de la voiture et de la bicoque.

En prenant soin de regarder où il posait les pieds, le promeneur silencieux se glissa dans l'allée mitoyenne opaque qui séparait la maison de sa voisine. Il passa deux fenêtres. Les rideaux ouverts offraient à sa vue indiscrète une petite pièce nue et un débarras encombré plongés dans une obscurité partielle. Par la porte ouverte de ce dernier, qui révélait un couloir, Francis remarqua un faible faisceau lumineux dont l'intensité croissait et décroissait par intermittence : à l'intérieur, quelque part, quelqu'un écoutait la télé… ou s'était assoupi devant.

Pénétrant dans l'arrière-cour avec l'air de celui qui s'attend presque à se retrouver face à face avec un molosse, Francis s'immobilisa un instant, question de bien jauger lieu et situation. Rassuré quant à l'absence de clébard, il émergea des ténèbres et pénétra la pénombre du petit terrain partiellement délimité par une haie de cèdres clairsemée. L'endroit n'accueillait pas de carcasses de bagnoles, un bon point, pensa Francis en poussant d'un cran l'examen.

À bien y regarder, le gazon, tout maladif fût-il, était bien taillé. Les fenêtres de la maison avaient récemment été changées et le revêtement original remplacé par une imitation synthétique plus durable. Voilà la propriété de quelqu'un qui ne laissait rien à l'abandon et qui, sous des dehors humbles, avait les moyens d'entretenir son bien pendant une période économique qu'on disait difficile. La voiture faisait figure de fausse note dans ce décor modeste ; une coquetterie toute masculine, se dit Francis, qui s'était déplacé de quelques pas et se trouvait à présent tout près de la porte arrière.

Après avoir déposé son sac à dos sur le perron, il testa délicatement la poignée et, ne rencontrant aucune résistance, poussa doucement la porte en la gardant tout près de son corps. Les pentures ne trahirent pas son passage. Bien huilées. Très bien.

Il reconnut immédiatement l'odeur familière, même s'il ne l'avait plus sentie depuis… depuis sept, non, presque huit ans. Un parfum de tanière, de bière ; l'odeur de l'alcoolisme bon marché. L'odeur de son père.

Francis se fit violence pour recouvrer ses esprits et chasser ceux, importuns, qui tentaient de se manifester.

Il mit quelques secondes à ressentir la douleur qu'il s'infligeait en se pinçant la peau de l'avant-bras.

« Avance ! » se commanda-t-il.

Devant lui, un couloir. À gauche, les deux portes ouvertes des pièces qu'il avait aperçues de l'extérieur. Au fond, un salon, à en juger par la forme reconnaissable d'un divan. Enfin, à la droite de l'intrus, une ouverture plus large : la cuisine, nul doute. Son occupant devait écouter le film de fin de soirée. Un film d'action, si l'on se fiait au bruit pétaradant des mitraillettes. Un long silence, quelques notes de musique discrètes… « Donne-m'en un peu », souffla une voix reconnaissable entre toutes. *Le Parrain*, conclut Francis en extirpant de sa poche le petit miroir de dentiste emprunté à Lucie.

Il demeura ainsi soudé contre le mur un long moment. Quand le dialogue reprit, il laissa lentement descendre son corps le long de la cloison de préfini blanc. Il glissa l'instrument effilé sur le sol et, après quelques ajustements, fut en mesure de voir que le propriétaire lui tournait le dos, assis à la table de sa cuisine. Un petit poste de télévision était posé non loin de lui sur un comptoir jonché de vaisselle sale.

Avec la même discrétion qu'à la descente, Francis se releva sans qu'un son ne vienne signaler sa présence indiscrète. Après avoir rangé le miroir, il recula avec moult précautions et regagna la porte.

De retour dehors, il descendit les deux marches qui le séparaient du sol, tira à lui son sac à dos, en fit lentement glisser la fermeture éclair et en extirpa une taie d'oreiller d'une blancheur devenue douteuse en raison de son contenu. Il s'accroupit et, sans se presser, en retroussa l'ourlet jusqu'à ce que son contenu gîse bien en vue sous le petit porche.

Sa besogne accomplie, il se dirigea vers l'entrée de la cour adjacente où était garée la berline. Un sourire malicieux succéda à une moue dubitative.

Trois minutes plus tard, Francis quittait la propriété en laissant dans son sillage quatre pneus à plat et un chat mort. Pour les pneus, le sergent détective Yoland Filiatreault comprendrait assurément le message. L'œil brillant, Francis balança les quatre capuchons des chambres à air dans le gazon.

L'état de la propriété avait d'emblée confirmé l'hypothèse de Francis : le père de Geneviève n'était pas du genre à laisser aller, à renoncer. Du moins, c'est ce que criait tout l'extérieur de sa piaule bien entretenue. Le coin était moche, la santé économique de la ville, anémique et les perspectives de revente, nulles. Et pourtant, Filiatreault refusait l'inéluctable ; « bucké », avait décrété sa fille avec beaucoup de justesse. Voilà pour le dehors. Au-dedans toutefois, c'était une autre histoire : désordre et chaos régnaient en maîtres dans des lieux pourtant dépouillés. Nul doute que le flic était enclin à ruminer de vieilles questions demeurées sans réponse, incapable de laisser reposer le passé, quitte à s'en pourrir l'existence ; en témoignait la pagaille à l'intérieur de son logis et, par extension, de sa vie.

Francis serra inconsciemment les maxillaires en s'éloignant. Il ne subsistait aucun doute dans son esprit que le père de son amie n'avait pas pris sur lui de le suivre simplement pour contre-vérifier les fréquentations de sa fille. Il y avait quand même un peu de ça, pour sûr : Yoland Filiatreault avait toujours cherché à préserver Geneviève de tout, même de la vie. Mais Francis ne se leurrait pas : le policier n'accepterait jamais que la chair de sa chair se lie une fois de plus à… un cinglé ? un meurtrier ? un parricide ?

Avait-il deviné ? Filiatreault avait-il vu clair dans la mise en scène naïve du petit Francis ? C'était une possibilité trop grande pour être ignorée.

Malgré ses réserves enfantines de l'époque, il avait eu l'occasion de se rendre compte que le père de son

amie était un enquêteur consciencieux. Sept ans de
réflexion avaient entre autres mérites celui de vous
faire reconsidérer certains *a priori*. Sous la lumière
crue d'une pensée nettoyée aux antipsychotiques, les
souvenirs prenaient volontiers une nouvelle dimension et les certitudes d'hier se révélaient de tristes
manifestations d'un déni dévorant.

Au fil du temps, Francis s'était repassé en boucle
les interrogatoires préliminaires en apparence anodins
de Filiatreault. Avec le recul, il était content qu'on
eût retiré l'enquête à Filiatreault après qu'il eut été
établi que le père de Francis était le tueur pédophile.
Sans être en conflit d'intérêts, Filiatreault était beaucoup trop proche des personnes impliquées pour que
la Sûreté du Québec consentît à lui laisser la responsabilité de l'affaire. Il avait été un temps, en effet, où
le père de Geneviève ne rechignait pas à s'enfiler
quelques bières dans son garage en compagnie du père
de Francis. Évidemment, Filiatreault avait été choqué
d'apprendre qu'un ami du quartier battait son fils,
mais il pratiquait un métier où les accointances d'hier
pouvaient indéfiniment faire tache d'encre à son dossier.

L'écarter de l'enquête n'avait pas débouché sur le
résultat escompté. Pour Francis, qui venait d'observer
son adversaire dans son habitat naturel, c'était une
certitude. Voilà pourquoi son ancien voisin souhaitait
le garder à l'œil. Quitte à l'aider à trébucher au besoin
afin qu'on le renvoie chez les fous ? Avec sa fille dans
la balance, c'était tout à fait envisageable.

Certaines personnes prétendaient lire l'avenir dans
les feuilles de thé ou les boules de cristal. Francis ne
soutenait rien de tel. Il lisait en revanche les lieux et
les gens avec une exactitude quasi mathématique. À
la différence qu'il ne s'en vantait pas. Cette discrétion étudiée ne trompait toutefois pas tout le monde

et il ne faisait aucun doute qu'elle ne tiendrait pas face à l'obsession pathétique, quoique indéniablement justifiée, de Filiatreault.

Francis était conscient qu'il venait peut-être implicitement de valider les pires scénarios du policier, qui trouverait le lendemain matin la dépouille du chat, lui qui en avait noyé quelques-uns en son temps. *Poetic justice*, s'était dit Francis en ramassant la dépouille une demi-heure plus tôt. Les pneus, c'était surtout pour signifier que la filature n'était pas passée inaperçue. Si Yoland Filiatreault comptait le maintenir en garde à vue privée dans Saint-Clo, il devrait le faire à visage découvert.

Francis savait la manœuvre dangereuse, voire arrogante, mais la mener à terme constituait un bon échauffement. Et s'il n'était pas *obligé* d'entrer chez Filiatreault, il avait toutefois trouvé préférable de vérifier sa position. C'était le meilleur moyen d'en apprendre davantage sur son opposant sans que ce dernier ne soit sur ses gardes. Francis n'aurait peut-être plus d'aussi belles occasions, après cette nuit. En fait, s'il était tout à fait franc envers lui-même, il avait surtout agi ainsi pour tester ses capacités. Examen réussi.

Quel crétin, le père de Geneviève! De lui-même, Francis ne lui aurait jamais cherché noise; il n'en avait rien à foutre. L'autre avait pourtant choisi d'ouvrir les hostilités sur la seule foi d'un contentieux avec sa conscience qu'il n'arrivait pas à résoudre.

Outre les ruminations diverses, ces années d'exil avaient permis à Francis de se réinventer. Or il s'était fait la promesse que jamais plus on ne lui marcherait sur les pieds. Il ne le permettrait plus. Filiatreault voulait jouer? Fort bien: ils allaient jouer. *Ils jouaient.*

Sauf que Francis n'obéirait à aucune règle; ses actions ne seraient régies par aucun code, sinon l'instinct de survie. Il s'était bâti une solide éducation, là-bas, et pas qu'en maths. L'ordre social, il l'avait découvert, reposait sur une série de lois basées sur des données utopiques qui omettaient de prendre en considération le noyau de l'affaire, un noyau pourri jusqu'à la moelle : l'homme, cet animal indompté qui n'en faisait qu'à sa tête dès qu'il se croyait à l'abri des regards. Francis avait amplement eu l'occasion de s'en rendre compte, autrefois, dans la cour d'école et dans sa propre chambre. Et ce n'était pas le bras de la justice qui l'y avait effleuré !

— Calme, Francis. Calme, se commanda-t-il.

Demain donc, le sergent détective Yoland Filiatreault commencerait sa journée en rageant. Mais il ne pourrait se confier à personne puisque, ce faisant, il devrait expliquer pourquoi il soupçonnait Francis d'être le vandale. Or s'il rendait publiques ses déductions, il ne serait plus libre de pourchasser lui-même l'adolescent, un lien étant dès lors établi entre eux deux. Juste au cas, Francis avait prévu une parade. Si on venait l'inquiéter, il confesserait, après quelques tergiversations, avoir dégonflé les pneus, par bravade, après avoir eu la certitude d'être suivi par le policier. Quant au chat, il serait impossible de prouver qu'il n'était pas allé mourir là de lui-même avant le retour en ville de Francis.

Dans l'éventualité qu'on choisît de croire Filiatreault, le père de son amie perdrait quand même de sa crédibilité puisque ses collègues, dans leur for intérieur, sauraient que c'était probablement vrai : sa pugnacité concernant l'affaire n'était certainement pas passée inaperçue. De fait, si Filiatreault était aussi obsédé que Francis le soupçonnait, il devait avoir tenté, par le passé, de rallier certains collègues à sa cause avant d'être mis au ban et contraint de ronger son frein en attendant le retour – un rictus barra soudain le visage de Francis – du suspect prodigue.

Le plan et le raisonnement semblaient assez étanches. Pourtant, Francis refusait de pavoiser. Au contraire, il faisait tout son possible pour ne pas céder aux émotions, bonnes ou mauvaises, sachant qu'elles pouvaient paver la voie à des traits de caractère qui s'incrusteraient insidieusement. Ainsi, la fierté devenait orgueil, puis vanité, et l'on se retrouvait à commettre les mêmes erreurs de jugement que le docteur Barbeau ou, très bientôt, que Sophie Malo.

— Patience…

Si, parfois, le sergent détective Yoland Filiatreault n'hésitait pas à contourner les lois, nul doute que, pour l'essentiel, il les respectait puisqu'elles étaient à l'origine même de sa profession. Elles le dominaient, à preuve son refus des conclusions d'une enquête bâclée et sa poursuite éperdue, et éthylique, de la vérité.

Filiatreault avait-il tout abandonné à cette quête? son foyer, le respect de sa fille adorée et, peut-être, celui de ses collègues? Francis ne pouvait que le supputer. Une chose était certaine, le père de Geneviève était prêt à faire bien des sacrifices sur l'autel de la justice. Et il ne pouvait remporter son combat qu'en respectant les lois qui servaient d'assises à ce noble monument, à défaut de quoi il aurait tout perdu en vain. C'était la faille du flic, celle que Francis comptait exploiter.

Il s'arrêta devant la maison de sa tante, comme étonné de la trouver déjà devant lui. Il avait refait tout le trajet sur le pilote automatique, complètement immergé dans ses pensées revanchardes. Impossible désormais d'être certain que personne ne l'avait aperçu. Merde! Ça lui apprendrait à se laisser emporter.

Il regarda derrière lui, une note d'inquiétude dans le regard. La rue était aussi sombre, aussi déserte que tout à l'heure. Il devrait s'en contenter et espérer avoir été assez prudent.

Pendant qu'il longeait la propriété, l'évocation mentale de la tête que ferait le flic obstiné le lendemain le rasséréna un peu.

— T'arrives d'où comme ça, Francis?

S'il ne fut qu'à moitié surpris de trouver Geneviève assise sur le perron arrière, il n'en fut pas moins agacé.

— Tu dors jamais, toi?

— Des fois. Pis? Où t'étais?

Sans se formaliser du ton soupçonneux, Francis alla prendre place près de Geneviève, dont l'intensité du regard se voulait probablement la manifestation intimidante d'une détermination à toute épreuve.

— Est-ce que ça fonctionne, d'habitude, Geneviève?

— Quoi ça?

— Je sais pas; tout ça. Ton numéro de détective? Tu penses suivre les traces de ton père dans la police?

L'adolescente demeura coite. Le ton de Francis ne trahissait aucune colère; pourtant, les mots soigneusement choisis avaient l'effet de vicieux petits poignards.

— Désolée d't'avoir dérangé, dit-elle en se levant.

Francis pouffa de rire sans chercher à la retenir.

— Qu'est-ce qu'y'a de si drôle?

— Geneviève, Geneviève, Geneviève…

— Ben, accouche!

— OK, OK. Fâche-toi pas plus que tu l'es déjà…

Après un dernier hoquet amusé, il tapota la place à côté de lui sans que son amie ne bronche. Indulgent, il reprit, plus sérieux cette fois:

— Où j'étais? Ça m'regarde. J'ai passé les sept dernières années à rendre des comptes, Geneviève. Et pas n'importe où. Dans un institut psychiatrique. C'est dire comment j'ai eu l'occasion d'me familiariser avec des patterns malsains comme le chantage émotif. « Désolée de t'avoir dérangé… » C'est quoi, ça? Ta mère qui parle à travers ta bouche? Attends-toi pas à c'que je te retienne avec des tactiques aussi grossières, Geneviève. J'ai perdu sept ans d'liberté et je compte pas perdre ne serait-ce qu'une seconde additionnelle en *bullshit*. Même…

Il leva la main afin qu'elle ne l'interrompe pas.

— … même quand c'est ma meilleure amie qui me gratifie de la *bullshit* en question.

— Ta meilleure amie ?

— M'en connais-tu d'autres, Geneviève ?

Son air renfrogné l'avait définitivement abandonnée. Il la sentit se détendre.

— Pourquoi tu m'dirais pas la vraie raison de ta visite, maintenant ? Bon, reviens t'asseoir, là.

— Coudonc, t'es-tu rendu psychologue ? s'enquit-elle en s'exécutant de mauvaise grâce.

— Sans diplôme. Bon, accouche, comme dirait l'autre.

— J'étais juste venue… Là, tu vas encore penser que j'veux faire du… du chantage affectif.

— Émotif.

— Ouin, ça.

— Dis toujours.

— Ben, j'voulais savoir pourquoi tu m'avais pas redonné signe de vie… pis là, j'me trouve pioche en l'disant.

— Et pourquoi ?

— Parce que tu m'avais rien promis pis parce que t'avais probablement ben des affaires en tête ?

— Et nous avons une gagnante ! Félicitations, madame Filiatreault, toutes ces réponses sont bonnes !

— J'veux pas être… j'sais pas. Chiante ? Mais tsé, j'me suis vraiment ennuyée d'toi, Francis. Des fois, quand j'étais plus p'tite, j'pensais que j'te reverrais peut-être jamais.

Francis fixait les planches de la clôture des voisins devant lui. Si Geneviève se rendait parfois coupable de comportements agaçants, comme de faire le guet devant sa porte, elle était en revanche d'une franchise désarmante. Oui... sa candeur était sincère. Elle l'avait toujours été.

Sans qu'un mouvement de la tête ne vienne trahir son changement de focalisation, Francis déplaça son regard vers la rue, puis au-delà. Il avait parlé hâtivement tout à l'heure. Geneviève ne suivait pas du tout les traces de son père. Contrairement à ce dernier, elle agissait sans se voiler la face. Voilà une jeune fille qui aurait plus tard le courage de ses convictions. Et si elle en venait un jour à soupçonner Francis de... de quoi que ce soit, elle le lui dirait franchement. Elle l'avait déjà fait, d'ailleurs. Il sourit. Filiatreault aurait hurlé de les voir ainsi installés côte à côte, détendus et discutant à bâtons rompus sous l'œil gibbeux de la lune.

— Fallait pas t'inquiéter, Geneviève. J'ai jamais eu l'intention de partir pour toujours.

— Ben là! C'est pas comme si c'était toi qui décidais!

— T'es certaine de ça?

Elle ne répondit pas, préférant sans doute ne pas s'aventurer trop avant dans les contrées mystérieuses et inquiétantes que lui laissait entrevoir son ami.

Sur ce point, Geneviève était comme la plupart des gens : elle préférait s'en tenir à ce qu'elle connaissait, à ce qu'elle pouvait définir et nommer. Francis ne faisait plus partie de cette normalité, malgré les efforts très apparents de son amie pour se convaincre du contraire. Et s'ils partageaient une certaine sensibilité pragmatique, Francis évoluait pour sa part sans œillères et braquait un regard acéré sur le monde sans se soucier de savoir s'il aimerait ou non ce qu'il y rencontrerait.

— Francis ? Réponds-moi franchement. Est-ce que mon père t'a approché depuis qu't'es arrivé ?

— Depuis samedi ?

— Francis, s'il te plaît.

Décidément, toi, tu es un peu médium et tu t'en rends même pas compte !

— Oui et non. Il nous a suivis en auto, ma tante et moi, quand on est allés magasiner à Nottaway. C'était pas super discret. Je sais pas si c'était un manque de subtilité ou, justement, une façon de m'avertir qu'il me surveille.

— Probablement qu'il le sait pas non plus. Il devait être chaud.

— C'est récent ça, l'alcool ?

— Je l'sais pas. Dirais-tu qu'après sept ans quelque chose peut encore être considéré comme nouveau ? Y prenait un coup d'temps en temps, ben, avec ton père entre autres, mais après…

— Désolé, je savais pas.

Avant ce soir.

— Ben non, excuse-toi pas. Personne y a mis la bouteille dans' main !

— Si j'comprends bien, il a… fait une fixation sur l'enquête ?

— On peut dire ça. Quand… j'veux dire… après que ç'a été établi, pour ton père… Désolée, tu dois vraiment pus avoir envie d'entendre parler d'ça, hein ?

Au contraire.

— Ça va. J'te dirai si c'est trop.

— OK. Quand il s'est faite retirer l'enquête, reprit-elle après s'être raclé la gorge, il a capoté. Pour de vrai. Y s'promenait dans' maison en parlant tout seul. Il disait que c'était trop simple, que quèqu'chose marchait pas. La nuit, il pouvait rester debout dans l'cadre de porte de ma chambre jusqu'au matin. *Freakant.* J'étais rendue qu'j'avais peur pis ma mère aussi. Pis un moment donné, elle s'est tannée pis elle l'a sacré dehors.

— Tu l'vois quand même, j'imagine.

— Le moins possible. Quand ça s'est su qu'tu sortais, il s'est mis à m'suivre, peux-tu croire ? Je l'ai confronté. Y voulait que j'lui promette de m'tenir loin d'toi.

— Tu lui as promis ?

— Pfff ! J'l'ai envoyé chier, qu'est-ce tu penses ! J'lui ai promis de pas l'revoir, *lui*.

— C'est quand même ton père, Ge.

Venait-il vraiment de dire cela ?

— Tu m'as appelée Ge, remarqua-t-elle plutôt sans relever l'intervention.

— C'est vrai… Ça te va bien, en fin d'compte.

Elle demeura silencieuse un moment, l'expression changeante.

— Qu'est-ce que ça peut t'faire que j'lui parle ou pas ?

— Ce que j'veux dire, reformula Francis, c'est qu'il fait probablement juste ça pour te protéger d'un fou.

— Mais t'es pas fou ! Tu vois ben ! Moi-même chu pas une psychologue pis chu capable de m'en rendre compte !

— Pédopsychiatre. Et j'ai été placé en institution pendant plusieurs années, donc je suis fou. Pour la plupart des gens, c'est tout c'qui compte. Ton père est habitué de s'méfier. C'est ça son travail.

— Mon père se méfie pas, Francis. Y'est convaincu que…

Le chat va finalement sortir du sac…

— Que quoi, Ge ?

— Que t'es mauvais. Comme… le Mal.

— Il se tient trop à l'église, le Yoland.

— Y s'tient trop dans sa cuisine crottée pis dans sa tête, surtout. Fais attention, Francis. J'suis certaine qu'il va essayer de t'faire du trouble.

Mais j'y compte bien.

— J'vais faire attention. Promis.

— Est-ce qu'y'était encore assis en camisole à boire comme un trou devant la TV d'sa cuisine ?

— Tu sais d'où j'arrive ?

Un sourire satisfait éclaira le visage mutin de Geneviève.

— Maintenant, oui.

Elle se releva, réellement prête à prendre congé cette fois.

— Moi, j'lui ai grafigné sa peinture de char avec une clé après qu'il m'a suivie. Tu devrais faire pareil. Ça défoule.

Je n'en doute pas !

— J'penserai à ça, dit-il en se levant lui aussi. J'te raccompagne.

— Non. J'aime mieux rentrer toute seule, m'aérer les esprits.

— Comme tu veux. Geneviève ?

— Quoi ?

— Y a longtemps que t'es là ?

— J'te l'ai dit l'autre fois, répliqua-t-elle, un sourire en coin, la mine un peu embarrassée. Tu vas penser qu'chu folle si j'te l'dis.

Au moins, elle n'avait plus peur du grand méchant mot. Voilà qui était une excellente nouvelle.

— Prends-le pas mal, dit Francis, mais c'est vrai qu'tu ferais probablement un bon détective.

— Souhaite-moi pas d'malheur, répliqua-t-elle en s'éloignant.

CHAPITRE 6

... LA RENTRÉE

Mercredi 24 août : premier jour de classe. Francis n'eut pas le temps de décider s'il marcherait ou s'il prendrait l'autobus pour se rendre à l'école : à sept heures quarante-cinq tapantes, Geneviève, prouvant une fois de plus qu'elle était du type proactif, frappait à la porte. Sa petite voiture noire striée de bandes rose et turquoise ronronnait dans l'entrée de la cour. Francis se demandait bien pourquoi tout le monde semblait soudain s'être entiché de cette dernière couleur.

Au moment de prendre place à bord du bolide de seconde main, il constata que l'engin avait connu des jours meilleurs. N'empêche, son amie possédait une voiture, ce qui, au secondaire, était très, très bien vu. De cela, il se souvenait. Nancy le lui avait expliqué. Nancy, Nancy, Nancy... belle et attachante Nancy...

— ... ils ont dû la laisser sortir bien avant moi.

— Francis, dit Geneviève en passant la marche arrière, tu parles encore tout seul.

— Ah... oui. Désolé. J'ai pris mes pilules, pourtant.

Geneviève se contenta de lui décocher un regard entendu, question de bien lui laisser savoir que pareille allusion ne l'impressionnait pas.

— C'est juste que j'ai pensé à Nancy, là, je sais pas pourquoi, poursuivit Francis. Non, je sais : c'est ton auto. T'en as une. Elle m'avait raconté, un moment donné pendant qu'elle me gardait, comment c'était bien perçu d'en avoir une au secondaire.

— Peut-être, mais moi, j'me sacre ben de qu'est-ce que les autres disent pis pensent de moi. Nancy, tu penses-tu encore à elle beaucoup?

— Pas vraiment, mentit Francis, qui entendait souvent dans sa tête le rire en cascade de sa gardienne.

Il revoyait son regard bienveillant, mais chaque fois les yeux brillants de l'adolescente s'emplissaient de terreur, d'incompréhension. Chaque souvenir, aussi fugace fût-il, se terminait invariablement dans le champ qui bordait le cinéparc Belvédère où, sept ans plus tôt, le père de Francis avait fait sa première victime… enfin, Francis avait été la première victime, mais il en avait réchappé, lui.

Tu tournes en rond, Francis; tu penses trop. Pense pas, pense pas, pensepaspensepaspensepaspensepas…

— J'aimerais t'dire qu'est-ce qu'elle est devenue, dit Geneviève.

Absorbée par sa conduite, elle n'avait pas remarqué que son ami s'en était allé loin, très loin.

— Ils ont déménagé l'été qu't'es parti, poursuivit-elle en négociant le passage sur la voie ferrée. Probablement qu'son père a demandé à être transféré sur une autre base militaire… *Anyway*, ils ont fermé celle d'ici quèques' années après. Elle était pas revenue quand sa famille est partie. Nancy, j'veux dire. J'sais pas pantoute où 'est rendue pis qu'est-ce qu'elle fait astheure.

— Bah! C'est pas important, fit Francis avec un peu trop d'empressement. Elle doit s'en être remis. On s'en est tous remis, même moi.

Qui t'essaies de convaincre, au juste?

— J'ai eu mon temporaire v'là deux semaines, déclara une Geneviève apparemment décidée à alléger l'atmosphère.

— Et c'est supposé m'rassurer?

— Je conduis très bien, affirma-t-elle le plus sérieusement du monde. Pis toutes les statistiques le prouvent: c'est les gars, les dangers publics, pas les filles. On confond pas l'bras de vitesse avec not' graine, nous autres.

Toujours aussi susceptible, pensa Francis, et aussi peu sûre d'elle-même, quoiqu'il approuvât entièrement l'analogie phallique. Geneviève parut suivre sa pensée, car elle enchaîna aussitôt sur un autre sujet.

— Tu vas m'remercier plus tard, assura-t-elle. C'est mieux pour toi d'arriver en auto, avec moi, que tu' seul et en bus. J'ai pas mal d'amis... des amis d'gars, ceux qu'les autres achalent pas, tsé? Pis si y savent que t'es mon ami, y t'écœureront pas. Ça fera au moins ça d'pris.

— Serais-tu devenue une *bum* en mon absence? demanda Francis en cachant à peine son amusement.

— J'haïs ça! Je l'sais jamais si t'es sérieux ou si tu m'ris dans' face!

— Je ris sérieusement, fit-il, laconique.

— Aimes-tu mieux marcher?

Il éclata de rire; elle se détendit.

— Non mais c'est vrai, continua-t-elle, mi-figue, mi-raisin. T'es devenu fendant en criss, Francis. Pis j'parle même pas d'ta façon d'parler!

— Désolé, mais qu'est-ce que tu veux, tout m'paraît... je sais pas... irréel. Je m'suis pas encore habitué, et ça risque de prendre un peu d'temps. J'ai d'la difficulté à prendre les choses au tragique, tu peux comprendre ça? Pour la façon de m'exprimer, sept ans à dialoguer presque exclusivement avec un pédopsychiatre franco-suisse... tsé-veux-dire?

Elle ne répondit pas tout de suite. Expliquée ainsi, alors oui, l'attitude inatteignable de Francis était compréhensible, et sa bonne diction aussi.

— Mais faut pas t'en faire de ce côté-là, reprit-il. J'ai une bonne faculté d'adaptation. D'ici deux mois,

j'devrais avoir *ar*-commencé à parler comme un bûcheron.

— C'est fin !

— Faudrait savoir c'que tu veux, Ge.

— J'ai pas l'impression qu'c'est facile d'avoir raison avec toi, en tout cas.

— C'est gentil d'être passée m'prendre, éluda-t-il
en tournant vers elle un visage paisible.

Effectivement, c'était très gentil à elle. Et le lui
dire suffit à lui rendre sa bonne humeur.

Francis, pour sa part, avait bon moral à défaut
d'avoir le cœur à la fête. Il savait bien que son retour
inopiné provoquerait quelques vagues, mais comme
il venait de le dire lui-même, rien, dans ce petit ha-
meau, ne pouvait plus le troubler désormais. Rien.
Même pas le père de son amie. Même pas Sophie.
Surtout pas Sophie.

Ils traversèrent la ville rapidement. Les rues n'étaient
guère plus animées qu'à son arrivée, rentrée scolaire
ou pas. L'atmosphère locale était décidément à la
résignation tranquille, cela se sentait. La communauté devait avoir accepté, par dépit, sa disparition
annoncée.

— Ça donne pas envie de s'installer, commenta-
t-il pensivement.

— J'ai juste hâte de sacrer mon camp. Au rythme
où ça va, d'ici, bof, vingt ans, max, y vont fermer la
ville, j'peux pas croire. Quand les bureaux du train
vont s'en aller, y va juste rester les moulins.

— Les moulins à bois continuent d'fonctionner ?

— C'est pas mal au ralenti. Y en a même un
qu'y'a fermé. Y disent qu'à long terme le protection-
nisme va tuer les deux autres. C'est les États-Unis,
qui font ça. Après ça, y aura pus rien. Remarque, ça
m'dérange pas. Saint-Clo me manquera pas ; pas une
miette. À toi non plus, j'imagine.

Assertion intéressante. Quelque chose lui manque-rait-il, ici ? Conservait-il un ou deux souvenirs agréables de l'endroit ? Oui, évidemment. L'ennui, c'est que leur évocation ne manquait pas d'exhumer du même coup d'autres réminiscences, moins plaisantes celles-là.

Parfois, il avait l'impression que sa mémoire n'était qu'une plaie mal cicatrisée qui ne demandait qu'à se rouvrir. Ce qu'elle faisait, périodiquement. Durant ces intervalles de détresse impromptue, Francis se repliait en lui-même et se forgeait, avec un peu plus d'application que de coutume, une attitude extérieure détachée. Comme en ce moment.

Ils arrivèrent en vue de Des Saules, l'unique école secondaire de Saint-Clo qui regroupait tous les élèves de la première jusqu'à la cinquième secondaire. Francis était du groupe des finissants. Il avait réussi sans difficulté toutes ses années scolaires en institution. Ici, il serait dans le groupe des enrichis, rien de moins.

À partir des quatrième et cinquième secondaires, à Saint-Clovis, les élèves étaient divisés en deux entités communiquant très peu entre elles : les « enrichis » et les « réguliers ». Les premiers suivaient des cours de mathématiques et de sciences, justement, enrichis, tandis que les seconds poursuivaient des études de niveau standard.

Francis n'était pas très chaud à l'idée de se retrouver dans l'un ou l'autre groupe. Il réussissait sans peine maths et sciences, mais il ne trouvait aucun attrait par-ticulier à ces matières. Pire, elles l'emmerdaient un peu. D'un autre côté, les groupes du régulier recevaient généralement les quelques dégénérés que chaque communauté comptait dans ses rangs. Quoique Francis s'y serait peut-être trouvé à sa place, vu son passif...

Il se demanda, sans trop s'en inquiéter, à quel genre d'accueil il aurait droit ; il eut vite sa réponse.

Geneviève et lui descendirent de voiture sous les regards intéressés de la masse estudiantine. Bien sûr, tous connaissaient l'identité – et la légende – du compagnon de l'adolescente. Plusieurs étaient allés à l'école avec lui; on l'y avait beaucoup taquiné, pour dire le moins. Mais dans ce grand costaud ne subsistaient plus de traces du gamin chétif qui s'était retrouvé bien malgré lui le souffre-douleur attitré de l'école primaire. Posture gaillarde, menton fier: le non-verbal de Francis n'incitait plus aux agressions verbales, et encore moins physiques.

Outre sa physionomie, son regard aussi avait changé. On y décelait de la dureté, de la froideur. Même à distance, il était évident que c'était un prédateur qui évoluait dans le sillage de Geneviève, pas une proie.

Oui, il avait bien changé, le petit Francis. On en avait dit tellement de choses, avant et après son départ de Saint-Clo, au printemps 1987, presque six mois après le dénouement tragique de la série de meurtres qui avait choqué tout le pays.

Cet amas fertile de rumeurs et de faits ne rendait pas moins mystérieux le nouveau venu, bien au contraire. Les murmures allaient bon train; les visages faussement indifférents se détournaient sur le passage de Francis pour mieux le suivre dans son dos la seconde suivante.

Il n'eut aucune peine à maintenir son air imperturbable. C'est qu'il n'était pas en représentation: il s'en fichait réellement.

Geneviève l'entraîna sur la pelouse qui longeait la façade de l'école. Le grand bâtiment avait été construit au tout début des années soixante-dix près de la sortie ouest de la ville, loin de ses deux cousines du primaire qui jouissaient, elles, d'un lotissement plus près de la rivière et du centre-ville. Et contrairement à celles-ci, toutes de brique bâties et présentant un certain cachet, Des Saules avait été conçue avec à l'esprit des considérations plus pratiques qu'esthétiques. Le résultat rappelait le local des Chevaliers de Colomb, situé non loin de là, en plus haut et plus vaste : un immense entrepôt rectangulaire à deux niveaux, paré de briques brunes au rez-de-chaussée et de tôle beige à l'étage.

Ils passèrent devant les larges baies vitrées derrière lesquelles attendaient des rangées de casiers encore vides. Cette façade était composée de trois grands portiques doubles séparés entre eux par de hautes et larges fenêtres.

La première entrée, la principale, accueillait les élèves dans un hall qui s'ouvrait à gauche sur les casiers et devant, plus loin, sur une aire ouverte, une très grande salle faisant office, au quotidien, de réfectoire-cafétéria et, à l'occasion, de salle de spectacle ou de bal. Entre les deux espaces, de grandes toilettes communes accueillaient, bon an mal an, de cruelles joutes d'ostracisme, phénomène incontournable dans tout établissement d'enseignement digne de ce nom. Celles des filles, sur la gauche, avaient au fil du temps été le théâtre de diatribes particulièrement saignantes. Les gars, à droite, privilégiaient traditionnellement un langage plus physique, direct, mais tout aussi affligeant.

Le second portique, situé à l'autre extrémité des casiers, ne semblait avoir été conçu que pour accommoder les élèves qui fumaient « en cachette »... au vu et au su du personnel et de leurs pairs.

Le troisième, une quinzaine de mètres plus loin, donnait accès aux vestiaires, lesquels débouchaient sur le gymnase. Ce dernier était le plus souvent verrouillé, ce secteur de l'école ne jouissant pas d'une grande surveillance.

Francis ne fut pas très surpris que Geneviève l'entraînât vers la seconde porte en partie voilée par un nuage de fumée. S'y trouvaient réunis jeans ajustés et blousons de cuir.

— C'est qui, ton nouveau chum, Ge? s'enquit un grand maigre au visage osseux et couvert d'acné.

Le curieux avait les cheveux blond filasse, courts sur le dessus et longs sur la nuque.

— Tu t'rappelles pas d'mon vieux chum Francis? dit-elle d'un ton qui ne laissait planer aucun sous-entendu sentimental.

Le gars le salua sobrement; mouvement de tête approbateur et regard exempt d'animosité. C'était là ce qui se rapprochait le plus d'un accueil chaleureux. Pour Francis, le moment était venu de se mettre en mode enregistrement.

L'échalote acnéique se nommait Dominic Dupire. À sa droite et jaugeant ouvertement Francis, un certain Pascal Jutra, belle gueule, cheveux longs châtains. Son t-shirt noir ajusté laissait deviner un ventre plat. Francis prit soin de ne pas laisser son regard s'attarder sur la carrure agréable.

— Pis elle, c'est ma chum Isabelle Létourneau, compléta Geneviève en désignant du menton une superbe métisse aux yeux noirs et dont la chevelure d'ébène brillait d'un éclat argenté.

Francis connaissait vaguement les deux gars, mais pas cette dernière, qui habitait Saint-Clo, à son grand regret lui apprit-elle, depuis trois ans seulement.

— J'pense que tu t'tenais avec mon cousin, Charlie Moore, dit-elle.

— T'es la cousine de Charlie? Comment il va? Est-ce qu'il est toujours ici?

Charlie était un des rares élèves à avoir autrefois pris ouvertement la défense de Francis. Pour cela, ce dernier lui serait éternellement redevable.

— Non. Y a lâché l'école l'hiver passé, quand y'a eu seize ans. Y'est allé vivre sur la Réserve. Je l'vois pus vraiment…

Et tout ce beau monde était en cinquième secondaire, comme lui, hormis Geneviève qui, sans surprise, avait continué de fréquenter les élèves plus vieux qu'elle. On ne devait pas lui marcher sur les pieds... Francis se demanda qui Sophie s'était amusée à torturer, ces dernières années.

Les premières mesures de l'*Aria* de Bach, version électronique, s'élevèrent : l'heure du début des cours avait sonné. Et après l'avoir subie sept années durant au Centre, Francis n'en avait pas encore fini, semblait-il, avec l'œuvre des maîtres trépassés.

Les deux tiers des trois cent vingt-deux élèves que comptait l'école étaient à présent sagement assis dans la grande salle où l'on avait temporairement disposé les deux cents quelques chaises que comptait l'entrepôt scolaire. Le reste du corps estudiantin faisait le pied de grue à l'arrière, sachant d'expérience qu'il y en avait pour un bout de temps à transférer son poids d'une cheville à l'autre.

Monsieur Genest, le directeur, prononcerait incessamment son sacro-saint discours de bienvenue, après quoi les jeunes seraient invités à se choisir un casier pour l'année. Les finissants avaient bien sûr la priorité et, traditionnellement, optaient pour les deux longues rangées qui bordaient les baies vitrées. C'était une convention.

Après la ronflante allocution du proviseur, Yvette, son adjointe, s'avança vers le micro. Sans mot dire, elle signifia d'un simple geste du bras à la masse amorphe que la chasse aux casiers était ouverte. Souriante, elle retourna s'asseoir. Elle assumait ce petit rôle chaque année et y mettait toujours un brin d'ostentation.

Sans se consulter, seuls les élèves de cinquième secondaire se levèrent et gagnèrent les casiers. Francis suivit le troupeau sans trop se presser en sortant un cadenas à numéros de la poche intérieure de sa veste en jean.

Il passa devant les premières rangées avant de s'arrêter à la dernière section, près des fenêtres. Il avait le choix entre la rangée de droite et celle de gauche. Il prit à gauche, par intérêt plus que par conviction politique : il venait en effet de repérer quelqu'un qu'il souhaitait garder à l'œil.

Il comprit à rebours les implications malheureuses de son choix : des filles en chemisiers clairs aux cheveux coiffés sobrement mais avec application ; des gars relativement bien vêtus paraissant avoir découvert cette invention qu'est le gel coiffant dans l'heure précédente. Pas de doute, il venait d'atterrir chez les enrichis.

Il hésitait entre deux casiers encore vides et la retraite unilatérale quand on décida à sa place.

— C'est pris, fit un type aussi grand que Francis, mais encore plus gâté côté charpente.

— Lequel ? demanda ce dernier, qui connaissait déjà la réponse qu'il se ferait servir.

— Les deux, répliqua l'autre en bombant le torse et en ignorant les chuchotements incertains qui montaient derrière lui.

Au fond, un sourire énigmatique sur ses lèvres peintes, Sophie observait la scène avec attention. Avant que Francis n'eût pu décider de l'attitude à adopter, la voix de Dominic s'éleva dans la rangée d'à côté, celle, plus détendue, des réguliers.

— Heille ! Francis ! On t'en a gardé un. Laisse faire les *freshs*.

Satisfait de sa démonstration de mâle alpha, le grand gaillard se désintéressa aussitôt de Francis sans toutefois avoir l'air de battre en retraite.

Si les deux groupes ne se parlaient presque pas, les affrontements étaient encore plus rares. Ils cohabitaient dans l'indifférence la plus totale, les uns ne semblant tout simplement pas exister dans l'univers des autres.

Francis se retrouva donc dans la section de droite – n'en déplaise au grand échiquier politique –, en zone moins hostile. Francis ouvrit son cadenas et l'accrocha au fermoir de son nouveau casier, le 372, et le reverrouilla aussitôt.

Puis ce fut au tour des élèves de quatrième secondaire de s'avancer. Geneviève, qui avait joué du coude pour obtenir le casier situé sur le coin de l'avant-dernière rangée, mitoyenne et donc juste derrière ses amis, vint les rejoindre en affichant cet air blasé qu'elle semblait cultiver à l'école. Francis baissa la tête afin qu'elle ne le vît pas sourire.

— C'était qui, le champion qui m'cherchait ?

Francis avait posé la question d'un ton plus amusé que contrarié.

— C'est Jonathan Pilon, dit Dominic. Y'est arrivé icitte ça fait quoi… cinq ans ? Sa mère vient d'icitte, elle a r'pris l'restaurant d'son père. C'est la fille des Pilon qui tenaient l'chinois. Jonathan, y'est capitaine de l'équipe de hockey, de base-ball, pis y sort avec la princesse.

— La princesse ? s'enquit Francis.

— Sophie, expliqua Isabelle en faisant claquer le fermoir de son cadenas, notre gentille Sophie Malo nationale. Qui d'autre ?

— Elle est toujours aussi… sympathique ? demanda Francis, autant à Isabelle qu'à Geneviève.

— Ah oui, fit cette dernière en saisissant la balle au bond. Toujours. C'est y a deux ans qu'Anick Bélanger a essayé d'se suicider ?

Les trois autres acquiescèrent, dont Pascal, qui n'avait encore soufflé mot.

— Tu t'souviens d'Anick, Francis, reprit Geneviève. Ses parents ont Bélisle Transport. Sophie en a faite sa meilleure amie pendant un an, pis à' rentrée scolaire suivante, pfft! Elle l'ignorait complètement, devant tout l'monde. Elle lui répondait pas, elle la regardait pas. Y s'sont toutes mis à faire pareil. Résultat: elle a essayé d'avaler la pharmacie d'sa mère. Là, elle va à l'école anglaise, avec les Témoins d'Jéhovah. Quarante-cinq minutes d'autobus, matin et soir, juste pour avoir la paix! Remarque, avec c'que Sophie a faite à mon amie Sylvie au primaire...

Elle se tut. Personne n'eut le courage de relancer tout de suite la conversation. Et pour cause: Sylvie avait été une des meilleures amies de Geneviève du temps de leur enfance. Un jour, Sophie s'en était prise à elle de manière particulièrement horrible en tablant sur les traits ingrats de la première. Peu après, Sylvie s'était enfuie de chez elle en pleine nuit et avait été assassinée par le père de Francis, qui l'avait selon toute vraisemblance prise pour un garçon à cause de ses cheveux courts.

Francis revoyait la cour de récréation, les larmes d'incompréhension et de honte de Sylvie, la rage de Geneviève, le sadisme de Sophie... C'était là, et de loin, l'épisode scolaire le plus éprouvant dont avait été témoin Francis. Cet incident-là déclassait même ses déboires à lui, ceux survenus dans la cour d'école, à tout le moins.

— Le pire, dit soudain Pascal au bout de cette minute de silence impromptue, c'est qu'elle avait pas d'raison d'faire ça, j'veux dire, elle pis Anick, elles s'étaient même pas chicanées. *Anyway*, Anick faisait toute qu'est-ce que Sophie voulait, comme le reste de sa gang de *freshs* de pleins d'cash de criss de bébés gâtés d'mangeux d'marde d'la chamb' de commerce, 'stie.

Il reprit son souffle après cette tirade bien sentie. Non, il n'y avait pas de conflit entre les deux clans ; du dégoût, du mépris, mais pas de conflit.

Francis médita ces dernières informations. Il n'y avait là rien de bien surprenant : Sophie était une naufrageuse, c'était dans sa nature profonde. Il était bien placé pour le savoir.

Après le choix des casiers, ils regagnèrent, une cohorte à la fois, la grande salle où, derrière cinq longues tables, les enseignants veillaient à la distribution des horaires. Francis reçut le sien des mains d'un homme replet portant un cardigan à carreaux fort peu seyant.

Il consulta distraitement la feuille imprimée en reprenant le chemin des casiers. Tout autour, chacun s'apprêtait à retourner chez soi. C'est que la première journée de cours n'en était jamais une. Demain aurait lieu la véritable rentrée.

Il poussait la lourde porte vitrée quand la voix de Geneviève s'éleva derrière lui. Le ton se voulait neutre, mais le débit indiquait qu'elle avait marché rapidement pour le rattraper.

— On va prendre une bière, Francis. Viens-tu avec nous autres ? J't'ai pas encore montré notre spot.

— Non, j'vais rentrer.

— Embarque quand même, j'vas aller t'porter.

— OK. Merci.

Il lui tint la porte en l'invitant de l'autre main à le précéder. Aussi désuète fût-elle, cette marque de galanterie faisait toujours son effet, remarqua-t-il en voyant une note de rose colorer les joues de son amie et celles d'Isabelle qui marchait à sa suite. Il les suivit.

Dominic et Pascal ne tardèrent pas à les rejoindre dehors.

Une fois arrivé dans le stationnement, le quintet se scinda en deux.

— Pascal, veux-tu embarquer? s'enquit Geneviève.

— Non, c'est beau, j'vas embarquer avec Dominic pis Isa. On va aller t'attendre là-bas.

Geneviève fit mine d'ajouter quelque chose mais se ravisa. Elle déverrouilla sa portière, monta en voiture et démarra. De l'autre côté du véhicule, Francis pianota contre la fenêtre passager.

— S'cuse, dit-elle en lui ouvrant la portière.

— C'est correct, je sais qu'tu serais pas partie sans moi.

À vrai dire, il n'en aurait pas été étonné : son amie avait vraiment eu l'air ailleurs, tout à coup.

◆

Francis passa les heures suivantes à dessiner dans sa chambre. Geneviève avait renouvelé son invitation, mais il avait à nouveau décliné. Ce n'était pas tant qu'il ne souhaitait pas boire, quoique mélanger de l'alcool à ses médicaments n'aurait pas été une idée du meilleur cru, mais plutôt qu'il préférait pour le moment la tranquillité de sa chambre. Il avait eu sa dose de « monde ».

Il devrait apprivoiser cette réalité nouvelle, c'était entre autres pour cela qu'il avait préféré revenir faire le point. Il n'avait pas inclus cette dimension à son équation initiale du retour : les autres élèves ou, plus précisément, leur nombre. La preuve, peut-être, qu'il ne pouvait pas se fier uniquement à ses calculs.

Au Centre, il s'était habitué à vivre en vase clos dans une microsociété. C'était une chance que de remettre les pieds dehors en commençant par une petite ville comme Saint-Clovis. Chance... Le mot était peut-être un peu fort. De toute façon, il n'avait d'autre choix que de s'en accommoder.

Comme si son corps agissait indépendamment de son esprit préoccupé, Francis s'appliquait à créer un ombrage particulier sur un visage spectral. N'y tenant plus, il le barbouilla violemment jusqu'à lacérer le papier pourtant épais.

Il lâcha le crayon, la main crispée, les mâchoires serrées. Il tourna la tête en direction de la table de chevet où reposaient ses flacons de pilules. Reportant son attention sur le portrait lardé de coups de crayon, il ferma les yeux, son visage accusant brusquement une grande lassitude.

Il se leva lentement, comme un vieillard, et se dirigea vers son lit où il s'assit mollement, cette expression de fatigue résignée lui composant toujours un masque d'affliction. Puis, comme décidé à y remédier, Francis releva le corps et la tête. Il s'accroupit à côté de son lit et extirpa de sous celui-ci la boîte de lettres. Voilà qui ferait diversion.

Il eut du mal à lire les premières lettres, de très courtes missives en fait, écrites de la main encore hésitante d'une petite fille de huit ans. Devant l'écriture naïve, Francis replongea instantanément dans le passé. Il revoyait Geneviève, au coin de la rue, attendant l'autobus. Et Éric. Éric qui était déjà mort et que Francis était seul à voir.

Puis le malaise se... comment dire... s'installa dans un coin, et Francis poursuivit vaillamment sa lecture, au demeurant assez redondante, à tout le moins au cours des premiers mois de l'exercice épistolaire particulier de Geneviève.

Allo Francis,
Tu est parti encore. Je m'ennuis boucoup.
Geneviève

Allo Francis,
Maman dit que je suis trop triste. Je
m'ennuis de toi boucoup.
Geneviève

Allo Francis...

Des pages et des pages qui s'ouvraient par ces deux mots : « Allo Francis ». Lettre après lettre, ils prenaient presque valeur d'incantation. Francis ressentit même à un certain point un étourdissement, fugitif mais entêtant. Puis, tranquillement, l'écriture avait gagné en force et le contenu, en substance. Son amie avait accueilli avec soulagement le départ de son père, qu'elle semblait tenir responsable de ses malheurs et, implicitement, de ceux de Francis. C'était injuste, mais c'était compréhensible.

Geneviève avait composé comme elle le pouvait avec de très grands bouleversements : la mort de leur ami Éric, celle, atroce, de son amie Sylvie, le départ de Francis dans des circonstances tragiques, la dépression de son père, dont les symptômes avaient dû être amplifiés par l'alcool… Au bout d'une trentaine de lettres, Francis en était à se demander si d'eux deux, Geneviève n'était pas en fin de compte la plus résiliente.

Au moment de passer à table, Francis entamait la cent soixantième lettre et Geneviève s'apprêtait à entrer en cinquième année.

◆

Jeudi matin 25 août, cinquième croix au calendrier. Geneviève se gara devant la maison à l'heure qui serait dorénavant habituelle. Cette fois, Francis l'avait attendue dehors, assis sur les marches du petit perron de bois. Sa tante était partie pour le presbytère où, il venait de l'apprendre, elle passait le plus clair de son temps à titre « d'administratrice paroissiale », si un tel titre existait. Elle gérait les budgets, assurait la comptabilité, réglait les factures et chapeautait les activités pastorales sans demander un sou, en bonne sainte en devenir qu'elle était. Réjean, lui, se dirigerait vers les locaux administratifs du chemin de fer sous peu. Il sentait déjà le whisky.

Geneviève semblait de bonne humeur. Elle fredonnait sans inhibition par-dessus le groupe qu'elle faisait jouer à plein volume.

— C'est quoi ?

— *Black Hole Sun*, de Soundgarden, dit-elle.

Francis réalisa qu'il devrait faire un peu de rattrapage. Il n'avait en effet aucune idée de ce qu'écoutaient et regardaient les autres élèves. À croire qu'il arrivait de la planète Mars. C'était tout comme.

Geneviève lui apprit qu'il s'agissait de musique « alternative ». Francis avait manqué l'émergence de ce mouvement-là, et aussi celle du *grunge*, venu de Seattle, sur la Côte Ouest. Kurt Cobain, figure emblématique de ce courant, s'était enlevé la vie le printemps précédent et avait depuis été érigé en légende. Fascinant… zzzzzzzz…

— T'écoutais pas d'musique, là-bas ? demanda-t-elle avec étonnement. T'aurais dû savoir toute ça ben avant moi : t'étais proche de Montréal, pas comme nous autres icitte, à Saint-Meu-Meu-des-Profondeurs.

— C'est pas si mal, ici, dit Francis. C'est tranquille ; y a d'la verdure…

Il eut soudain l'image d'une centaine d'élèves ruminant en plein champ tel un troupeau de bovins.

— C'est calme, surtout, reprit-il en refrénant une envie de rire. J'aime le calme, maintenant. Et pour répondre à ta question, non, j'écoutais à peu près pas d'musique, là-bas, à moins qu'tu comptes le classique. Ça, j'en ai entendu. Et je veux plus jamais entendre une symphonie d'ma vie.

— Du classique? Ouache. Pour quoi faire?

— Pour garder les patients dociles. Le pire, c'est qu'ça fonctionnait assez bien. Mais maintenant, pour mes oreilles, c'est trop associé à ça, tu comprends? Plus d'classique pour moi.

— J'te comprends. Ma mère en écoute, des fois, la fin d'semaine. De l'*ôpérââ*. Elle dit qu'ça la calme, justement. On n'a pas les mêmes goûts, ça, c't'un faite. J'aime mieux l'altern' pis l'grano, genre Cat Stevens pis Led Zeppelin.

Ah! Intéressant…

Bien sûr, il connaissait le groupe Led Zeppelin, même s'il aurait été bien incapable de reconnaître ne serait-ce qu'une de leurs chansons. Pour Cat Stevens, c'était autre chose : sa mère avait tous ses vinyles. Il avait d'ailleurs eu un choc, chez sa tante, en réalisant que ce support était complètement désuet et que les cassettes étaient également en voie de le devenir. Ils vivaient désormais à l'ère du disque compact.

Peut-être pourrait-il offrir un CD de Cat Stevens à sa mère, lors d'une visite prochaine? Il sentit son pouls s'accélérer. Penser à autre chose… et vite.

— Quand tu disais que t'as pas de chum *chum*, commença-t-il, qu'ils te regardent encore comme un d'leurs « amis d'gars », tu pensais à Pascal, j'imagine?

Le teint naturellement pâle de son amie vira instantanément à l'écarlate.

— Comment tu… Y t'a-tu dit quèqu'chose?

— Non, non, calme-toi. Et regarde en avant. C'est ton histoire de Led Zeppelin. J'me souviens pas qu'tes parents écoutaient ça. J'me suis dit que quelqu'un t'en avait parlé… Pascal portait un t-shirt de c'groupe-là, hier. Et il me semble que tu l'regardes pas comme les autres… C'était juste un *guess*, Geneviève. J'lui dirai pas, inquiète-toi pas pour ça. Mais j'oublierais ça, à ta place.

L'expression de Geneviève passa aussitôt du soulagement à la rancœur.

— T'es ben chien d'me dire ça !

— J'veux juste pas que t'aies d'la peine, Ge, c'est tout. J'pense pas qu'il soit amoureux d'toi. Comme tu disais toi-même, il te regarde pas comme ça.

Il s'en voulut un peu d'avoir parlé avec autant de franchise. La plupart des gens le supportaient difficilement. Il devrait peut-être faire plus attention. Dans certaines circonstances, en tout cas. À ses côtés, Geneviève avait repris ses vocalises, un peu plus rageusement, cette fois.

Ils retrouvèrent Pascal, Dominic et Isabelle fumant au même endroit que la veille. La première cloche sonna, indiquant qu'il fallait se préparer, puis la seconde, cinq minutes plus tard, signifiant que tous devaient être assis en classe. Sauf si, bien sûr, le premier cours était celui d'éducation physique, auquel cas il fallait aller se changer dans les vestiaires et avoir gagné le gymnase adjacent au moment de la seconde sonnerie. C'était le cas de Francis, ce matin-là.

— On s'pogne à' récré, dit Dominic en le saluant.

Les amis de Geneviève commençaient la journée par un cours d'arts plastiques, cours qui ne figurait pas du tout dans son horaire à lui. Louche.

Francis prit le chemin des vestiaires, songeur. Il ne remarqua pas que, derrière lui, Jonathan Pilon le fixait d'un œil mauvais.

Sourd au chahut des gars à moitié à poil, il se dévêtit sans hâte. Un silence choqué tomba soudain sur le vestiaire. Francis, le torse nu, fit semblant de ne pas le remarquer. Il retira son jean puis enfila un short bleu sombre. Les autres semblèrent revenir de leur surprise et reprirent leurs conversations, à la différence que le ton était à présent plus robotique qu'enjoué et qu'ils ne pouvaient s'empêcher de loucher du côté du nouveau, qui n'en était pas vraiment un.

Francis passa un t-shirt gris, recouvrant du coup le haut de son corps musclé bardé de cicatrices de tous les formats. Le centre psychiatrique qui l'avait vu grandir avait été le témoin des violents épisodes d'automutilation qu'il s'était infligée avec tout ce qui lui tombait sous la main. C'est le dessin qui l'avait sauvé, même s'il avait dû se contenter longtemps de crayons de cire. Mais son corps gardait les traces nombreuses, et étirées par la croissance, de sa neuvième année de vie qui, presque à elle seule, l'avait condamné à une si longue période sous supervision médicale. Bien sûr, il avait fini par comprendre, puis admettre, qu'il reproduisait en quelque sorte les blessures des victimes de son père et, peut-être surtout, celle qui avait eu raison de ce dernier, celle dont Francis était directement responsable. Barbeau avait eu droit à la première portion de l'histoire, par bribes successives, sur une période savamment espacée.

Alors que sa tête émergeait du col de son t-shirt, ses yeux croisèrent ceux de Jonathan. Ce dernier détourna le regard, juste une fraction de seconde. Ce fut suffisant. Francis savait maintenant de quel bois était taillé Pilon.

Au programme du cours, et des trois suivants, on jouerait au volley-ball intérieur. Deux filets, cinq équipes de cinq. Celle de Francis l'emporta facilement et il y était pour beaucoup, sa grandeur et sa force se prêtant fort bien aux contraintes du jeu.

Jonathan tenta de lui envoyer le ballon au visage. Anticipant la manœuvre, Francis répliqua par un smash

qui prit l'autre équipe au dépourvu. Point de match.
Son vis-à-vis rongeait son frein, mâchoire en avant.

De retour aux vestiaires, les gars se déshabillèrent
et se précipitèrent sous les douches avec un nuage de
vapeur chaude en guise d'intimité. Francis soupira
d'aise en laissant l'eau lui détremper le cuir chevelu.
Il avait fourni de réels efforts et ses muscles lui étaient
à présent reconnaissants de les traiter avec le respect
mérité. Ce moment de communion avec son enveloppe
charnelle fut de courte durée.

— Heille, le fif!

Jonathan. Francis soupira en ouvrant des yeux
mouillés. À côté de lui, le copain de Sophie le défiait
du regard.

— Y paraît qu't'étais une p'tite tapette, avant,
reprit-il. Y paraît qu'tu t'faisais passer d'ssus par des
gars! Franfif, c'est pas d'même qu'y t'appelaient?

Il éclata de rire, mais, tout autour, les autres gars
semblaient juger plus prudent d'attendre la réaction
de Francis avant de s'engager. Ce dernier sourit, d'un
sourire franc, serein. Il s'approcha de Jonathan, ses
yeux plantés dans les siens.

Francis demeurait muet; il fixait son assaillant en
souriant. Jonathan rit d'abord puis, constatant que
Francis ne réagissait pas, parut soudain mal à l'aise
de cette proximité physique.

— Coudonc, veux-tu m'frencher? dit-il, mépri-
sant.

Il chercha du regard un appui auprès des quelques
élèves qui commençaient maintenant à ricaner en
regardant Francis.

— Hein, tu veux-tu m'frencher, Franfif? répéta-t-il.

Rires mesquins, nerveux. Francis eut un rire de
gorge, profond et sincère, la tête inclinée vers l'arrière.
En une fraction de seconde, ses traits retrouvèrent un
air impassible. Son corps se lova contre celui de

Jonathan, qu'il fit pivoter en repliant le bras gauche de celui-ci jusqu'à sa nuque. L'élève pourtant plus baraqué que Francis hurla de douleur tandis que ce dernier invitait les autres de son bras libre à garder leurs distances. Personne ne le défia. Il approcha un visage doux de celui d'un Jonathan au supplice.

— Franfif est mort, murmura-t-il si bas que personne d'autre qu'eux ne pouvait entendre. Sais-tu c'que ça veut dire, mort ?

◆

Le reste de la journée se déroula dans un brouillard cérébral confortable. Après son aventure matinale, Francis avait un peu forcé la dose de psychotropes légaux. Il se souvenait vaguement d'avoir été félicité par le petit groupe de Geneviève. Pascal, surtout, semblait très enthousiaste.

Mais Francis n'avait que faire de l'approbation et même de l'admiration de ses pairs. Il n'agissait pas par calcul, ou plutôt si, mais ces bénéfices marginaux ne faisaient pas partie de l'équation initiale.

Celle qu'il avait établie pour Jonathan Pilon était par exemple fort simple. À l'évidence, l'amoureux de Sophie (qu'elle avait nul doute briefé sur Francis) s'était senti menacé pour quelque obscure raison – sans doute d'ordre hormonal – et s'était mis en tête de ridiculiser Francis pour mieux le maîtriser. L'objet de hantise, Francis, avait donc maté son assaillant sans lui laisser le moindre doute quant à ses capacités physiques, seul langage entériné par l'ami sportif.

Francis ne raffolait absolument pas des démonstrations de force, bien au contraire. Il préférait garder un profil bas et se fondre dans son environnement, or il semblait bien que ce serait ici impossible ; on ne le lui permettrait pas.

Durant le cours de mathématiques, alors qu'Yves Lanctôt, leur enseignant et homme au cardigan qui était de la remise des horaires la veille, tentait en vain de leur vendre les joies des équations à deux inconnues, les élèves chuchotaient et lorgnaient du côté de Francis. Assis au fond de la classe, le visage à moitié tourné vers la fenêtre, ce dernier laissait faire sans trop se soucier d'eux ou du prof.

Tout à fait conscient du phénomène, le professeur ne trouvait rien d'autre à faire que de marteler nerveusement de son stylo la surface lumineuse du rétroprojecteur en parlant en accéléré. Sa posture, jumelée au débit nerveux, avait quelque chose de drôle et triste à la fois.

La nouvelle fit rapidement le tour de l'école. À l'heure du lunch, Francis était la nouvelle sensation, le nouveau *tough*. Et son corps était couvert de cicatrices étranges… il avait les noms de ceux qu'il avait tués gravés dans sa chair… Ce dernier détail, fort pittoresque, émanait d'un élève de première secondaire qui avait entendu deux élèves de quatrième, dont l'un avait déjà eu vent de… Et la légende de Francis était née. Pour la deuxième fois.

Après avoir enfourné son sandwich au jambon en vitesse, il quitta la cafétéria pour aller se balader un peu. Il ne comptait plus les « C'est lui, c'est lui » étouffés sur son passage.

Dans le couloir principal, il croisa Sophie et ses deux soubrettes attitrées, Johanne Laure et Kim Joyal, celles-ci ne semblant être dans l'image que pour mettre en valeur le port de reine de la première. Derrière elles, Jonathan essayait de parler à sa douce, cette dernière jouant la carte de l'indifférence à grandes foulées.

Le regard de Francis rencontra celui de Jonathan. Pendant une fraction de seconde, il y lut de la tristesse aussitôt remplacée par une haine animale.

— Salut, Francis, dit Sophie en le croisant.

Jonathan s'immobilisa alors que la Cour poursuivait sa marche insouciante. Il demeura un moment figé sur place, comme incapable de décider du prochain mouvement.

— J'vas pratiquer mon chrono après l'école, lança-t-il à Sophie, si tu veux v'nir me voir courir…

Sa tentative pour attirer l'attention de sa princesse venant de se solder par un cuisant échec, Jonathan se retourna vers Francis, qui s'était arrêté non loin de l'amoureux éconduit. Ils étaient seuls dans le couloir, sans public, sans témoin. Jonathan, toujours immobile, regarda longuement Francis, les traits dangereusement contractés. Au bout de quelques secondes, il se détendit légèrement et prit le chemin des casiers sans plus se soucier de Francis. Lui reprit sa route et gagna la porte principale.

Le ciel était couvert et le fond de l'air, frisquet. Cet après-midi, il avait cours de morale puis de français. Pas aujourd'hui, décida-t-il. Il retourna à l'intérieur, prit sa veste et son sac dans son casier et quitta l'école sous les regards à la fois admiratifs et envieux de Dominic, Isabelle et Pascal. Geneviève n'était nulle part en vue et c'était très bien ainsi : autrement, elle aurait sûrement insisté pour le suivre. Or il venait d'atteindre sa limite quotidienne. Il se donnait jusqu'au lendemain avant de passer une journée complète dans la cacophonie étudiante. Pour l'heure, il devait relâcher la pression.

◆

Il rentra chez sa tante peu après dix-neuf heures. La maison embaumait le pain de viande et les légumes bouillis. Il retira ses chaussures et sa veste et fut aussitôt assailli par une Lucie aux abois, et pour cause : ici, on soupait tôt. À dix-sept heures quinze, les plats étaient sur la table ; à dix-sept heures trente-cinq, sa tante débarrassait et dix minutes plus tard, la vaisselle était lavée, séchée, et la table, désertée. Ils avaient bien sûr mangé sans Francis en se rongeant les sangs quant à sa sécurité. Mais où était-il passé ? Que faisait-il ? Elle lui épargna toutefois « avec qui ? ».

— J'me promenais, dit-il en haussant les épaules. J'ai pas vu l'temps passer.

— Mais y commence à faire noir, dit-elle comme s'il s'agissait là d'une fin en soi.

— Désolé, dit-il en s'apprêtant à prendre le chemin de sa chambre.

— Ben là, attends. J't'ai quand même gardé une assiette au chaud. Faut remplir ça, c'grand corps-là.

La colère l'avait abandonnée pour laisser place au soulagement. Au salon, Réjean n'avait même pas levé le nez de son journal. Francis s'installa à table et engouffra son repas en quelques minutes.

— Merci, ma tante, c'était bon.

— J'te crois, dit-elle en ramassant son assiette. Tu manges encore plus vite que ton oncle.

Francis monta ensuite à sa chambre afin de dessiner un peu. Vers vingt et une heures, on frappa doucement à sa porte. Sa tante entra sans attendre d'être invitée. Elle s'excusa du regard ; un léger tremblement lui agitait les mains.

— Y a deux policiers qui veulent te voir, en bas, dit-elle d'une voix chevrotante.

— Ils t'ont dit pourquoi ?

Elle déglutit en se frottant nerveusement les mains.

— Ils disent qu'un élève de ta classe est... est mort. Ils ont pas d'affaire à te déranger avec ça !

s'emporta-t-elle sans crier gare. T'es mineur ! Ils...
on va refuser...

— Ma tante, la coupa gentiment Francis, là on va
descendre et tu vas accepter que je les suive. Il m'ar-
rivera rien. J'te promets.

— Mais Francis...

— Ma tante, insista-t-il avec cette fois une légère
note d'agacement dans la voix, je connais bien la
routine. Je la connais parfaitement.

Deux minutes plus tard, un jeune flic à la mine
sombre conduisait Francis à son véhicule en compagnie de son collègue qui ne semblait être là que pour
faire office de témoin. Le premier ouvrit la portière
arrière, qu'il claqua après avoir « aidé » Francis à
monter en lui mettant la main sur la tête.

Les policiers prirent place à l'avant et, avec une
grande satisfaction, Francis l'aurait juré, celui qui
conduisait actionna le bouton du gyrophare.

On souhaitait le rencontrer, non pas l'interroger,
avait-on pris soin de préciser aux tuteurs légaux de
Francis, au sujet du meurtre d'un certain Jonathan
Pilon.

CHAPITRE 7

SHÉRIF FAIS-MOI PEUR

— On a des dizaines de témoins qui disent qu'y t'ont vu t'battre avec Pilon, dans les douches, à l'école. Pis autant qui t'ont vu t'en aller d'l'école juste après l'début du *break* du midi.

— Et ils vous disent la vérité, confirma Francis d'un ton neutre. J'étais donc pas là.

— T'as pu r'venir discrètement pis l'attendre dans les vestiaires. Tu savais qu'y serait là.

En effet, Francis était au courant de l'emploi du temps de Pilon après l'école. Qui, de Kim Joyal, Johanne Laure ou Sophie Malo avait jugé pertinent d'en aviser le sergent détective Filiatreault ?

Le père de Geneviève faisait les cent pas autour de la table où Francis venait à peine de s'asseoir. La petite salle d'interrogatoire du poste local de la Sûreté du Québec donnait l'impression d'abriter un fauve prêt à bondir.

Le policier n'avait fait aucune allusion, même voilée, aux pneus dégonflés. Silence radio. Avec son exploit passé de carrosserie égratignée, Geneviève avait dû être jugée coupable d'office. Et compte tenu du degré d'acrimonie teintant leurs rapports personnels, il était peu probable que Filiatreault évoque la chose avec elle. Mais il n'y avait pas que les dégâts infligés à la voiture !

Avait-il seulement remarqué la dépouille du chat ? Toute cette mise en scène visait à le mettre à cran. Sur ce plan, Francis avait mal calibré son effet. Dommage.

Filiatreault le dévisageait à présent ouvertement, probablement à la recherche de quelque manifestation coupable du non-verbal. Francis ne s'en formalisa pas mais crut bon de pousser un petit soupir las au bout de quelques minutes de cet exercice futile.

— Tu t'penses ben smatt', hein l'jeune ?

— Ne présumez pas de ce que je pense, et de ce que je pense pas, fit Francis tranquillement.

L'officier plissa les yeux avec affectation.

— Écoute-moé ben, mon gars, j'connais toute ton histoire. Au complet. Tu vois, le beau dossier posé icitte, y contient toute ta vie. Je sais toute. Ton père, ta mère, mais aussi l'hôpital… Pas juste les détails de l'enquête : toute.

— Quand vous dites « ton père », s'enquit Francis en imitant le timbre graveleux du policier maigre mais ventru, faites-vous allusion aux meurtres qu'il a commis ou au fait qu'il m'a battu et violé à répétition à deux pas d'chez vous ? Vous vous êtes vraiment jamais douté de rien, dans votre garage, autour d'une bière ? Chaud, il avait une grande gueule, mon père…

Filiatreault ouvrit puis referma la bouche comme un poisson dans un aquarium… ou qui suffoque à côté.

— … et vous êtes pas sans savoir que mon dossier médical est confidentiel, comme tous les dossiers de mineurs d'ailleurs. Je suis pas fiché comme jeune délinquant. Je suis ici juste pour faire une déposition, non ? À ce stade précoce de votre enquête, je suis témoin et non suspect. Je suis accusé de rien. Si je ne m'abuse, vous êtes même pas supposé être en possession de mon dossier à ce moment-ci ; ce serait prématuré. Mais j'avoue ne pas être *certain* sur ce point. Je devrai vérifier avec mon médecin traitant. Mais j'y pense : vous lui avez forcément parlé, vous pouvez donc me dire son nom, n'est-ce pas ? Non ? Ah... j'comprends, c'était un bluff pour me déstabiliser... pardonnez-moi, Yoland, j'avais pas compris. Donc le dossier, c'est pas l'mien ?

Filiatreault était stupéfié. Francis en profita pour étirer le bras afin de saisir le dossier en question et dont il était certain qu'il n'était pas le sien : en attestait le code d'identification 141-940825-04, lequel révélait, par les six chiffres du centre, la date d'ouverture dudit dossier. Le sien allait comme suit : 141-861107-07. Et ce code-là le suivrait toujours.

Francis ouvrit la chemise avant même que le policier eût pu comprendre ce qui se passait. Comme il l'avait anticipé, il ne s'agissait pas de son « dossier », mais des notes préliminaires et d'instantanés du corps mutilé de Jonathan. Sale travail. Sur le premier cliché, on voyait le corps adossé au mur des douches, les entrailles gonflées par l'eau qui s'était engouffrée dans le ventre ouvert. Sur le second, un gros plan du visage placide, on constatait que deux crayons avaient été plantés dans les orbites du mort. Tels deux scanners, les yeux de Francis balayaient la surface à reproduire mentalement et en enregistraient pour ce faire les moindres détails : cadrages, zones d'ombre, tonalités de gris, emplacement d'un bout de botte révélant la présence d'un policier, etc.

Francis entamait l'examen de la troisième photo, un plan de coupe (!) de la longue et grossière entaille qui laissait apparaître les organes vitaux, quand l'agent enquêteur Parent entra dans la salle. Il s'était excusé dès leur arrivée au poste et les gargouillis sonores de son ventre avaient fait pencher Francis pour la thèse de l'indigestion. Qui plus est, le faire poireauter, seul, dans une salle d'interrogatoire devait avoir pour but de le déstabiliser ou d'accroître son niveau d'anxiété. Mais il n'avait pas été seul bien longtemps, puisque Filiatreault s'était presque aussitôt manifesté.

Le jeune flic allait dire quelque chose à Francis quand son regard surpris se posa sur le sergent détective. À son air, Francis comprit que Filiatreault n'avait pas sa place là. Mais comme ce dernier était son supérieur hiérarchique, Parent semblait hésiter sur la suite des choses. Soudain, ses yeux s'écarquillèrent sous le coup de la panique.

— Mais y'est pas supposé voir ça, lui ! fit-il en désignant le dossier que Francis consultait sans être inquiété.

Au même moment, un autre officier faisait irruption dans la salle d'interrogatoire, qui affichait pourtant déjà complet.

— Parent, as-tu vu Filiatreault ? Sa fille… Sacrament, Filiatreault ! Ôte-z-y ça des mains !

Le sergent détective Filiatreault sortit finalement de sa torpeur et cligna des yeux à quelques reprises avant de retirer le dossier à Francis, la mine vaguement embarrassée. Ses gestes semblaient décalés ; il était encore sous le choc et n'arrivait pas à soupeser les conséquences potentielles de son erreur de jugement.

— Quessé qu'y'a, Rochon ? demanda-t-il enfin au nouveau venu.

— Quessé qu'y'a ? Tu veux dire à part le fait que t'interroges mon témoin ? fit ce dernier en contenant à grand-peine une bouffée de colère, en témoignaient des oreilles cramoisies. Ta fille, à' réception. Pourquoi t'irais pas la voir tu' suite ?

Il se tut, attendant la réaction de Filiatreault. Ce dernier peinant toujours à rassembler ses idées, Francis décida de faire gagner un peu de temps à tout le monde.

— Elle est venue vous dire que j'étais avec elle, après l'école.

L'officier Rochon se tourna aussitôt vers lui, la mine déçue.

— Pis c'est vrai? demanda-t-il tout de même.

— Évidemment qu'c'est vrai, répondit Francis en se levant.

— Heille, heille, où c'est qu'tu penses que tu t'en vas? dit un Filiatreault soudainement bien réveillé.

— J'suis fatigué, dit Francis avec lassitude. J'ai d'l'école demain, alors je vais m'coucher. Sauf erreur, je suis pas en état d'arrestation, alors le coup du gyrophare et d'la sirène que s'est permis la police de Saint-Clovis, et par extension la Sûreté du Québec, c'était un peu beaucoup surjoué. Une faute professionnelle, qui sait. J'aurais aussi bien pu faire une déposition préliminaire chez moi, non? En tout cas, on me l'a pas offert, alors que moi, je demande qu'à collaborer. Ah! C'était pour m'intimider un peu, ça aussi?

Aucun des trois policiers ne pipa mot.

— Et au fait, monsieur Filiatreault, s'enquit Francis en désignant Rochon du pouce, l'enquêteur chargé de l'affaire, c'est vous ou c'est lui? Il avait l'air surpris d'vous trouver ici, avec moi… Vous seriez pas comme qui dirait en conflit d'intérêts?… Encore? C'est pas justement le genre de « technicalités » susceptibles de foutre en l'air un procès, ça?

J'étais peut-être petit et en état d'choc y a sept ans, détective Filiatreault, mais j'ai rien manqué du cirque judiciaire qui s'est mis en place autour de moi. J'ai rien manqué des procédures auxquelles j'ai été exposé. Rien.

— Tu t'aides pas, là, mon gars, articula Filiatreault d'une voix blanche.

— M'aider? M'aider à quoi? Jonathan a été tué à quelle heure?

— Y'était à son dernier cours jusqu'à' cloche, répondit le flic de mauvaise grâce, soit quatre heures, pis l'concierge a trouvé son corps dans les douches à six.

— Donc, résuma Francis, il a été tué entre quatre heures et six heures. Pendant que j'étais avec Geneviève. Pas d'chance, *mon gars*, termina-t-il en imitant encore la voix de Filiatreault.

— Et vous étiez où, tous les deux ? demanda soudain Parent d'un ton de défi qui s'accordait bien avec la fougue inexpérimentée de son noviciat.

Rochon, qui n'avait rien manqué de l'échange et qui masquait mal sa désapprobation vis-à-vis de l'attitude de Filiatreault, connaissait la version de la jeune fille… Et Francis, la connaissait-il ?

— Sous l'pont routier, répondit aussitôt ce dernier.

Le sergent détective Filiatreault regarda Parent qui, les yeux pleins d'espoir, chercha en retour ceux de Rochon. Qui baissa la tête en ouvrant la porte à Francis.

— Messieurs, je demeure à votre disposition, dit ce dernier en se dirigeant vers la porte.

Il ne put résister et y alla d'une petite révérence avant de sortir. Il était presque dans le couloir quand il retint la porte qui se refermait lentement, comme si un important détail lui revenait.

— J'espère juste que je serai pas traumatisé par les photos de cadavre que j'étais pas supposé voir, dit-il piteusement. Ce serait dommage que j'aie un traumatisme de plus, vous trouvez pas ? Et c'est sans parler du faux dossier… c'est insécurisant. Très insécurisant.

Rochon tourna aussitôt la tête en direction de Filiatreault.

— Quel faux dossier ? De quoi y parle ?…

Francis referma derrière lui, le regard brillant. À la réception, Geneviève soupira en le voyant arriver. Louise, sa mère, l'accompagnait. Elle n'avait pas beaucoup changé en sept ans. C'était une fort belle femme, de taille menue, aux cheveux décolorés. Il en gardait un bon souvenir; elle était très gentille, très douce. Quand elle écoutait, elle donnait à son interlocuteur le sentiment qu'il était la seule personne sur terre. Les clients de la taverne devaient laisser de bons pourboires.

Il revit, dans un éclair fugace, sa propre mère et celle d'Éric, assises à la table de la cuisine et potinant allègrement autour d'un café qui s'étirait. N'était-ce pas feu la mère de feu son ami qui disait justement que leur voisine devait être bien déprimée quand elle avait accepté d'épouser Yoland Filiatreault?

Bien que Louise fût, monoparentalité oblige, moins présente pour sa fille que dans leur enfance, Francis se surprit à espérer que Geneviève ne fût pas trop dure avec sa mère. C'eût été dommage, bien dommage.

À côté du tandem mère-fille, un duo moins discret: son oncle et sa tante, qui se renvoyaient en ce moment même la responsabilité des récents malheurs de Francis.

Lucie se leva dès qu'elle l'aperçut et lui colla un baiser sonore sur la joue; précipité, maladroit mais sincère.

— Y t'ont pas fait mal, toujours?

— Franchement, Lucie, on est au Canada, soupira Réjean en fouillant sa poche de pantalon à la recherche de ses clés de voiture.

— Ah toi, ferme ta boîte, dit-elle sans le regarder.

— Désolé de tout le dérangement, dit Francis en regardant tout le monde.

— Ben non, c'est correct, mon beau Francis, dit Louise en s'approchant. J'suis ben contente de t'voir. Geneviève m'avait dit qu't'étais r'venu. C'est bien, ça. Va falloir que tu viennes faire ton tour, là. Ici, c'est pas ben ben la place pour jaser, avec l'autre paranoïaque, là-bas...

— Maman, *come on*, murmura Geneviève en baissant la tête.

— Bon ben faut que j'retourne à' job, là, s'excusa Louise en lançant un regard insistant à sa fille.

— C'est bon, vas-y m'man. J'ai mon char.

Quand la mère de son amie se fut éclipsée, le silence retomba sur le petit groupe qui, faute de leadership, demeurait cloué sur place, indécis.

Francis eut un regard vers le fond du couloir d'où il avait émergé deux minutes plus tôt. Le père de Geneviève sortit de la salle d'interrogatoire à cet instant. Parent lui collait aux basques. Francis se demanda comment ils avaient convenu d'altérer la séquence des événements. Rochon sortit le dernier et eut un très léger hochement de tête contrarié.

Aucun doute que le rapport officiel ne ferait nulle part mention de la bourde de Filiatreault. Quant à celle de son subalterne, elle serait plus malaisée à nier : tous les habitants du quartier avaient dû se coller le nez aux fenêtres en entendant la sirène du véhicule de police avant de se précipiter sur leurs téléphones respectifs, question de répandre la nouvelle. Difficile de prétendre que cela n'avait pas eu lieu. Et le fait que Francis était en mesure de décrire dans le détail les *photos* du cadavre pouvait s'avérer embarrassant...

Bah ! Francis savait qu'il n'avait pas à s'inquiéter dans l'immédiat : ils étaient en bien plus fâcheuse position que lui. Il n'avait qu'à passer un coup de fil paniqué au docteur Barbeau pour éclabousser, et ainsi compromettre, l'enquête naissante. Et ils savaient qu'il le savait, alors ils lui ficheraient la paix.

Tout le monde parut content de quitter le poste de police. Geneviève frôla le bras de Francis au moment de monter en voiture. Leurs regards se croisèrent et le second eut un léger acquiescement du menton.

Cette nuit, rendez-vous sous le pont.

◆

Les chiffres lumineux du réveil indiquaient minuit et trois minutes. Dans leur chambre, son oncle et sa tante avaient cessé de chuchoter deux heures plus tôt. Francis écarta le couvre-lit sous lequel il était encore habillé et se leva. Il regarda par la fenêtre : le ciel s'était quelque peu ennuagé, mais la lune y perçait et éclairait faiblement le fil obscur de la rivière Matshi. Les arbres paraissaient plus noirs que vert foncé.

Cinq minutes plus tard, il s'engageait sur le pont du chemin de fer. On n'y voyait pas très bien avec la lune prisonnière de cette épaisse couche de nuages. Surtout qu'à Saint-Clo, contrairement aux grandes villes, la nuit, il faisait sombre. Malgré les lampadaires sur le pont voisin, l'éclairage ce soir était chiche et Francis dut se tenir tout près de la structure latérale afin de ne pas trébucher.

Parvenu à trois ou quatre mètres de l'autre rive, il entendit des craquements dans les fourrés qui séparaient la voie ferrée du cimetière. Il s'immobilisa, sur la défensive. Une voix chuchota :

— Francis, c'est-tu toi ?

— Oui, c'est moi.

Geneviève, accompagnée de Pascal, sortit la tête des buissons et lui sourit en le reconnaissant.

— On t'attendait, pis on a décidé d'aller lancer des p'tites roches dans ta fenêtre, expliqua-t-elle. J'étais pus certaine que t'avais compris qu'le signe, c'était pour qu'on s'voie…

— Oui, oui, la rassura Francis, j'avais saisi en quittant l'poste. C'est juste que ça leur a pris du temps à s'endormir. J'ai pas pu sortir avant.

Il franchit les quelques pas qui les séparaient et les rejoignit près des buissons. Ils entreprirent ensuite de descendre la pente abrupte qui menait à la rivière. Une fois en bas, ils marchèrent à contre-courant en direction de l'un des immenses piliers de béton du pont routier. L'endroit même où Francis avait trouvé le tesson et où il avait repéré une bouteille de bière abandonnée, indices probants d'une fréquentation clandestine. Il se félicitait d'ailleurs d'y être venu, sans quoi il aurait été bien embêté de dire où Geneviève et lui étaient supposément allés se fourrer après l'école.

Décréter qu'il était ici avec elle n'avait pas constitué pour lui un pari bien risqué. Sachant qu'elle avait un lieu de rencontre privilégié avec ses amis proches, son « spot », et que cet endroit-ci trahissait des signes d'occupation ponctuelle, Francis avait déduit que c'était sous le pont routier que Geneviève avait dû les situer, elle et lui, durant la plage horaire concernée. Outre l'alibi qu'elle lui avait fourni, elle avait probablement formulé du même coup une sorte de souhait inconscient.

Cet espace sous la bavette du pont était donc le lieu de rassemblement de prédilection de Geneviève et de sa bande… C'était en soi une très bonne idée. Peu importait où l'on se plaçait sur la route, ou de quel côté, il était impossible de voir sous le pont. Seul le pont voisin, celui du chemin de fer, offrait une vue imprenable sur leur cachette. C'était donc sans grand danger, et pour l'heure ils y étaient tranquilles et à l'abri des regards indiscrets.

Francis suivit donc les deux autres et s'arrêta en même temps qu'eux. Le crissement de leurs pas se tut. Le bruit de l'écoulement des eaux sombres se réverbérait sur la structure de béton en un écho entêtant, telle une douce invitation à la noyade. La lumière jaune des lampadaires s'abîmait dans l'eau plus qu'elle ne s'y réfléchissait.

Geneviève sortit de son sac une bougie et une couverture de laine qu'elle disposa sur le sol sec et rocailleux. Ils s'y installèrent tandis que Pascal sortait une bouteille de gin de son blouson en l'exhibant ensuite fièrement. Il la tendit à Geneviève, qui en but une bonne rasade sans grimacer. Elle allait la tendre à Francis mais se ravisa aussitôt et la rendit plutôt à Pascal. Elle lui adressa un petit « non » de la tête alors qu'il portait le goulot à ses lèvres charnues. Francis sourit devant la prévenance de son amie. Elle devait avoir tout raconté à Pascal… Pascal qui avait beaucoup changé, depuis la petite école.

— Alors, Ge, commença Francis, t'as menti à la police pour moi. Comment tu pouvais être certaine de la période à couvrir ? Tu connaissais pas mon emploi du temps.

— C't'à cause de ta matante, en fait, expliqua Geneviève. On est arrivés en même temps, tout le monde, pis elle s'est garrochée sur moi pour savoir si j'étais avec toi jusqu'à sept heures… ça fait que j'y ai dit oui, pis j'ai juste répété la même chose au *twitt* de Rochon. Pis j'ai dit qu'on était icitte parce que c'est la première affaire que j'ai pensé, mais ça aurait pu nous mettre dans' marde. Y t'ont même pas demandé où qu'on était ?

— Non, mentit Francis, qui ne tenait pas à leur expliquer à tous deux le comment du pourquoi à cette heure. Au fait, c'est quoi son grade à Rochon ?

Francis préférait toujours savoir à qui il avait affaire.

— Euh… chu pas sûre. Juste en dessous d'mon père, j'pense. Quoique astheure j'pourrais pas dire. Y'est d'ici, mais y a été transféré à Nottaway v'là un an. C'était peut-être une promotion, pour c'que j'en sais. Y s'aiment pas ben ben toutes les deux. C'est moi, ou y'était déçu, Rochon ?

— Peut-être un peu. En tout cas, j'peux être reconnaissant d'avoir une tante hystérique !

Geneviève et Pascal pouffèrent, visiblement d'accord. Francis n'en rajouta pas, souriant devant sa bonne fortune mais analysant toujours une situation encore loin d'être limpide. Ainsi donc, c'était de Nottaway qu'on piloterait l'enquête ? Logique, puisque le Bureau des crimes majeurs le plus près s'y trouvait et que, au surplus, on aurait du mal à imaginer des locaux patauger dans un magma d'accointances et de filiations diverses que ne manquerait pas de déranger pareille investigation dans une petite ville comme Saint-Clo.

Pascal eut un rot sonore et s'excusa aussitôt. Francis revint aussi sec au moment présent. Tiens ! Voilà qui faisait un deuxième facteur inconnu, réalisa-t-il.

— Pis toi, Pascal, demanda-t-il au bout d'un moment, t'es maintenant officiellement complice ?

— C'est ça que j'voulais, dit-il. J'ai pas peur des beus.

— J'veux juste que tu m'jures que t'as rien à voir là-dedans, Francis, dit Geneviève d'un ton ferme dans lequel on décelait encore un léger doute.

— Je l'ai pas tué, Ge. Mais j'suis pas triste qu'il soit mort. C'est comme ça.

Et comme on connaît pas encore les motifs de son meurtre, j'peux pas t'jurer que j'ai rien à y voir.

Cette réponse d'une franchise brutale sembla la satisfaire. Pascal, lui, continuait de boire en suivant le courant du regard. Ils demeurèrent ainsi un moment, parlant peu, convenant que c'était là exactement ce qu'ils avaient fait après l'école en venant retrouver Francis ici.

— Mais pour de vrai, demanda Pascal, t'étais où ?

— J'me promenais, dit Francis.

Pascal sursauta. Son corps ramolli par l'alcool était
vachi contre une pierre tombale envahie par la mousse
t le lichen. Il se redressa tant bien que mal. Un cra-
uement avait retenti, mais l'adolescent, la mine
roggy, semblait à présent se demander si ce n'était
as le fruit de son imagination intoxiquée.

Pascal demeura un moment dans cette pose im-
obable, assis mais légèrement chancelant. Il tendait
reille. La nuit était calme. Il ressortit sa bouteille
gin et tenta d'en prendre une gorgée, ayant à l'évi-
nce oublié qu'il l'avait descendue. Dépité, il la
ntempla un instant puis l'envoya valser plus loin.
bruit du verre brisé explosa dans le silence nocturne,
retomba sitôt après. Une larme roula sur la joue
l'adolescent.

Un ricanement étouffé, tout près ! Pascal bondit et
rna sur lui-même, s'étourdissant dans sa manœuvre
brusque.

— Francis ? Francis, c'est-tu toi ?

ilence. Pascal baissa les yeux et fronça les sour-
Il se pencha pour ramasser le crayon à mine de
nb qui se trouvait à ses pieds. Derrière lui, une
uette sombre se dévoila et lui agrippa les che-
. Une lame brillante pénétra la peau tendre du
arqué.

scal se retourna en se tenant la gorge à deux
s, les yeux exorbités. Son regard rencontra une
d'yeux luisant d'un éclat dément. Le sang giclait
rvalles rapprochés entre ses doigts.

premier crayon ne produisit aucun son en s'en-
nt dans son orbite droite. Pascal Jutra était déjà
quand l'œil gauche reçut le même traitement.

◆

ncis referma doucement la porte de sa chambre,
r battant la chamade. Il essaya de mettre de

— Mais t'as été vu, d'abord, si tu t'promenais en
ville ou din' p'tites rues, s'alarma Geneviève. Y vont
savoir qu'on a *bullshité* !

— J'ai pas été vu, Geneviève.

— Comment tu peux être sûr ? demanda-t-elle,
décidée à mettre un terme à cette charade.

— Parce que je suis *effectivement* venu ici cet
après-midi pendant qu'vous étiez encore à l'école.
Puis j'ai... longé la rivière à couvert, jusqu'au bois.
En face de mon ancienne maison. J'ai traversé l'bois,
pis mon ancienne cour. Y avait personne. Et puis
j'suis allé à côté. Chez Richard. Ça avait l'air tout
petit... La maison a jamais été revendue ?

— Personne veut habiter là, confirma une Geneviève
radoucie. Es-tu... entré ?

— Oui. Je sais pas combien d'temps j'suis resté là.
Tout est pareil, mais en plus décrépit, plus poussiéreux.
Ils ont pas peur que quelqu'un mette le feu, je sais
pas ? C'était même pas barré...

— Personne va là-d'dans, dit Pascal, qui commençait déjà à être un peu éméché. C'est ben' trop épeurant.
Pis depuis qu'y ont fermé la base pis qu'y coupent
dans l'chemin d'fer, des maisons abandonnées, y en a
une pis une aut', m'a t'dire. C'est rien d'extravagant
trop trop.

— C'est vrai, toute ça ? demanda soudain Geneviève
qui, Francis s'en aperçut, n'arrivait pas à se départir
d'un certain scepticisme.

Francis s'étira longuement en faisant sciemment
durer le suspense.

— Tu l'sais que tu m'crois, finit-il par laisser tomber.

Un sourire sibyllin étira ses lèvres.

◆

— T'es certain qu'à va êt' correc' ? demanda Pascal en se relevant péniblement.

Si son élocution altérée n'avait pas suffi à Francis pour juger de l'état de son compagnon, la posture chancelante de Pascal ne laissait planer aucun doute quant au taux d'alcoolémie que devait afficher son organisme.

— Tu sais comment elle est, dit Francis. Si elle dit qu'elle rentre toute seule, elle rentre toute seule. Même enfant, je m'obstinais pas avec elle.

— T'as raison, dit l'autre en étouffant un bâillement. Veux-tu qu'on prenne le pont icitte ou ben l'aut' ?

— Où t'habites ? s'enquit Francis.

— Proche d'la track, à côté du dépanneur.

— On est presque voisins.

— Ouin, j'savais juste pas t'étais dans quelle maison. J'connais pas vraiment ton mononcle pis ta matante…

— À Saint-Clovis !? Des gens qui s'connaissent pas, ça existe encore ?

— Très drôle, fit Pascal en lui donnant un petit coup de poing sur le biceps.

— On va remonter à l'autre pont. Ici, ça nous rallongerait, pis c'est quand même mieux qu'on croise pas d'autos à… quoi, trois heures du matin ?

Pascal acquiesça et ils refirent le parcours accidenté en sens inverse. Pour le premier, la manœuvre fut ardue. Il avait descendu la bouteille de gin presque à lui tout seul.

— Geneviève, dit Francis sans s'arrêter, je sais pourquoi elle m'a couvert. J'sais exactement pourquoi. Mais toi, pourquoi t'as voulu t'en mêler aussi ?

Il arriva en haut de l'escarpement en regardant par-dessus son épaule. Derrière lui, il entendit Pascal jurer. Francis lui tendit la main pour l'aider à se hisser.

Il tira un bon coup et Pascal lui tomba dessus, tous deux trébucher dans les fourrés. Les hau et les buissons amortirent leur chute.

Leurs visages se touchaient presque ; F tit Pascal qui durcissait contre sa cuisse. Il le voir rougir dans le noir. Anticipant une re Francis posa une main sur la tête de Pasca Leurs lèvres se joignirent presque auss plus se séparer. Ils se levèrent et courur cimetière abandonné, qu'on ne pouvait p route. Francis poussa Pascal au sol et l' lemment alors que leurs baisers repren belle.

Et comme Francis l'avait prévu, Pa reculer.

— Chu pas d'même, dit-il en se lai le côté afin de marquer une distance.

— T'es pas comment ? demanda genre de conversation amusait.

— Tapette, répondit l'autre. Chu pa

Francis allongea le bras pour tât l'entrejambe de Pascal, qui n'eut pas tester.

— Pas sûr de ça, taquina le premi

— Arrête ! siffla Pascal. Ça veut

— T'as parfaitement raison, Pas dire. Rien *pantoute*.

Le jeune homme effarouché reg comprendre le sens de ces dernière

Francis se releva et épousseta de la main, silhouette imposante. de Pascal, mais ce dernier demeur regardait obstinément dans l'autre

— Bonne nuit, Pascal. Fais d'l

Il s'éloigna en direction du che presque aussitôt dans les buisson

l'ordre dans ses idées, mais il était encore incapable
de penser clairement. Il allait contourner le lit pour
saisir ses flacons de pilules sur la table de chevet, un
supplément lui paraissant approprié, quand il s'immobilisa devant son bureau : parmi ses dessins laissés
pêle-mêle, l'un avait été écarté des autres. On y avait
écrit quelque chose. Les caractères grossiers se déta-
chaient nettement de la feuille blanche. Francis posa
une main incertaine sur le papier râpeux et l'attira à
lui en repliant le majeur. Il déglutit.

Pourquoi as-tu barbouillé mon portrait ?
Je suis revenue, ta maman qui t'aime.
xxx

DEUXIÈME PARTIE

« *J'PEUX PAS. PAS ICI. PAS ICI* »,
DIT-IL D'UNE PETITE VOIX.

Chapitre 8

Maman est en vadrouille

Malgré le drame de la semaine précédente, soit le meurtre de Jonathan Pilon, celui de Pascal Jutra n'ayant pas encore été découvert, l'école rouvrit ses portes dès le lundi 29 août, ce qui souleva l'indignation du comité de parents. On promit un psychologue supplémentaire pour deux semaines et le débat fut clos.

Entre la nuit du jeudi 25 et celle du dimanche 28, l'école secondaire Des Saules avait grouillé de policiers qui avaient joui de toute la tranquillité nécessaire à la collecte de preuves et autres prélèvements. Durant cet intervalle, personne n'avait eu accès aux locaux à part eux.

Au cours de cette fin de semaine de trois jours non planifiée au calendrier scolaire, les lignes téléphoniques avaient relayé un nombre invraisemblable d'appels. Sans doute avait-on été forcé de faire la queue devant l'appareil dans quelques chaumières. Bien entendu, la fermeture de l'école durant cette période avait occasionné tout un brouhaha social qui avait à son tour contribué à ce que passât complètement inaperçue la disparition de Pascal.

À l'ouverture de l'école ce lundi-là, les vestiaires et le gymnase étaient toujours sous scellés pour une période indéterminée. Plusieurs élèves accueillirent la nouvelle avec un soulagement qu'ils se gardèrent d'exprimer : les cours d'éducation physique étaient pour nombre d'entre eux un synonyme d'intimidation et d'humiliation.

Ce genre de considérations ne troublait plus guère Francis, qui avait de son côté vécu un week-end passablement mouvementé. Le vendredi 26, très tôt le matin, le téléphone avait sonné l'alarme : sa mère s'était évadée de l'hôpital. Rien que ça ! Elle s'était éclipsée alors que tout le personnel essayait de maîtriser un nouveau patient lourdement psychotique en pleine crise de décompensation. Un mauvais diagnostic l'avait envoyé parmi une faune plus docile où, en proie à un épisode de délire psychotique, il s'en était pris à un autre patient. Panique à bâbord, chaos à tribord.

Sa mère avait piqué un uniforme d'infirmière – ce qui ne manquait pas d'un certain humour – dans la buanderie et elle était sortie par une issue de secours du sous-sol après avoir assommé un gardien, elle si menue. Elle avait dû se dire qu'elle n'aurait jamais une si belle occasion. S'il avait été contraint d'envisager un avenir similaire, Francis n'aurait pas hésité non plus.

Dans la journée, un homme avait rapporté un vol de voiture dans une station-service bordant la forêt, non loin de l'hôpital. On n'était pour le moment sûr de rien, mais il y avait fort à parier que la destination de la fuyarde était Saint-Clovis.

Malgré les médicaments, elle avait eu la présence d'esprit de mettre des vêtements et un oreiller sous ses couvertures en abandonnant discrètement sa chambre alors que tout le personnel disponible tentait de venir à bout de ce qui avait, paraît-il, pris des allures de bagarre généralisée. Éculé, le truc lui avait quand même assuré une heure ou deux de marge de manœuvre supplémentaire.

Son absence avait été signalée dès que, au sous-sol du vaste bâtiment, le gardien avait réussi à s'extraire du placard à balais où la mère de Francis l'avait ligoté et bâillonné avec des rallonges électriques après l'avoir assommé avec un tuyau de métal.

L'incident étant survenu la veille, le jeudi 25 août, vers quatorze heures, elle avait largement eu le temps de disparaître dans la nature. Espérant l'épingler dans l'établissement, l'administration de l'hôpital avait tardé à donner l'alarme. Francis aurait été prêt à parier que des techniciens s'affairaient toujours à installer des caméras de surveillance et des moniteurs additionnels. Jamais trop tard…

Lucie était en panique depuis. Elle manquait de souffle pour servir toutes ses mises en garde : l'affaissement pulmonaire la guettait. Ce matin, elle semblait particulièrement anxieuse.

— Tu devrais rester ici aujourd'hui. Tout à coup elle essaie d'aller t'voir à l'école ? Dans son état, Dieu sait d'quoi qu'est capable…

Les sous-entendus d'homicides à peine voilés de la tante n'émurent guère son neveu. Francis avait retrouvé son air imperturbable et ne comptait nullement changer ses nouvelles habitudes.

— J'vais rester aux aguets, ma tante, promit-il pour acheter la paix. J'vais faire attention, inquiète-toi pas.

Il fit quelques pas sur l'entrée gravillonnée et jeta un œil inquisiteur à la petite rue tranquille. Il soupira : Geneviève aurait dû être là depuis un moment. Il consulta sa montre en jurant entre ses dents et se mit en marche. Il semblait bien qu'il irait à l'école à pied.

Le trajet, qui ne lui prit que vingt minutes, n'était pas à blâmer pour la mine maussade que Francis affichait toujours au moment de poser le pied sur le terrain de l'école. Il avait marché à grandes enjambées, l'esprit au moins aussi actif que ses jambes musclées. La question du jour : quelle mouche avait piqué Geneviève ?

Quand il arriva en vue du bâtiment brun et beige, il constata que les élèves entraient en se pressant. La première cloche avait déjà sonné.

Il s'arrêta au milieu du stationnement et vit sa première impression confirmée : la voiture de Geneviève y était bien garée. Et comme pour ajouter à sa colère teintée de questionnement, une petite silhouette s'en détacha. Éric lui envoya la main, l'air ravi de le trouver là. Le visage de Francis se rembrunit brièvement avant qu'il ne se recompose une attitude sereine.

Il suspendit sa veste dans son casier sans regarder autour de lui, complètement dans sa bulle. Eût-il davantage prêté attention à son environnement qu'il aurait constaté que tout le monde lui jetait des regards à la dérobée. L'œil tour à tour interrogateur et craintif, ses confrères et consœurs semblaient attendre quelque chose ; une révélation, une preuve de la culpabilité de Francis. Après tout, l'inimitié spontanée entre Jonathan et lui n'avait échappé à personne et, considérant les antécédents du second, la mort du premier s'expliquait d'elle-même, non ?

Mais Francis ne perçut rien de tout cela ou, plutôt, il ne s'y attarda pas. Un peu tassé sur lui-même dans son casier, Éric lui souriait toujours. Francis referma la porte sèchement, l'œil aussi froid que la surface de métal, et gagna le grand escalier, un cartable neuf sous le bras. Ce matin, il avait classe de français.

C'est en s'asseyant au fond de la pièce sans âme qu'il prit la pleine mesure du climat de méfiance qui baignait la classe et, par extension, toute l'école. Normalement, la dernière rangée de pupitres était la première à être occupée, et la première, la dernière à l'être.

Mais pas ce matin. Personne ne semblait vouloir s'asseoir près de lui. Bien sûr, réalisa-t-il alors : maintenant, il n'était plus un *tough*, il était un maniaque.

C'est à ce moment que Son Altesse Sophie jugea opportun de faire son entrée. Après avoir jeté un regard presque dédaigneux à sa Cour, elle vint s'asseoir à l'arrière, à un bureau seulement de Francis. Elle fit signe à ses suivantes, Johanne et Kim, de l'imiter. Ces dernières s'exécutèrent sans protester, mais leur teint rose perdit un peu de sa couleur. Jean-Michel Plouffe, l'amoureux de Kim et lui-même sbire de longue date de Sophie, quitta sa place dans la troisième rangée et vint s'asseoir avec elles, et ce, en dépit du fait qu'il avait gardé un siège pour sa copine. Francis ne fut pas étonné de constater qu'il obéissait encore au doigt et à l'œil.

Sophie parut satisfaite. Elle se tourna à demi vers Francis et lui sourit poliment, comme si l'on s'apprêtait à leur servir le thé. Des murmures commencèrent à s'élever alors qu'elle ouvrait sa reliure fuchsia. Elle leva la tête et la sourde clameur s'estompa presque complètement.

— Qu'est-ce que vous pensez ? attaqua-t-elle. Que c'est lui qui a tué mon… mon pauvre Jonathan ? Ils l'auraient pas laissé s'en aller du poste de police si c'était lui, *allo* !

Elle fit une pause en roulant des yeux, comme excédée devant tant de naïveté.

— De toute façon, t'as un bon alibi, Francis, dit-elle en se tournant vers lui. Non ?

— J'étais avec Geneviève, dit-il en soutenant son regard mais en essayant surtout de ne pas laisser transparaître son amusement devant cette étrange démonstration.

— Vous voyez, reprit-elle pour le bénéfice de tous, il était avec… la belle Geneviève. Ça fait qu'vous pouvez arrêter d'paranoïer pis laisser les polices trouver l'vrai tueur de mon Jonathan. Mon beau Jonathan, répéta-t-elle en ventilant ses yeux prêts à laisser couler les larmes affectées d'un deuil plus que douteux.

Chantal Létourneau, leur enseignante de français, débarqua dans la classe avec la discrétion d'un ouragan alors que la seconde cloche achevait sa mélopée électronique.

— Bonjour, bonjour, fit-elle d'une voix flûtée.

Elle gagna le devant de la salle et vida le contenu d'une serviette de cuir usé sur la surface lisse de la grande table beige qui faisait office de bureau d'enseignement. Elle farfouilla dans un monceau de papiers et, l'air triomphant, en sortit finalement une feuille de présence.

Francis ne put s'empêcher de sourire devant le spectacle. Il observait très attentivement Chantal. Elle aurait pu être jolie, fut la première pensée qui lui vint. N'eût été d'une propension un peu trop marquée pour l'*eye-liner* derrière ses fonds de bouteille et d'un manque flagrant de goût vestimentaire, elle aurait certainement été capable de joliesse, à défaut de franche beauté. Ses cheveux brun sombre, soyeux, n'avaient pas encore été entamés par le gris, mais l'absence de coupe définie en amoindrissait considérablement l'effet.

— Premièrement, dit-elle en ayant un regard pour Sophie, j'aimerais qu'on prenne une minute de silence pour Jonathan… d'accord ?

La classe se tut tandis que la « veuve » ouvrait à fond les valves lacrymales. Francis trouva le trait horriblement forcé. Un regard à Chantal lui révéla que cette adulte-là n'était possiblement pas dupe de la manœuvre grossière, si l'on se fiait à la moue dubitative rapidement chassée par un air plus grave de bon aloi.

Crédible ou pas, cela fonctionnait parfaitement: un attroupement attentionné se forma spontanément autour de Sophie et personne ne sembla plus remarquer la présence de Francis, tout près.

Profitant de son invisibilité momentanée, ce dernier reporta son attention sur l'avant de la classe. Quand son regard croisa celui de Chantal, celle-ci baissa les yeux en feignant de chercher quelque chose.

Une fois la minute solennelle passée, l'enseignante leur énuméra une courte liste de romans; quatre titres. Ils devaient en lire un d'ici la fin du semestre et faire un rapport de lecture de deux pages. Soupirs et exclamations outrées. Francis se retrouva, à l'instar de plusieurs autres élèves, avec *Eric*, de Doris Lund, une histoire vécue des plus édifiantes écrite par la mère d'un garçon atteint de leucémie. Après le double épisode de tout à l'heure, Francis ne trouva rien à redire devant tant d'ironie.

Le cours passa très vite. Une fois l'assignation des romans achevée, ils se soumirent à une petite dictée, après quoi Chantal les invita à prendre de l'avance dans leur lecture pour la dernière demi-heure du cours.

La sélection de romans, limitée, peut-être, afin de faciliter la vie du prof, n'enchantant guère les élèves, des regards accusateurs se posèrent bientôt sur l'enseignante. Réalisant qu'elle était devenue le centre d'attention, cette dernière rougit en émettant une sorte de petit couinement embarrassé.

— J'ai bien peur que la Commission scolaire n'ait pas pu acheter de nouveaux livres cette année, se désola-t-elle en leur lançant un regard contrit. Ni l'an passé, d'ailleurs…

Constatant que le sujet les laissait de marbre, elle plongea le nez dans un livre en rougissant de plus belle.

Pitoyable, pensa Francis.

À la récréation, il attendit Geneviève près de son casier, d'une part, pour s'enquérir de ce qu'elle lui reprochait au juste et, d'autre part, parce qu'il préférait retarder au maximum le moment de rouvrir le sien. Et puis elle devrait bien lui parler, à la fin !

Il crut un moment qu'elle ne se pointerait pas, mais il la vit finalement émerger des toilettes des filles, l'air préoccupé. Quand elle le vit, elle ne tourna pas les talons mais parut néanmoins contrariée.

— Bon, qu'est-ce que j'ai fait encore ? demanda-t-il quand elle arriva à sa hauteur.

— J'ai essayé d'appeler Pascal toute la fin d'semaine. Son père était su'a route jusqu'à ce soir pis on était supposés en profiter pour écouter des films chez eux.

— Et ? demanda Francis.

— Et y avait personne. Pis là y'est pas à l'école à matin pis j'm'inquiète.

Elle lui lança un regard noir en plantant ses yeux dans les siens. Qu'avait-elle au juste derrière la tête ?

— As-tu quèqu'chose à m'dire ? demanda-t-elle tout bas.

— Jeudi soir, on est partis pas longtemps après toi. Et il a voulu s'arrêter au cimetière pour boire son fond de bouteille. Moi, j'étais fatigué. Je l'ai laissé et j'suis allé m'coucher. J'ai besoin d'un sommeil régulier, avec mes médicaments. J'avais déjà dépassé mes limites, tu sais. Mais j'aurais peut-être dû rester, poursuivit-il d'un ton qui se voulait plus soucieux.

Geneviève s'était rapprochée à mesure que Francis baissait le ton de sa voix. Elle paraissait maintenant très inquiète.

— S'cuse pour à matin, dit-elle. Je… j'aurais au moins dû t'prévenir que j'passerais pas t'prendre. J'étais trop en criss. J'pensais que… ben qu'vous aviez faite le party à deux toute la fin d'semaine. Pis là, quand j'ai vu qu'y'était pas là à matin, j'savais pus quoi penser…

Cherchant à être rassurée, elle posa une main incertaine sur le bras de Francis.

Un tumulte soudain s'éleva du côté de l'entrée principale. Deux policiers entrèrent dans l'école. L'un d'eux tenait un grand *cutter*. Ils furent accueillis par le directeur, qui leur indiqua quelque chose sur une feuille qu'il tenait à la main. L'homme d'une cinquantaine d'années tentait de cacher son trouble, mais son regard le trahissait : il était très, très préoccupé.

Sans surprise, les deux flics se dirigèrent vers Geneviève et Francis. Les murmures accusateurs reprirent avant d'être aussitôt invalidés. En effet, les policiers passèrent devant eux sans même les regarder et s'arrêtèrent devant le casier numéro 369. Celui de Pascal.

Geneviève s'approcha, le regard inquisiteur mais l'œil inquiet. Isabelle et Dominic s'avancèrent, bientôt rejoints par d'autres élèves du régulier. De l'autre côté de la frontière tacite, les enrichis rongeaient leur frein en se demandant de quoi il retournait au juste. Et au-delà, le reste de la masse estudiantine attendait la suite.

Le policier au *cutter* se mit en position et sectionna le cadenas de Pascal d'un petit mouvement sec. L'objet brillant heurta le sol dans un tintement métallique. Le flic tendit l'outil à son collègue et entreprit d'examiner l'intérieur du casier passablement en désordre. La cloche sonna.

— Éloignez-vous, les jeunes, dit l'autre. Retournez à vos cours, là. Laissez-nous travailler tranquilles. Enweyez !

Certains sursautèrent et la majorité se dispersa. Francis et Geneviève demeurèrent plantés à côté des deux policiers. Le second, celui qui tenait à présent les cisailles, s'approcha en faisant mine de les semoncer quand la voix du premier s'éleva.

— Viens voir ça.

Les deux curieux feignirent de s'éloigner. Le flic venait de ramasser un bout de papier par terre, dans le casier. Il le tendit à son collègue, qui le lut attentivement. Les deux hommes se regardèrent d'un air entendu.

Profitant de ce que les agents étaient absorbés par leur trouvaille, Francis et Geneviève stoppèrent leur retraite.

— Vous avez trouvé quelque chose ? s'enquit le directeur qui revenait après avoir dirigé les élèves vers leurs classes.

Sur la pointe des pieds, Geneviève avait une vue imprenable sur la note manuscrite. Témoin de l'intérêt marqué de la jeune fille pour le bout de papier, le premier flic s'approcha d'elle.

— Tu connais Pascal Jutra ? demanda-t-il.

— Très bien, répliqua-t-elle d'une voix ferme.

— Pis c'est ben son écriture, ça ?

Il lui montra le feuillet déplié en le tenant du bout des doigts, par un coin. Elle n'essaya pas de le lui prendre. Elle se contenta de lire. « Je m'excuse. Je l'aimais, je suis pas normal. Adieu, P. »

— Oui, c'est son écriture, fit Geneviève d'une voix blanche. Mais c'pas lui qui a écrit ça.

Ils poireautaient depuis cinq ou six minutes dans la salle de retenue vitrée que le directeur avait mise à la disposition des policiers. Ces derniers allaient et venaient dans le couloir adjacent, leurs walkies-talkies à la main. Il ne faisait aucun doute que Geneviève et Francis étaient mûrs pour une visite du sergent détective Filiatreault.

— Lui, y'est mieux d'*feeler* doux, pestait déjà l'adolescente.

— Y'est encore temps de t'raviser, pour mon alibi de jeudi passé, Ge.

— T'es pas ben ! Ah pis j'veux pas parler d'ça. Quin, le v'là. Chut.

Trahi par la paroi transparente, le père de Geneviève vit son arrivée-surprise tomber à plat.

— Ça va, ma fille ?

— Qu'est-ce tu penses ? L'avez-vous trouvé ? Pascal, j'veux dire. Y peut pas avoir faite ça. Y…

— Calme-toi, là, l'interrompit Yoland en venant rejoindre sa fille assise sur une petite chaise droite. Chu là comme ton père, là, pas comme policier. Rochon s'en vient d'Nottaway. Y devrait arriver dans pas long. C'est lui qui va vous interroger.

Francis repéra une légère contraction de la mâchoire du flic. Sa fille devenant, de par sa relation avec le suspect, un témoin clé, le sergent détective Filiatreault se retrouvait plus que jamais en conflit d'intérêts. *Exit* pour lui tout espoir d'implication, même périphérique ou officieuse, dans l'enquête sur le monstre, pensa Francis. Pour la deuxième fois ! Le père de son amie n'avait pas fini de picoler celle-là !

— Comment… Pourquoi y sont venus perquisitionner son casier ? Hein, pourquoi ?

Geneviève avait lancé la question à son père comme une accusation. Il encaissa.

— J'suis pas censé…

— Ah pis laisse don' faire, ragea-t-elle en essuyant une larme.

Le policier, que le désarroi de sa fille semblait émouvoir, posa une main incertaine sur son épaule. Faisant fi de Francis et aussi de la déontologie, il lui consentit une réponse.

— On a eu un appel anonyme, fille. Y fallait vérifier pis… ben tu sais l'reste, là.

— Un appel anonyme ? Me niaises-tu ?

— Calme-toi, fit doucement son père.

— Un appel anonyme ! répéta-t-elle comme pour lui permettre de saisir la foncière bêtise de la chose.

Celui qui a appelé, c'est celui qui a mis l'papier dans l'casier d'Pascal. *Allo*!

— Geneviève, ciboire, s'emporta Filiatreault, y m'ont briefé tantôt. T'as dit toi-même que c'était son écriture!

Francis, qui n'avait pas raté un seul mot, une seule nuance de l'échange, attendit que son amie explose. Elle n'en fit rien. Elle tourna lentement la tête vers lui et, d'une voix posée, s'enquit:

— Francis, comment qu'on appelle ça déjà, quèqu'un qui imite l'écriture des autres?

— Un faussaire.

— Un faussaire, reprit Geneviève pour le bénéfice de son père. Ça s'peut. Même icitte. Même si ça veut dire encore plus de job pour vous autres.

Le visage du sergent détective s'empourpra dangereusement mais, plutôt que d'invectiver sa fille, il préféra tourner les talons. Sur ce point, Francis avait mieux jaugé le père que la fille.

— Quand Rochon va arriver, dit Filiatreault en posant la main sur la poignée, faut toute y dire c'que tu sais. Toute. C'est pas un jeu.

— C'est pas un…?

L'incompréhension dans le regard de Geneviève était totale.

— Mange d'la marde, Yoland, conclut-elle en fixant durement son père, même s'il leur faisait dos.

Ce dernier ne se retourna pas mais, avant qu'il ne serre la poignée, Francis remarqua qu'un léger tremblement agitait sa main.

On recueillit leurs témoignages séparément. Ni l'un ni l'autre ne connaissaient l'emploi du temps de Pascal pour le jeudi précédent, tout de suite après l'école. Geneviève maintint qu'elle était avec Francis, mais elle renonça à prétendre que Pascal était avec eux.

La vérité lui brûlait maintenant les yeux : non, Pascal n'avait jamais été amoureux d'elle et, oui, il avait probablement tué Jonathan, clairement l'objet de ses fantasmes secrets. Et où se trouvait-il maintenant ? Probablement au fond de la rivière. On avait en effet signalé une vieille barque à la dérive, un peu plus tôt...

◆

Elle pleurait sur l'épaule de Francis depuis de longues minutes. Au-dessus d'eux, le bruit des voitures venait périodiquement rompre le silence. Creusant son sillon lacustre profond dans les chairs de la petite ville commotionnée, la rivière suivait son cours avec une indolence trompeuse ; cicatrice ondoyante et indolore.

Geneviève releva la tête. Au loin, par-delà le pont du chemin de fer, on distinguait les navettes de la Sûreté du Québec qui draguaient le cours d'eau par endroits très profond et dont les forts courants ne laissaient aucune chance aux âmes téméraires.

Au fil des siècles, la rivière avait pris, et accueilli, bien des vies. Quand les Blancs avaient colonisé le coin une centaine d'années auparavant, ils avaient laissé son nom algonquin au cours d'eau, qui n'avait de paisible que les apparences. La Matshi pouvait se traduire par la Mauvaise. Et la Mauvaise gardait ses morts. Sept ans et demi plus tôt, elle avait pourtant fait une exception et rendu la dépouille d'Éric. Peut-être était-ce pour cela que Francis s'avérait incapable de se départir pour de bon de son ami.

CHAPITRE 9

BECK OU LE CHARME *WEIRD*

Le salon baignait dans une pénombre qui fluctuait au gré des images projetées par le téléviseur. La maison était calme. Réjean et Lucie étaient montés se mettre au lit une demi-heure plus tôt. Il n'était que vingt-trois heures. Lucie s'était contentée d'un « Couche-toi pas trop tard » de convenance, bien que n'ayant elle-même pas l'air très convaincu.

Francis avait zappé un moment, cherchant surtout à passer le temps en attendant qu'ils se fussent endormis, là-haut. Contrairement à la télé de sa chambre, qui ne servait en fait que de moniteur au magnétoscope, celle du salon était branchée sur la soucoupe de son oncle qui captait illégalement un signal satellite. Il y avait une bonne centaine de chaînes, surtout de langue anglaise.

Son regard s'éclaira. Était-ce bien… ? Oui, c'était une toute jeune Jodie Foster à l'écran. Et il reconnaissait ce décor très fidèle à sa description littéraire. Francis voulait voir ce film, *La Petite Fille au bout du chemin*, depuis qu'il avait lu le roman, au Centre. Le livre, comme le film d'ailleurs, datait des années soixante-dix, voilà peut-être pourquoi il avait glissé entre les mailles du filet administratif de l'établissement qui s'assurait que les patients ne fussent pas exposés à une littérature troublante. Bien que macabre, ce bouquin n'avait finalement rien de malsain. Du moins de l'avis de Francis, mais toute chose était relative.

Ce qui lui avait surtout manqué durant ces sept années d'internement, c'étaient évidemment les films d'horreur. Sans surprise, le Centre Normande-Carle sélectionnait soigneusement les films et émissions de télé auxquels les patients étaient exposés. Inutile de dire que le cinéma d'épouvante n'était jamais au menu, au grand dam de Francis qui avait souvent rêvé de voir passer par erreur *Halloween II* ou *Visiting Hours*, drames d'horreur se déroulant en milieu hospitalier, juste pour voir paniquer le personnel soignant. Et grâce à Frédéric ou, peut-être plus précisément, à cause de lui, la réalité avait imité la fiction.

Luttant contre de vieux réflexes cognitifs, Francis essaya de ne pas y voir un mauvais présage, lui qui avait déjà assez donné en la matière.

Évidemment, il en était allé de même pour les romans : l'épouvante était proscrite en littérature aussi. Cela étant, Francis avait largement trouvé de quoi se sustenter dans la bibliothèque du Centre.

Mais les films… les films n'avaient pu être remplacés par aucun placebo. Sa cuvée décevante d'œuvres récentes, peu après son arrivée, lui avait fait perdre de vue qu'il subsistait des centaines et des centaines de bons titres plus anciens qu'il n'avait toujours pas vus. Celui de ce soir venait gentiment le lui rappeler.

Francis se réjouit de ce que le film rarissime commençait à peine. Il se cala confortablement dans le nouveau divan de similicuir qui avait remplacé le mastodonte capitonné en se félicitant de s'être intéressé à l'anglais au Centre. Il l'avait lu et écouté et, comme le reste, l'information avait tenu et le bilinguisme s'était installé sans même qu'il en ait conscience.

Francis avait encore l'histoire bien en tête. Le film promettait une adaptation fidèle. La présentation était très linéaire et suivait jusqu'à présent avec bonheur la trame simple mais redoutablement efficace du roman.

Au bout d'un moment, Francis fut complètement immergé dans le film. Cet abandon lui venait si facilement...

Il fut surpris de voir à combien d'égards la petite ville dépeinte ressemblait à Saint-Clo. Saint-Clo et ses citoyens au-dessus de tout soupçon...

Un flic de Nottaway était venu l'interroger en début de soirée. Il avait fait cela dans les règles. Il s'était surtout attardé à l'entretien qu'avait eu Francis avec sa mère, si l'on pouvait qualifier l'épisode ainsi, et sur d'éventuels plans d'évasion.

Le fils de la fugitive avait déclaré sans sourciller que sa mère était devenue, malheureusement, complètement timbrée, et il était excellent juge, avait-il cru bon d'ajouter. Comme le policier le savait probablement déjà, leur rencontre ne s'était pas déroulée sans heurt. Elle faisait peur à voir. Elle était complètement incohérente et, franchement, Francis avait regretté d'être allé la voir. Parfaitement, monsieur l'agent: regretté. Évidemment, monsieur l'agent, qu'il les préviendrait si elle tentait d'entrer en contact avec lui, même s'il en doutait fort. Le malheur, au lieu de les rapprocher comme dans les films, les avait éloignés. Si c'était pas triste, ça...

— Non, elle me manque plus, avait certifié Francis au policier un peu décontenancé par la froide lucidité du jeune homme.

Il éteignit le poste vers une heure du matin, très satisfait. Ça se terminait exactement comme dans le bouquin: le flic libidineux, à présent convaincu que Rynn, l'héroïne adolescente, dissimulait à tout le monde la mort de son père, s'introduisait chez elle une nuit et s'invitait pour le thé. Et un peu plus. Son hôtesse, plus maligne, s'en débarrassait en empoisonnant sa propre tasse de thé, que l'intrus buvait en ayant présumé à tort que c'était la sienne, qui l'était. Voilà une fille avec qui Francis se serait entendu !

Il demeura assis dans le noir quelques minutes, digérant le film, puis se leva sans faire crisser la cuirette. Il tendit l'oreille en jetant un coup d'œil du côté de la cuisine, comme si de regarder dans cette direction lui assurait une meilleure écoute de ce qui se passait à l'étage ou, en l'occurrence, de ce qui ne s'y passait pas. Aucun bruit inhabituel ne troublait la quiétude de la maison. Ils dormaient.

Francis gagna la pièce voisine et enfila sa veste en jean. Il sortit dans la nuit humide mais, après une hésitation, se ravisa et retourna à l'intérieur. Il ressortit cinq minutes plus tard avec un petit sac de papier brun à la main et se mit finalement en marche. Il semblait soudain très pressé. Le même rituel, chaque nuit depuis le vendredi précédent. Le jour d'après. Après Jonathan et après… l'épisode Pascal.

Les bateaux de la Sûreté du Québec seraient de retour demain ; Lucie l'avait entendu aux informations. Ils croyaient toujours pouvoir retrouver le corps, si corps il y avait, évidemment. Voilà qui était bien naïf, même pour des policiers.

◆

Le réveil sonna beaucoup trop tôt, le lendemain. Mardi matin, 30 août, sept heures… Cela lui donnait, quoi, trois heures de sommeil ? Il devrait quand même faire attention… Il n'eut pas le loisir de développer davantage sur le thème de son noctambulisme, son regard venant de se poser sur un importun visiteur matinal. À quelques mètres du lit, debout dans le coin sud-ouest de la chambre, mains dans les poches, Éric observait son ami avec une bonne humeur enrageante.

— Tu dessines autant qu'au Centre, remarqua ce dernier en désignant du menton les croquis éparpillés sur le bureau, tout près de lui.

— Je t'entends pas, grinça Francis en fermant les yeux. Je-t'en-tends-pas.

Il attendit, se concentrant sur sa respiration, essayant de régulariser son rythme cardiaque. Enfin, il rouvrit les yeux, prêt à affronter ce qu'il verrait.

Toujours au même endroit, Éric était à présent recroquevillé sur lui-même, assis en boule, les genoux remontés sous le menton et la tête enfouie dans ses bras croisés. Il ne bougerait pas de là. Il ne parlerait pas. Francis s'en contenterait en attendant… en attendant de parvenir à dominer la bête, cet amas de neurones qui lui donnait tant de fil à retordre depuis quelque temps. Damnées pilules ! Il se devait d'être plus fort que cela. Il le fallait.

Décidé à ignorer la présence d'Éric, il tendit le bras vers la table de chevet où il attrapa les deux flacons, qui affichaient un niveau anormalement bas. Il avala sa dose du matin, désormais la seule qu'il se permettait, et consentit finalement à se lever. Et une croix de plus. Une.

Il prit une rapide douche et déjeuna en vitesse. Sa tante déposa sur la table de la cuisine ensoleillée deux rôties déjà couvertes de beurre de cacahuètes dès que son neveu fit son apparition en bas des marches.

Au début, Francis avait un peu l'impression d'abuser de la bonne volonté de Lucie, mais il avait vite réalisé qu'elle trouvait une grande satisfaction dans cette nouvelle routine déjà réglée comme du papier à musique. Elle aimait entretenir, nettoyer, récurer, gérer.

Bref, sa tante menait son environnement à la baguette. Elle habillait elle-même son mari, décidait de ce qu'il devait et ne devait pas manger, de ce qu'il avait le droit de lire dans SA maison, insistait-elle, certaines lectures étant prohibées, voire de ce qu'il pouvait dire et ne pas dire. Toute allusion peu flatteuse au Seigneur était sanctionnée de véhéments coups de gueule.

S'ils se querellaient tous deux copieusement, si tant est que Réjean consentît à adresser la parole à son épouse, cette dernière avait toujours le dernier mot. Toujours. À n'en pas douter, la paroisse avait, elle aussi, sa Dame de Fer.

Seul Francis semblait échapper à l'emprise de Lucie, et avec la bénédiction de cette dernière par-dessus le marché! C'est que, comme il ne lui laissait guère l'occasion de déchiffrer ses pensées et ses humeurs – il se mêlait peu à eux –, elle paraissait avoir déjà renoncé à l'intégrer à sa ménagerie. Mais elle se faisait quand même un devoir de toujours aller au-devant des moindres besoins de son neveu. Grand bien lui fasse, du moins tant que Francis y trouverait son compte.

À sept heures quarante-cinq tapantes, Geneviève se gara dans l'entrée. On entendait distinctement un bruit de *base* émaner de la petite voiture ronronnante. Francis s'y engouffra en souriant.

— Qu'est-ce qu'on écoute, c'matin?

— *Loser*, de Beck, dit-elle en passant la marche arrière.

— Comment?

— *Loser*, répéta Geneviève en plaçant devant son front son pouce et son index en forme de L.

Elle éclata de rire devant l'absence complète de réaction de Francis.

— D'accord, se contenta-t-il de répondre en essayant de décoder le rythme déconstruit de la mélodie.

Il renonça à comprendre l'attrait d'un concept aussi négatif, mais dut néanmoins admettre que le « charme *weird* » du chanteur, comme disait son amie, opérait rapidement.

— T'es certaine que tu veux venir à l'école ? demanda-t-il à une Geneviève aux yeux encore rouges. J'comprends pas leur attitude. Ils auraient même pas dû ouvrir… c'est gros, c'qui est arrivé…

— Tu dis, renchérit-elle. J'peux juste pas l'croire.

Elle délaissa la route une fraction de seconde et braqua sur son ami un regard pénétrant.

— Je l'crois pas, Francis, répéta-t-elle avant de ramener ses yeux sur la route. Je l'crois pas. C'est son écriture, OK, mais c'est pas lui qui l'a écrit, c't'ostie d'papier-là.

— Tu penses vraiment que quelqu'un a imité sa signature pour l'accuser du meurtre de Jonathan ? Mais il serait où, Pascal ? Attends un peu…

Francis sortit alors de sa manche un air fort convaincant de vierge offensée.

— Tu penses que je l'ai tué, hein ? Francis le débile mental, c'est ça ? Pas étonnant, avec c'que j't'ai confié. Tu dois regretter de m'avoir fourni un alibi pour Jonathan, j'imagine !

Plutôt que de poursuivre tout droit sur l'avenue principale, Geneviève tourna sèchement dans une petite rue et stoppa presque aussitôt la voiture, qui émit un crissement caoutchouteux de protestation.

— Francis, dit-elle en essayant de cacher son agacement, vas-tu finir par te rentrer dans' tête que j'ai confiance en toi ? Je l'sais qu't'es pus… j'veux dire que t'es *pas* fou. C'est pas la même affaire, c'que tu m'as dit pour Richard. T'étais tellement p'tit. On était tellement p'tits, avec Éric…

Elle se tut, surprise d'avoir évoqué leur ami décédé. Elle secoua la tête pour chasser quelque image insoutenable de cette époque. Rapidement, elle se reprit.

— Pour Pascal, tu m'as mal comprise… c'est d'ma faute.

Elle prit une profonde inspiration, décidée à ne pas pleurer.

— Pour Pascal, reprit-elle, j'étais fâchée après toi parce que… Jeudi, la nuit, au pont, chu partie vite parce que j'avais l'impression d'être de trop. C'était pas vous autres, précisa-t-elle en levant la main pour parer à toute interruption. C'était juste… je sais pas, l'atmosphère. Et pis…

Elle hésita quelques secondes avant d'aller plus loin.

— Et pis une fois j'ai trouvé une revue d'cul, qui dépassait d'en d'ssous d'son lit. Une revue avec des gars. Je l'ai replacée avant qu'y r'vienne dans' chambre pis j'ai faite comme si rien n'était. Pis j'ai essayé d'oublier c'que j'avais vu. J'ai presque réussi. Pis toi, t'es revenu, avec tes gros sabots, pis ton espèce de… d'*imperméabilité*. Quin, moi 'si, j'connais des grands mots… Tu m'embrasses, pis tu m'laisses entendre que t'es homo. Après, tu m'dis d'oublier ça pour Pascal, sans dire pourquoi… Mets-toi à ma place! J'ai pensé qu'vous aviez été *ensemble* toute la fin d'semaine. À c'moment-là, j'étais pas inquiète pour Pascal, j'étais en criss après *toi*. C'est pour ça qu'j'ai pas été t'chercher hier.

Geneviève se tut, ferma les yeux puis les rouvrit, un petit mouvement trahissant une grande lassitude. Elle tourna la tête vers Francis, qui n'avait pas soufflé mot.

— Tu comprends? T'es encore mon meilleur chum, Francis, mais maudit qu'tu m'enrages quand t'agis comme si tout l'monde avait pas d'sentiments comme…

Elle s'interrompit, regrettant déjà ce qu'elle avait failli dire.

— Pas d'sentiments comme moi, compléta Francis. C'est correct. Oui, j'comprends.

Il n'avait pas bronché. Il n'était pas en colère. Il se targuait de s'être insensibilisé, alors pourquoi s'offusquer qu'on relevât la chose?

— Y a vraiment faite ça, hein? dit-elle soudain. Il l'a tué parce qu'y'était amoureux d'lui, en cachette. Pis y m'a jamais rien dit, à moi...

Francis caressa les cheveux de Geneviève et l'attira contre lui. Elle appuya sa tête contre sa poitrine et se mit à pleurer de façon incontrôlée, plus fort encore que la veille.

Au bout de quelques minutes, il s'éloigna doucement en replaçant une courte mèche de cheveux derrière l'oreille de la jeune fille.

— Tu devrais retourner chez vous, Ge. J'vais faire le reste à pied. T'as besoin de décanter tout ça.

Il hésita une seconde puis sortit un flacon de sa poche intérieure.

— Tiens, dit-il en lui tendant un cachet. Claque-toi ça en t'couchant. Tu vas être gazée pour la journée, promis. Écoute l'avis d'un expert.

Son arrivée à l'école une dizaine de minutes plus tard passa complètement inaperçue. Les élèves et le corps professoral semblaient être la proie d'une étrange frénésie. Francis en remarqua alors la source, un peu à l'écart sur le stationnement de l'établissement: deux fourgonnettes colorées. La télévision avait quand même mis un moment à se pointer. Vrai que, pour l'heure, on n'en était « officiellement » qu'à un meurtre et une disparition...

Francis ne lisait pas les journaux et n'avait pas davantage suivi les bulletins de nouvelles régionales.

Il en avait bien capté quelques bribes, chez Lucie,
mais c'était très peu de chose. Malgré ce désintérêt
pour les médias, il ne subsistait aucun doute dans
l'esprit de Francis que Saint-Clovis faisait les man-
chettes depuis jeudi dernier. Une fois de plus. Probable que ces véhicules étaient les mêmes qui étaient
venus se garer là durant le week-end de la fouille policière de l'école. S'agissait-il aussi des mêmes reporters
que sept ans plus tôt quand une autre école, plus loin,
plus petite, s'était elle aussi mise à perdre des élèves?

Il se demanda soudain quel genre de traitement on
avait réservé à l'évasion de sa mère. C'était beaucoup
moins spectaculaire qu'un crime passionnel dans une
école secondaire, un crime passionnel homosexuel de
surcroît. Et Francis était tout à fait conscient que s'il
ne s'était agi de Pascal, il aurait pu d'emblée être perçu
comme le dénominateur commun à tout cela. Lui, ou
sa mère. L'infirmier et le docteur l'avaient entendue
hurler « J'vais t'protéger, maintenant » devant un
Francis coi. Voilà qui n'était pas très bon. Dans les
faits, c'est lui qui devait la protéger. Encore.

Il entra par la seconde porte et, à moitié perdu
dans ses pensées, salua machinalement les quelques
habitués qui tiraient sur leurs cigarettes en se donnant
l'air de se ficher du tumulte qui agitait l'école. Isabelle
et Dominic n'étaient pas du nombre. À l'instar de
Geneviève, ils semblaient avoir décidé de vivre leur
deuil en privé. Les autres marginaux étaient au poste,
leurs mines basses rendant compte d'un désarroi plus
fort que l'indifférence de façade.

À l'intérieur, la fébrilité était palpable. Deux journalistes à l'air compatissant se disputaient les com-
mentaires d'une Sophie qui refaisait son numéro de
veuve italienne. Ils furent bientôt interrompus par la
voix d'Yvette, à l'interphone, qui les invitait à rejoindre
la grande salle où le directeur prononcerait une allocution.

Les deux journalistes concurrents se précipitèrent, laissant sur le carreau une Sophie irritée. Leur cher directeur ne pouvait manquer une si belle occasion de s'adresser à la nation, pensa Francis, qui trouvait tout ce cirque fort distrayant. N'y manquaient que quelques portes qui claquaient et on était en plein Feydeau, version gore.

Avec tout le tintouin survenu au cours des cinq derniers jours, la grande salle de la cafétéria avait conservé son air de rentrée scolaire avec chaises et scène-podium toujours en place. Les deux tiers des élèves s'installèrent donc en abandonnant aux autres le sort ingrat d'assister debout à l'homélie scolaire initialement prévue pour la veille mais repoussée à ce jour en raison des nouvelles révélations et, surtout, de la flicaille qui avait monopolisé les administrateurs toute la journée précédente.

— Bon matin à vous tous, commença Genest d'une voix solennelle.

Francis, lui, se tenait au fond par choix. Demeurer debout ne lui posait aucun problème et, plus important encore, il avait de là une bonne vue d'ensemble du troupeau.

— Comme vous le savez tous, un terrible drame a secoué notre belle école Des Saules, mais aussi toute la ville de Saint-Clovis. Je ne reviendrai pas sur les faits, vous avez vu les nouvelles comme moi. Je souhaite simplement que tous et toutes, nous vivions ce dur moment dans la dignité et le respect…

Ils en avaient pour un bout de temps. Francis se fit la réflexion que ces deux notions, la dignité et le respect, étaient des plus passe-partout. Elles s'apprêtaient à toutes les sauces et pouvaient être servies en toutes occasions. À l'évidence, le directeur confondait « éculé » et « fondamental ».

— J'aimerais, poursuivait-il encore une dizaine de minutes plus tard, dans la mesure du possible, que

nous repartions à zéro ; que nous recommencions cette
année scolaire. Cette semaine. Ce matin…

Et poète, avec ça…

Francis remarqua quelques têtes qui acquiesçaient
silencieusement. Certains élèves pleuraient, discrètement. Le discours était plutôt bien calibré, consentit
Francis, dont le cynisme n'avait absolument pas été
affecté par la tragédie.

Il passa les longues minutes suivantes à observer
attentivement les réactions de tout un chacun, à présent sourd au babillage du directeur. Il y avait dans
l'assistance au moins une très bonne comédienne.

Après les belles et réconfortantes paroles, Francis
alla s'installer dans la salle d'attente du secrétariat.
Yvette et son assistante arrivèrent peu après lui, les
yeux rouges, et sursautèrent à la vue du jeune homme
tellement calme que l'on en oubliait presque sa présence.

Francis leva la tête vers elles en mesurant son effet.

— Bonjour, dit-il. J'aimerais voir monsieur Genest
quand il reviendra, s'il vous plaît. C'est important.

— Monsieur Genest est très occupé, dit Yvette,
déjà agacée. C'est à quel sujet… ?

Elle feignit de chercher son nom tandis que son
assistante, une femme plus jeune à l'attitude moins
rébarbative, regagnait son bureau derrière le comptoir
de l'accueil.

— Francis, répondit ce dernier sans s'offusquer.
C'est au sujet de mes cours. J'ai pas d'arts plastiques
et…

— T'es dans l'programme enrichi ? le coupa-t-elle
sèchement.

Francis acquiesça.

— Ben non, t'as pas d'cours d'arts plastiques !
C'est comme ça. On est une petite école, c'est difficile

de faire toute balancer. T'as un cours de sciences de plus qu'un élève du régulier. Mais on peut pas t'enlever un cours de sciences pour te donner le cours d'arts plastiques, ça fonctionne pas d'même. Les deux périodes d'arts plastiques tombent pendant des cours obligatoires… c'est compliqué ; c'est d'la gestion.

Elle fit un pas en arrière, dégageant davantage la porte du secrétariat en une invitation implicite à prendre congé.

— Merci, dit Francis sans broncher, mais ce ne sera pas nécessaire. Je veux pas d'faveur, je veux simplement changer d'profil et aller au régulier. C'est pas plus compliqué qu'ça.

— Franchement ! s'exclama la femme avec incrédulité. T'as la chance d'être dans le groupe enrichi, pis tu voudrais… franchement ! Les jeunes, vous connaissez pas toujours vot' chance !

Elle s'empourprait dangereusement.

— Je souhaiterais voir monsieur Genest, s'il vous plaît, répéta Francis, inflexible.

Yvette respirait si fort que ses narines dilatées lui conféraient maintenant une allure bovine fort peu avantageuse. Elle allait répliquer de nouveau quand le directeur entra finalement.

— Jacques ! Y veut changer de groupe, annonça-t-elle, outragée.

— Vraiment ?

Le directeur se tourna vers Francis et mit quelques secondes à le reconnaître. Quand il le replaça, son teint pâlit d'un ton.

— Si tu veux bien m'suivre, Francis, dit-il en désignant du bras la porte de son bureau.

— Mais Jacques…, commença Yvette.

— Merci, Yvette. Je suis certain que Francis va m'expliquer ce qui l'tracasse.

Francis prit place sur la chaise légèrement rembourrée et exposa son problème en termes fort simples. Il n'avait que faire de cours avancés en mathématiques et en sciences, même si ses résultats scolaires justifiaient sa présence dans le profil enrichi. Il préférait avoir accès aux cours d'arts plastiques. Là résidait sa préférence.

Genest l'écouta sans l'interrompre puis, d'un ton suggérant qu'il avait mûrement réfléchi la question, émit les réserves attendues.

— Il est certain que tu *peux* choisir, concéda-t-il prudemment. Mais je n'ai jamais vu ça, honnêtement. C'est une fierté que d'pouvoir être dans les classes enrichies. Elles ouvrent plus de portes… Un étudiant qui n'a pas d'assez bons résultats n'a pas l'choix : il doit suivre le programme régulier. Il ne peut pas choisir. Et on sait malheureusement tous les deux que son avenir s'en trouvera probablement bien moins excitant. Tu as beaucoup plus de chance que lui. Le réalises-tu pleinement ? Ce serait comme de rire au nez des élèves obligés de suivre la formation régulière… Tu voudrais vraiment… compromettre tes possibilités futures, pour deux périodes d'arts plastiques par semaine ?

— Absolument.

Le directeur sembla chercher une parade, surpris de la calme détermination de Francis. Ce dernier ne lui laissa pas le temps de reformuler sa tentative dissimulée de refus et poursuivit :

— Mais votre argument est intéressant, monsieur Genest.

L'homme se cala dans son fauteuil, croyant à tort avoir eu raison des desseins mal avisés de Francis.

— Je devrais plutôt dire révélateur, continua ce dernier. Oui, révélateur… Alors pour vous, les élèves du programme régulier sont forcément voués à un avenir moins intéressant. Ils ont nécessairement moins de… potentiel, c'est bien ça ? Et vous êtes à la tête d'une maison d'éducation où les élèves finissants sont justement à une croisée des chemins ? une période extrêmement vulnérable de leur vie ? Et vous renvoyez à la moitié d'entre eux, implicitement, l'image de perdants en devenir ?

Genest, outré, voulut protester mais fut incapable de faire taire Francis, qui n'en avait pas encore tout à fait terminé avec la mentalité insidieusement élitiste de l'homme.

— Je sais, je sais, dit Francis d'un ton apaisant. Ce n'était pas votre intention. C'était pas c'que vous vouliez dire. Je sais. Je déforme vos paroles ; j'en détourne le sens. J'suis très fort à ce jeu-là, monsieur Genest. Très. Alors ce matin, je vais suivre les cours indiqués à mon horaire, et cet après-midi, je passerai prendre mon nouvel horaire. Yvette va s'faire un *plaiiisir* de traiter mon cas en priorité, j'en suis convaincu. Nous sommes d'accord ? Bien.

Sans plus de cérémonie, Francis se leva, prêt à quitter le bureau de l'homme médusé. Il posait la main sur la poignée froide quand une voix ne cachant plus sa colère s'éleva, sourde mais déterminée.

— Écoute-moi ben, p'tit baveux : personne me dit comment gérer mon école, pis c'est pas un jeune… malade mental comme toi qui va venir me dire quoi faire. Parlant d'ça, je devrais peut-être mettre ton psychiatre au courant de notre conversation ?

— Pédopsychiatre…

…inculte paperassier.

— On s'en fout ! Il serait sûrement inquiet que j'lui dise que t'étais incohérent, que tu semblais très perturbé. Y manquerait plus qu'on trouve du pot dans ton casier…

Francis se retourna en présentant à l'homme un visage de sphinx.

— J'vous en prie, approuva-t-il en désignant le téléphone du menton. On trouvera pas la moindre trace de cannabis, d'alcool, de nicotine ni même de caféine dans mon système. Mais que ça ne vous décourage pas, allez-y. De toute façon, c'est vrai que j'suis perturbé, poursuivit-il en s'approchant. Oui, je suis très perturbé, et j'ai de très bonnes raisons de l'être. Saviez-vous, monsieur l'directeur, qu'un enfant qui a été abusé sexuellement court malheureusement beaucoup plus de risques qu'un autre d'être de nouveau abusé avant d'avoir atteint l'âge adulte? C'est pas triste, ça? J'voulais pas aller là mais... vous m'donnez pas vraiment l'choix.

Il toisa le directeur en adoptant une mine soudain inquiète.

— Mais pourquoi vous m'regardez comme ça, monsieur Genest? Vous m'mettez mal à l'aise. On dirait qu'vous voulez... Non, non, monsieur Genest! Remontez votre pantalon! J'veux pas...

Sa démonstration terminée, Francis retrouva un air serein et s'avança au-dessus du massif bureau en imitation de chêne.

— Avez-vous déjà été accusé d'agression sexuelle sur un mineur, monsieur l'directeur?

Genest, à présent livide, était un peu penché vers l'arrière en un mouvement inconscient de recul. Ses bras pendaient le long de son fauteuil, inertes.

— Moi, je sais pas, avoua candidement Francis, mais ça doit pas être agréable. Ce que j'sais, en revanche, et de source sûre, c'est qu'les pédophiles ont beaucoup d'mal à s'faire des amis en prison. J'vais passer chercher mon horaire pour le réguler juste avant l'début des cours d'après-midi.

Il se tut un instant, comme pour s'assurer qu'il avait définitivement mis Genest hors d'état de nuire.

— Faites pas cette tête-là, reprit-il en regagnant la porte. Pensez au bien qu'ça va m'faire. C'est thérapeutique, les arts, ajouta-t-il en souriant. Mon pédopsychiatre aurait pu vous l'dire si vous l'aviez appelé.

Francis, détendu, quitta le bureau, mais prit toutefois le soin de présenter aux secrétaires un visage faussement troublé. Le cas échéant, voilà une note d'ambiguïté qui pourrait être interprétée en sa faveur. Évidemment, il n'y avait rien à attendre d'Yvette, mais l'autre, son assistante, elle avait l'air moins franche du collier. Elle n'avait rien manqué de l'échange acrimonieux de tout à l'heure et Francis avait surpris un roulement d'yeux pendant que sa supérieure hiérarchique s'adressait au directeur.

Nul doute que l'assistante se voyait volontiers assise au bureau de la secrétaire de direction. Si l'occasion se présentait, elle n'hésiterait probablement pas à contredire la version officielle pour en tirer parti à la Commission scolaire aux dépens des deux autres ; c'était humain. Et Francis ne perdait rien à se couvrir.

Il put faire étalage de ses dons artistiques l'après-midi même puisque le cours d'arts plastiques venait clôturer la journée du mardi pour les élèves de cinquième secondaire, ceux du programme régulier, s'entend.

La décision de Francis de passer du groupe enrichi à celui, guère en vue, du régulier, fut accueillie avec une certaine incrédulité par les corps étudiant et professoral. Mais les élèves, une fois le choc initial passé, eurent tôt fait de saluer la démarche, jugée « très cool », surtout par les plus jeunes, déjà fort impressionnés par Francis. La disparition de Pascal dans les circonstances que l'on savait avait eu, entre autres effets secondaires, celui de rendre à Francis son statut de *tough* solitaire. Et, en toute honnêteté, avoir brièvement été soupçonné de meurtre ne gâtait rien.

Bref, estimant qu'un gars qui préférait leur compagnie à celle des « frais chiés » de l'enrichi ne pouvait qu'être des leurs, ses nouveaux camarades de classe le reçurent en applaudissant et en chahutant. Même mineure, toute bonne nouvelle était à ce stade la bienvenue.

Francis, pour sa part, se désolait de ne pas se rappeler davantage de noms. Il ne reconnaissait que très vaguement les visages. Si certains lui étaient plus familiers que d'autres, la grande majorité de ces faciès en santé ne lui disait pas grand-chose. Le poids des années se faisait sentir.

Malgré leur apparente bonhommie, un voile sombre obscurcissait les regards habituellement narquois de ces jeunes gens accoutumés à être traités comme quantité négligeable. Car ici, la tragédie de la rentrée qui avait trouvé sa résolution atterrante la *veille*, avait frappé plus fort qu'ailleurs. Pascal était très apprécié et, il aurait fallu être aveugle pour ne pas s'en rendre compte, on s'expliquait très mal sa sortie tragique.

Quand le brouhaha s'apaisa un peu, Francis gagna le fond de la classe en forçant un sourire, question de les remercier, tous, de leur confiance. Son geste était pourtant à la base plus égoïste que politique : il voulait juste dessiner.

Il alla s'installer à la même table que Dominic, qui était de retour cet après-midi-là. Ce dernier préférait peut-être, en fin de compte, ne pas rester trop longtemps seul avec ses pensées. Isabelle n'était toujours pas là. Demeurer imperméable à l'émotion en toute circonstance n'était pas donné à tout le monde, il fallait bien en convenir.

La bonne humeur encore bruyante supposée camoufler l'état des lieux régnait toujours quand Solange Sainte-Marie fit une entrée encore plus tapageuse.

— OK, mes poussins, on se calme les hormones ! Je comprends qu'vous vous puissiez plus d'me voir éclairer votre fin d'journée, mais on a des couleurs à faire jaser.

Tous se turent sans opposer la moindre résistance. En fait, filles et garçons semblaient soulagés de voir arriver l'enseignante hautement colorée.

Francis sourit en détaillant la tenue de la femme, la quarantaine avancée, qui témoignait d'un net parti pris pour la texture : chemisier de soie ocre bouffant et ample de style vareuse couvrant tronc et cuisses, pantalon de velours côtelé bourgogne à pattes d'éléphant, veste courte, sans manches et arborant un appliqué céruléen très vif... Or cette orgie de couleurs chatoyantes n'était pas ce qui attirait d'abord le regard sur Solange Sainte-Marie, qui cultivait sur sa personne un intéressant paradoxe chromatique.

Ce qui captait tout de suite l'attention, c'était la tignasse uniformément grise de l'enseignante. Pas de teinture pour madame. Son épaisse chevelure brillait telle une pièce d'argenterie bien polie. Elle portait ses cheveux en haut de l'oreille d'un côté, et en bas de l'autre, avec une séparation très droite et décentrée. Bref, elle en mettait plus que le client en demandait, mais le personnage laissait une empreinte indélébile. Elle avait la faveur de ses élèves et le leur rendait bien.

Comme il s'agissait du deuxième cours de l'année, les explications d'usage et les consignes générales leur avaient été infligées la semaine précédente, soit le jeudi matin, alors que sur le terrain de volley-ball, Francis s'apprêtait à marquer le point de la victoire et que Jonathan participait à son dernier match. À vie.

Aujourd'hui, Solange souhaitait leur faire exécuter un exercice libre, la seule contrainte étant l'utilisation de crayons de bois, genre *Prismacolor*, de grands mal-aimés, décréta l'enseignante en déverrouillant le petit local connexe qui faisait office d'entrepôt.

Leur mission ? Exploiter le crayon de couleur comme s'ils s'en servaient pour la première fois. Solange leur suggérait d'être plus imaginatifs que ceux qui ne trouvaient aucun potentiel aux petits objets cylindriques ; d'être plus imaginatifs que ceux ne leur trouvant aucun potentiel *à eux*, semblait-elle dire entre les lignes.

La métaphore n'était guère subtile, mais Francis approuva sans réserve la méthode de cette femme qui voulait permettre à ses élèves d'évacuer sur le papier un peu de leur peine, de leur colère aussi, mais surtout de leur désarroi. Et manifestement, elle était du type à saisir chaque opportunité de faire du renforcement positif.

Il se demanda si ce dernier aspect était calculé… Probablement pas. La bonté qui animait l'enseignante devait être sincère. On dénotait en effet chez elle un côté brouillon, précipité, difficilement conciliable avec la notion de préméditation qu'impliquait le jeu psychologique. Quoiqu'en la matière, mieux valait réserver son jugement.

Quand la sonnerie annonçant l'heure du retour à la maison retentit, fait aussi singulier que significatif, personne ne se précipita vers la porte comme si sa vie en dépendait. Au contraire, chacun prit le temps de ranger son bristol dans l'étagère de métal prévue à cette fin ; chacun remit les crayons de couleur dans les grandes boîtes communes ; chacun dit au revoir à Solange en passant près de son bureau sur le chemin de la sortie. Francis était parmi les derniers.

— Je suis bien contente de t'avoir dans ma classe, lui dit-elle quand il parvint à sa hauteur. T'as créé une p'tite commotion dans la salle des profs. Merci, ça change des doléances habituelles.

— J'pensais pas que ça... perturberait autant les gens. J'voulais juste avoir accès aux cours d'arts plastiques, rien d'autre.

— Ah! fit-elle en lui prenant les mains, c'est quand j'entends des choses comme ça que j'me dis que c'était finalement pas une si mauvaise idée de troquer mes cours de thanatologie contre l'enseignement des Arts. Il faut toujours écouter ses tripes! Allez, sauve-toi, tu vas manquer ton autobus. Et on s'revoit jeudi.

Geneviève poireautait près de la fenêtre, bras croisés, en face du casier de Francis. Elle offrait aux élèves qui attendaient hypocritement, l'air de rien, de la voir craquer, un visage stoïque. Elle se radoucit un peu en voyant arriver son ami. Il ne put masquer sa surprise de la trouver là.

— Tu pensais-tu qu'j'allais prendre ta pilule? lança-t-elle en guise d'explication. Pis t'laisser prendre l'autobus? Ou marcher? T'as une réputation, astheure. Pis faudrait qu'tu commences à penser à suivre ton cours de conduite. Un gars qui sait pas chauffer, c'est juste... *weird*.

— Est-ce que Beck sait conduire?

— Lâche Beck, dit-elle sans parvenir à retenir un sourire.

Elle pensait décidément à tout, la Geneviève. Il sourit à son tour en faisant tourner le cadran de son cadenas.

— Est-ce que ta mère t'attend? demanda-t-il une fois qu'ils furent assis dans la voiture de Geneviève.

— Non, elle fait l'cinq à sept le mardi. Pourquoi?

— Est-ce que ça t'tenterait de venir souper chez nous ? Lucie en fait toujours deux fois trop, et puis elle risque de penser qu'on sort ensemble, elle se pourra plus.

— 'Est pas censée être devenue hyper catho, la bonne femme ?

Derrière la boutade, la perspective de passer pour la blonde de Francis semblait ne pas trop lui déplaire.

— Oui, pis normalement ce serait contre ses principes, mais là, ce serait comme la preuve que j'suis « normal »… dans tous les sens du terme.

— En fait, dit Geneviève en feignant la rancœur, tu veux m'utiliser.

— Exactement. J'pensais que ça t'ferait plaisir : enfin un gars qui veut t'utiliser.

— Mange tellement d'la marde, Francis !

Ils pouffèrent même si, l'espace d'une seconde, Francis craignit d'avoir commis un impair en évoquant par la bande les sentiments non réciproques de son amie pour Pascal. Il n'y avait pas à dire, Geneviève était bien la seule qui parvenait presque systématiquement à l'étonner.

Lucie fut effectivement transportée de bonheur quand, cinq minutes plus tard, Francis lui annonça avoir invité Geneviève. Son *amie* Geneviève, dit-il en laissant toute place à interprétation, interprétation que ne manqua pas de faire sa tante. Réjean, lui, semblait ravi de voir sa table honorée d'une si jeune et jolie convive.

Comme Geneviève l'avait elle-même suggéré à la blague, Francis l'avait effectivement invitée par intérêt. Bien sûr, il était heureux de l'arracher à la solitude et de l'avoir avec lui, détendue et souriante, mais surtout il présentait un leurre à Lucie. S'il avait une copine, elle avait une raison de moins de s'en faire pour lui, donc de le surveiller, même de loin. S'il avait une copine, il était tout à fait concevable qu'il aille la retrouver en catimini la nuit. Ce n'était pas très convenable, mais c'était de leur âge, et pas bien méchant.

Oui, l'idée d'une amoureuse rassurerait sa tante et donnerait plus de latitude à Francis, qui avait remarqué un frémissement des rideaux, la veille, dans la chambre des maîtres alors qu'il revenait de son équipée nocturne quotidienne. Son oncle était trop imbibé pour ouvrir l'œil, il le savait fort bien.

Une amoureuse calmerait le jeu. Avec une amoureuse, Lucie renoncerait à être sur ses gardes. Avec sa fraîcheur et sa spontanéité, Geneviève était parfaite pour le rôle.

◆

Francis raccompagna son amie à la porte peu avant vingt heures. Debout sur le perron latéral, il la regarda monter en voiture, démarrer, reculer puis disparaître au bout de la rue.

De retour à l'intérieur, il se prépara à recevoir la salve interrogative de Lucie. S'il était couru d'avance que tantine souhaitait aller à la collecte d'informations, et son regard brillant ne laissait planer aucun doute à cet égard, elle n'eut d'autre choix que de mettre sa curiosité en veilleuse. En effet, la soirée que Francis avait envisagée sous la forme d'une pièce en un acte s'apprêtait à s'enrichir d'un second. La sonnerie du téléphone en marqua le début, mettant fin du même coup au bref répit qui n'aurait été en fin de compte qu'un entracte.

— Allo ? dit Lucie en fronçant les sourcils, signe inconscient de sa contrariété. Oh…, fit-elle après une longue pause. Oui, oui, bien sûr. Non non ! Pensez-vous ! Je… je vous l'passe tout d'suite… Francis, ton docteur.

Elle lui tendit le combiné, le bras raide, une expression presque d'effroi lui barrant le visage.

— Docteur Barbeau ? C'est une surprise.

— Vraiment, Francis ? Tu n'attendais pas mon appel, malgré les gros titres ? Moi qui m'en voulais de n'avoir pu te téléphoner plus tôt. J'arrive tout juste d'une conférence à Genève. On m'a informé de ce qui s'est passé à Saint-Clovis au cours des derniers jours. Les journaux n'étant pas avares de détails… les circonstances sont franchement atroces. Et la manière…

Francis réfléchissait à toute vitesse. Il ne devait pas donner à Barbeau quelque motif que ce soit de douter de son équilibre pourtant vacillant.

— Vous faites référence aux crayons plantés dans les yeux, j'imagine. Après ce qui s'est passé avec Frédéric, au Centre, vous avez dû vous dire que peut-être…

— À aucun moment, Francis, l'interrompit le pédopsychiatre sur le ton bienveillant que l'ex-patient souhaitait susciter. On parle de crayons, et donc d'objets courants, pas de fioles de nitroglycérine ou d'un poison exotique. Et puis ce genre de… d'actes ne cadre absolument pas avec ton profil. Tu n'es pas un tueur, Francis. Tu ne l'as jamais été. Si moi je le crois, penses-tu que toi, tu le puisses aussi ?

Ah ! le bon vieux renforcement positif. Merci pour le vote de confiance, docteur. Vrai qu'il serait malaisé pour vous d'admettre si tard que vous vous êtes peut-être… mis le doigt dans l'œil au sujet dudit profil que vous avez vous-même brossé avec toute l'arrogance pseudo-scientifique qui vous sert d'expertise.

— Je sais que vous avez raison, docteur Barbeau. C'est juste que… bien, je suis content de vous l'entendre dire. Pas parce que j'en doutais, mais parce que votre opinion compte énormément pour moi.

Bla, bla, bla…

— Je n'aurais pas voulu que vous pensiez, même brièvement, que je pouvais avoir quelque chose à voir là-dedans malgré... eh bien, malgré les apparences, acheva-t-il avec une sincérité triomphante.

— Je ne travaille pas avec les apparences, Francis. Ne crains rien. En fait, le but de mon appel concernait plutôt le travail des policiers. Ils t'ont certainement interrogé en priorité.

— Comment vous avez su ? fit semblant de s'intéresser Francis. C'était dans le journal, ça aussi ?

— Cela fait partie de mon métier, de savoir. C'est une déduction assez simple, Francis...

... et toujours aussi condescendant.

— Les gens ont la fâcheuse manie d'être extrêmement prévisibles, poursuivit l'homme, quoique dans mon domaine d'expertise, c'est parfois une bonne chose.

Barbeau rit de son trait d'esprit, aussitôt imité par Francis, qui partageait ses vues sur la question, à défaut de lui envier son humour ringard.

Mais trêve de plaisanteries, reprit le premier.

Oui, s'il vous plaît.

Alors, dis-moi, Francis : les policiers se sont-ils montrés corrects ? Ont-ils cherché à t'intimider ?

Francis avait profité de l'aparté humoristique pour préparer une parade. Moins il aurait Barbeau dans les pattes, mieux il se porterait. Même à distance, le bon docteur pourrait finir par soupçonner qu'il y avait quelque chose de pourri au royaume de Saint-Clo.

Ça s'est bien passé. Ils m'ont interrogé parce que... bon, autant vous le dire : la victime, Jonathan Pilon, a voulu se battre avec moi, le matin du meurtre. C'était dans les vestiaires, après notre cours d'éducation physique.

Mais vous savez probablement déjà tout ça, vieux renard.

Il s'est approché de moi, dans la douche, avec d'autres. Il voulait me tester, surtout. Je l'ai juste maîtrisé, docteur. Promis. Je ne l'ai ni frappé ni blessé, vous pouvez vérifier, je...

Encore une fois, Francis, on dirait que, de nous deux, c'est moi qui te fais le plus confiance. Il faudra travailler cela, cette insécurité. Remarque que ça ne m'étonne guère; c'était même à prévoir. C'est un changement de milieu soudain et, pour ce qui est de tes anciens concitoyens, un peu de méfiance, voire d'hostilité, est encore à prévoir. Tu le sais, nous en avons souvent parlé.

Oui, je sais.

Et on en parlera encore. En novembre. J'aurais préféré un suivi plus soutenu, tu sais, mais avec le ministère de la Santé qui ne fait que couper, couper, couper... Tu tiendras le coup d'ici là, Francis?

Oui, docteur. Oui, je tiendrai le coup.

Évidemment, renchérit Barbeau. Bon, je te souhaite le bonsoir. Et continue de me faire honneur.

L'espace d'un instant, Francis se demanda si son interlocuteur avait pris la pleine mesure des implications de cette dernière phrase, lourde de connotations. À elle seule, elle validait toutes les théories de Francis quant à l'aveuglement vaniteux du docteur.

L'espace d'un instant, Francis se fit une image mentale du pédopsychiatre raccrochant le combiné, comme lui en ce moment, mais affichant un air satisfait. Ainsi repu de sa prescience compatissante, Barbeau ne lui causerait plus le moindre tracas.

Toujours debout près du téléphone, Francis prit soudain conscience du lieu où il se trouvait. Qu'avait bien pu penser sa tante de tout ce num... Il était seul dans la cuisine, que deux plafonniers maintenaient dans une clarté aussi criarde qu'artificielle.

Du salon lui parvenaient les bruits d'une foule animée et d'un commentateur hystérique. Réjean devait faire le mort devant un match de quelque chose. Et Lucie ? Au-dessus de la tête de Francis, le plancher craqua. Sa tante avait-elle décidé de se remettre à la peinture à cette heure pour elle tardive ?

Peu désireux de nourrir cette réflexion, il allait prendre le chemin de sa chambre quand une partie des paroles de Barbeau lui revinrent. Les journaux qui n'étaient pas avares de détails... Francis ne les lisait pas, mais il savait que son oncle et sa tante les achetaient. L'air absorbé, il se dirigea vers la poubelle, près du réfrigérateur, et actionna le couvercle de métal en appuyant du pied sur la pédale de levier.

Sous les pelures de pommes de terre et de carottes se trouvait le journal du jour, humide mais lisible. Francis le nettoya de la main et monta à sa chambre.

Il s'y trouvait depuis une dizaine de minutes environ, feuilletant le quotidien fraîchement exhumé des détritus, quand il entendit le bruit des pas de sa tante qui descendait l'escalier. Sans trop y prêter attention, il poursuivit sa lecture rapide des titres inintéressants jusqu'à ce qu'un détail insolite attire son attention. Dans l'une des pages, on avait découpé un article. Impossible de savoir duquel il s'agissait, mais compte tenu de son emplacement, il ne pouvait s'agir d'un mot croisé. Ainsi donc, Lucie collectionnait les coupures de journaux ? À moins que ce fût Réjean ? Hum... peu probable.

Intrigué, Francis mit le nez hors de sa chambre et tendit l'oreille. Les sports à la télé... des voix, celles de Lucie et de Réjean. Lui parlait-elle du coup de fil du docteur ? Était-elle restée dans la cuisine pendant le plus clair de l'entretien ou était-elle parvenue à respecter un tant soit peu la vie privée de son filleul ? Bah ! Elle était pour l'heure occupée, c'était tout ce qui comptait.

Sans bruit, Francis vint se planter devant la porte d'en face, celle de la chambre de son oncle et de sa

tante. Il allait poser la main sur la poignée quand, ins-
tinctivement, il tourna la tête en direction de l'autre
chambre, celle des petites filles, celle qui tenait lieu
d'atelier. Celle où Lucie devait entretenir son jardin
secret, pour peu qu'elle en eût un.

En dépit de sa déco vieillotte, la pièce qui faisait
face à l'escalier était propre comme un sou neuf,
preuve supplémentaire de sa fréquentation assidue
par Lucie. Le chevalet trônait toujours en son centre
et la toile qu'il soutenait était toujours vierge.

Francis scruta les lieux, l'œil attentif, patient.
S'avançant avec précaution afin que le plancher ne
trahisse pas sa présence indiscrète, il engagea la per-
quisition en commençant par le plus évident: les deux
commodes à tiroirs. Vides, il s'avéra.

Avant de tenter sa chance du côté du placard, Francis
tendit de nouveau l'oreille. Les voix avaient grimpé
d'un ton. Ils en étaient à la chicane du soir. Lucie
monterait se coucher sous peu: le temps pressait.

La garde-robe contenait de vieux manteaux de
fourrure suspendus dans des housses transparentes.
Sur la tablette du haut, des jeux de société prenaient
la poussière. Francis fit un pas en arrière et considéra
le plancher du placard où étaient posées bottes et
chaussures. Quelques paires étaient rangées dans
leurs cartons d'origine, lesquels n'étaient utilisés que
pour leur usage premier: pas de boîte à secrets ici.

Le regard de Francis s'éclaira. Lui-même avait
d'emblée placé la boîte de lettres sous son lit, plus
par automatisme que par réel souci de les cacher à la
vue. Faisant ni une ni deux, il contourna le chevalet
et vint s'accroupir entre les deux lits simples. Regard
à gauche, regard à droite: bingo.

Francis tira à lui le grand album à couverture rigide.
Il s'apprêtait à l'ouvrir quand il remarqua que les voix
s'étaient tues. Des pas dans l'escalier! Sans hésiter, il

remit l'album à sa place, se leva et abaissa le bouton de l'interrupteur jouxtant le chambranle afin de replonger la pièce dans la pénombre. Il entrouvrit la porte de quelques millimètres au moment où Lucie gravissait la dernière marche. Il retint son souffle, pour rien, puisqu'elle se rendit directement à sa chambre, l'air contrarié, sans un regard dans sa direction.

Adossé à la porte close, il attendit qu'elle en finisse avec ses va-et-vient entre sa chambre et la salle de bain avant de procéder à la suite de la fouille.

Il choisit de ne pas rallumer afin de minimiser les risques d'être pincé et, rassuré, revint sur ses pas. Il s'agenouilla près des lits jumeaux et reprit le gros album sombre à la couverture en imitation de cuir. Il l'apporta près de la fenêtre donnant le meilleur éclairage. Toute chiche fût-elle, la clarté lunaire suffisait pour que Francis comprît sans peine à quel genre de coupures de journaux s'intéressait Lucie.

Il avait ouvert au milieu, là où elle avait semblait-il collé ses ajouts les plus récents. Les articles concernaient tous le meurtre de Jonathan et la disparition de Pascal. On ne disait cependant jamais clairement que le second était soupçonné d'avoir tué le premier, sans doute parce que Pascal était mineur et qu'une ordonnance de non-publication frappait cette information-là. En remontant le fil des articles, Francis réalisa que sa tante en faisait la collection depuis plusieurs années déjà. Richard… son père… les enfants… Francis, emmené chez les fous. Et sa mère qui avait suivi, peu après. Lucie aurait-elle eu sa place avec eux ? Qui sait. Ce qu'il savait en revanche, c'était qu'il n'avait pas la force de lire ces articles-là.

— Est-ce qu'ils parlent de moi ? s'enquit Éric, assis sagement au coin du lit.

Francis serra les maxillaires puis se contraignit à en relâcher la pression. Comme d'habitude dans ces cas-là désormais, il ferma les yeux et se concentra sur sa respiration et les battements de son cœur, auxquels il imprima un rythme de plus en plus lent. Avec le temps et la pratique, il était réaliste d'envisager pouvoir un jour maintenir ses fonctions neurologiques dans un état de calme constant, une sorte de transe permanente induite par le physiologique, en quelque sorte, qui aurait le même effet que les médicaments, l'apport synthétique en moins. Mais il ne possédait pas encore cette maîtrise de lui-même. Pas encore…

Respire. Calme. Contrôle.

Tenant toujours le lourd album dont il était parvenu à faire abstraction durant ces longues secondes, il rouvrit les yeux. Immobile, il reporta son regard sur le coin du lit. Désert. Les petites victoires s'enchaînaient. Bientôt, il en remporterait une plus grande. À ce stade, il aurait conquis la bête.

Après avoir longuement fixé l'endroit précis où s'était tenu son défunt ami l'instant d'avant, Francis replongea dans l'examen de l'album qui débutait bien avant sa propre naissance, en 1964, constata-t-il. La première coupure de journal, un tirage local, faisait état d'un triste accident de voiture ayant coûté la vie à…

— Grand-père, souffla Francis.

La légende sous la photo qui chapeautait le texte indiquait que le défunt laissait dans le deuil son épouse et ses deux filles. Le haut du cliché ayant été escamoté, on ne voyait que les deux petites, debout devant leur mère qu'on ne devinait que par la présence dans le cadre de sa robe foncée. Sa mère et sa tante souriaient à l'objectif ; ce détail ajoutait à l'aspect insolite de la découverte.

Pourquoi diable Lucie avait-elle conservé tout cela ? Plus encore : pourquoi poursuivait-elle ce macabre travail d'archives ? Par fascination morbide ? Plus il regardait ce fichu album, plus il se disait que la pomme qu'il était, tombée près d'un arbre psychotique, était peut-être en fin de compte le fruit croisé de deux pommiers : son père et sa tante. Restait-il quelqu'un de sain d'esprit dans la famille !? Et cet oncle de Montréal ? Hormis l'homosexualité que son frère maniaque pédophile avait eu le culot de lui reprocher, quel genre d'existence menàit-il ?

Par le truchement de ces questions vouées pour l'heure à demeurer sans réponse, Francis sentait qu'une nouvelle avenue s'ouvrait peut-être à lui. Ne restait plus qu'à déterminer si elle lui serait favorable ou hostile.

CHAPITRE 10

LES YEUX DANS LES YEUX

Septembre parut disparaître sitôt arrivé. Dans la boîte à chaussures, la pile de lettres non lues était en décrue, à l'instar de la Matshi. Francis avait ainsi pu partager avec Geneviève la fin de l'école primaire, les craintes et l'exaltation précédant l'entrée au secondaire au cours d'un été languide... Un été où son père avait essayé de renouer avec sa fille, en vain.

Cette tentative de rapprochement, loin d'attendrir Geneviève, l'avait plutôt replongée dans des souvenirs douloureux, de ceux, justement, qui n'attendaient qu'une occasion pour refaire surface afin de mieux vous engloutir ensuite. Les mots choisis se cassaient les uns contre les autres en d'agressives tirades.

...Je l'hais tellement ! Pour qui il se prend de revenir ici comme si de rien n'était. Comme si il avait encore sa place dans ma vie! Tout ceux qui comptent pour moi, qui on compté, ils sont morts. Pis celui qui compte le plus, même si il est vivant, c'est pire que si il était mort. Au moins un mort, on peut aller le visiter, mettre des fleurs sur sa tombe. Tu me manques tellement, Francis. On dirait que c'est pire en vieillissant. Me semble que ça devrait être le contraire. Me semble que je devrais m'être habituée après

quatre ans. Pis lui qui veut me voir, qui veut me parler, qu'on « reconnect » comme il dit. Qu'il mange de la marde, Yoland Filiatreault. En ce qui me concerne, je suis orpheline de père. Ça fait toujours ben juste un mort de plus. Je sais, j'ai ma mère, mais on se voit tellement pas beaucoup. Elle travaille tout le temps de soir, à la taverne. Même avant ça, même quand elle était à la maison du temps de mon père, on était pas ben ben proches elle pis moi. C'est pas que je l'aime pas. Elle est fine et je sais qu'elle fait son gros possible, peut-être même plus, mais qu'est-ce que tu veux: on a rien en commun. Des fois, quand ça adonne qu'on soupe ensembles, j'ai l'impression de manger avec une étrangère. Peut-être qu'elle pense la même affaire... Je devrais pas dire ça, je le sais. Tu vas penser que je suis méchante, même si tu peux pas lire mes lettres. Des fois je me demande pourquoi je les écris pareil. Ou pourquoi je suis plus capable de penser à mon père sans avoir envie de casser quelque chose. C'est probablement parce que toi t'es parti pis que lui est resté.

Et toujours cette entrée en matière, simple, hypnotique lorsqu'elle était lue à répétition: « Allo Francis ». Ça, c'était pour l'été 1991. Il en était ces jours-ci au milieu de l'année 1992. Geneviève mentionnait plus souvent Dominic, Isabelle et, surtout, Pascal qui, par moments, lui rappelait Francis…

Ainsi, Pascal n'aurait été qu'un ami de substitution sur qui Geneviève avait projeté ses souvenirs de Francis, ses images de ce qu'il avait été ou devait être. En remettant les lettres de cette période-là dans le carton, Francis n'avait pu s'empêcher de ressentir pour sa copine une certaine tristesse coupable. Comme si, de concert avec Pascal, il n'avait pu lui offrir ce qu'elle était en droit d'espérer, elle si généreuse et franche.

Ça ne durait qu'une seconde ou deux, et Francis se souvenait qu'il était imperméable aux émotions, à celles de ce genre en tout cas. Dès lors, ces virées épistolaires dans l'univers intime de Geneviève cessaient de le tirailler. Et il y revenait, entre deux dessins, entre deux films, lisant avec parcimonie la correspondance à sens unique dont il était de moins en moins certain d'être un destinataire méritant.

En un petit mois donc, la routine scolaire avait eu raison du spectre de la tragédie. La morosité ambiante était la même qu'à l'habitude, ni plus ni moins. Bien sûr, on parlait encore beaucoup de Pascal Jutra et de Jonathan Pilon, mais le chagrin et l'incompréhension avaient laissé place aux ragots de cafétéria et à une soif prévisible de détails scabreux, fussent-ils réels ou inventés.

Sophie, qui offrait toujours une composition flirtant avec le cabotinage, poursuivait quant à elle son règne incontesté côté Cour. Ses envolées lacrymales, plus rares, certes, faisaient toujours le délice de ses sujets. Francis n'avait cependant pas manqué de remarquer le subtil changement d'attitude opéré chez Johanne Laure, l'une des deux soubrettes de Sophie. De fait, Johanne paraissait maintenant faire de gros efforts pour masquer une certaine irritation devant les manifestations exagérément dramatiques de Sophie.

En prêtant une oreille attentive aux rumeurs, Francis avait appris que Johanne et Jonathan avaient été amoureux de la première à la troisième secondaire, année où Sophie s'était appliquée à démolir Johanne avant de la contraindre à rejoindre son cercle intime. Dans l'intervalle, le bellâtre avait succombé aux charmes vénéneux de l'intrigante.

Jonathan sortant désormais avec Sophie, la gagnante avait vraisemblablement tenu à ce que son ancienne rivale, Johanne, soit aux premières loges afin de ne pas manquer une goutte du nouveau bonheur de son ex.

Sophie Malo aurait sans peine trouvé sa place dans l'œuvre de Machiavel. Francis, qui avait chaque jour sous les yeux la preuve irréfutable de la dimension intemporelle d'une pièce comme *La Mandragore*, serait éternellement reconnaissant du fait que les bonnes âmes qui alimentaient les rayons de la bibliothèque du Centre comptassent parmi elles quelques intellectuels.

◆

Vendredi 7 octobre. Les cellules grises de Francis étaient chaque jour un peu plus sollicitées à mesure que s'alignaient les croix sur le calendrier. À l'école, un événement intéressant se préparait depuis un moment déjà. Les répercussions pouvaient être multiples, ce qui n'était pas pour déplaire à Francis.

Ce soir aurait lieu la première danse de l'année, grand-messe fort anticipée se déroulant traditionnellement un vendredi chaque mois. Mais cette année, tout avait été chamboulé, décalé. Le conseil étudiant n'était élu que depuis une semaine… et Sophie le présidait, bien entendu. Bref, la mise sur pied de l'agenda des activités culturelles avait souffert des méfaits de Pascal Jutra. Bien que foncièrement obscène, cette pensée avait traversé plus d'un esprit adolescent, à commencer par celui de la présidente du conseil étudiant.

Qui plus est, c'était en octobre que se tenait la plus importante danse de l'année, à l'occasion d'Halloween. Or, puisque la tragédie avait empêché celle de septembre, il avait été convenu d'en organiser une au début d'octobre, même si cela en faisait deux au total. C'est que ces soirées dansantes nécessitaient une logistique non négligeable et passablement d'organisation. Les effectifs n'étant que plus imposants à l'Halloween, il n'était pas superflu de s'exercer la main au moins une fois avant la grande fête. Celle de ce soir serait en quelque sorte un coup d'essai festif.

Les réjouissances débuteraient dès dix-neuf heures trente. Bien entendu, la direction avait initialement chipoté, mais Sophie avait prévu le coup et argué que les étudiants avaient grand besoin de se changer les idées. Venant d'elle, l'affirmation n'avait que plus de poids. Genest s'était incliné; sa spécialité, s'était dit Francis quand il avait eu vent de l'épisode.

Bien entendu, la perspective imminente de la fête rendait plusieurs élèves dissipés, voire survoltés, surtout ceux du deuxième cycle. Yves Lanctôt, leur prof de mathématiques, d'un naturel nerveux, en faisait en ce moment les frais : dernière période de la journée avant la fin de semaine mais, surtout, avant le *party*. Il en était donc réduit à mâchouiller nerveusement la gomme de son crayon en cherchant un moyen de capter l'attention des élèves du régulier qui, en retour, l'ignoraient carrément. Du fond de la classe, Francis lui donnait encore une minute avant de le voir lancer son crayon et recourir aux menaces de visites chez le directeur.

La simple éventualité de cette punition suffisait encore à faire réfléchir les élèves, et ce, à la grande surprise de Francis, qui lui se fichait comme d'une guigne de l'homme malingre camouflant un manque flagrant de confiance en lui derrière une voix de stentor surfaite et un complet bon marché. Mais contrairement à ses comparses, Francis avait désormais sur le directeur un ascendant tacite.

La sonnerie retentit comme une délivrance pour les élèves, mais surtout pour leur professeur. Dominic, Isabelle et Francis gagnèrent leurs casiers respectifs en rang serré. Geneviève se joignit bientôt à eux, s'enquérant de qui amènerait de la boisson. Ils allaient tenter de se saouler pendant la danse, puisque aucune de leurs maisons n'était disponible pour une fiesta et que leur repaire du pont était à présent un peu frisquet en soirée. Sans parler de l'aura macabre qui collait dorénavant au lieu.

Dominic allait faire une proposition, mais les mots moururent sur ses lèvres. Les yeux ronds, il regardait par-dessus l'épaule de Francis. Celui-ci se retourna et vit que Sophie se dirigeait droit vers leur petit groupe.

— Salut, Francis, dit-elle.

— Salut, Sophie.

— T'en as peut-être déjà entendu parler, mais j'organise un *party*, à mon chalet, après la danse. C'est au lac Wittigo, à une vingtaine de minutes de char… Mon frère revient du cégep pour la fin d'semaine. Y va nous sortir d'la bière en masse. Du monde, d'la musique… si ça t'tente. Tes amis peuvent venir aussi, évidemment. Bye.

Sans attendre de réponse, elle tourna les talons et regagna son territoire d'un pas mesuré. Hormis Francis, elle n'avait regardé personne. Derrière lui, il sentait la stupéfaction de ses « amis ».

— On dirait qu'vous aurez pas besoin d'risquer d'vous faire pincer avec d'la boisson ici. On va pouvoir fêter bien au chaud.

— Tu veux y aller ? demanda Geneviève avec incrédulité.

— Personne te force à lui parler, précisa Francis. Elle, elle nous parlera probablement pas, elle veut juste beaucoup d'monde pour avoir l'air encore plus populaire…

… et comme je jouis désormais d'une popularité différente mais presque comparable, peux-tu l'croire, elle veut capter un peu d'ma lumière. Elle est tellement transparente.

— Si tu l'dis, fit Geneviève sans conviction.

Les autres semblaient pour leur part se ranger à l'avis de Francis. Ils pourraient se saouler la gueule au grand confort, cela suffisait largement à leur bonheur du moment. Le pragmatisme supplantait donc l'éthique : ce soir, enrichis et réguliers frayeraient.

Sur le chemin du retour, Geneviève se gara devant la pharmacie à la demande de Francis. Il devait renouveler ses prescriptions. Il farfouilla dans la poche intérieure de sa veste et en sortit un bout de papier avec l'en-tête du Centre et marqué des gribouillis du docteur Barbeau.

— Ce sera pas long, promit-il en descendant.

Il s'arrêta net en entrant dans la pharmacie. Cette odeur… le désinfectant à l'eau de Javel qu'il associait encore à la maladie… Il revoyait le CLSC local où travaillait sa mère, à l'époque.

Il gagna le comptoir en essayant de reprendre sur lui et tendit sa prescription au pharmacien peu affairé en y allant d'un « bonjour » de convenance qu'il n'eut même pas conscience de prononcer. Les sillons frontaux déjà bien marqués de l'homme en sarrau se creusèrent davantage quand il lut la prescription de Francis et son visage s'illumina presque aussitôt.

— Ah, oui ! Votre médecin m'avait prévenu. Une sommité ! C'est pas l'genre de médicaments qu'on tient d'habitude, expliqua-t-il en lui faisant la faveur de baisser d'un ton.

Francis eut soudain l'impression d'être une bestiole exotique qui aurait croisé la route d'un entomologiste ravi. Il régla, prit ses flacons neufs et servit un « merci » glacial au pharmacien.

Lucie remontait un plein panier de vêtements propres du sous-sol quand Francis rentra de l'école.

— Salut, ma tante, dit-il en ouvrant le réfrigérateur.

Elle ne l'exhorta même pas à ne pas trop manger afin de ne pas gâter son appétit en prévision du souper imminent. Étrange…

— Ça va, ma tante ?

— Oui, oui, c'est juste que… je l'ai probablement juste serré ailleurs, par distraction. On a eu tellement d'distractions, depuis un bout. Mais j'parle pas d'toi, là, mon grand, se reprit-elle aussitôt.

— Qu'est-ce que t'as perdu ?

— C'est fou, mais j'trouve pus mon ensemble gris en coton ouaté. J'ai sorti ma garde-robe d'automne, tu comprends…

Il ne l'écoutait plus ; mode sourdine. Il se versa un grand verre de lait et monta à sa chambre, Lucie sur les talons.

— Oh, dit-il comme s'il venait d'y penser, j'risque de rentrer assez tard, ce soir. Y a une danse à l'école.

— Tu y vas avec la belle Geneviève, j'imagine, fit-elle d'un air entendu. Elle a l'air fin. J'te dis qu'tu perds pas d'temps : déjà une blonde, sans parler d'la belle Sophie Malo, la fois aux Chevaliers d'Colomb ! Elle avait l'air *ben* contente de t'voir, celle-là ! Elle est pas trop déçue, pour Geneviève ?

Le manque flagrant de discernement de sa tante faillit le faire hurler de rire. Il se contint. De peu.

— Parlant d'elle, dit-il, c'est pour ça que j'vais rentrer tard : elle reçoit quelques amis, dont Geneviève et moi, à son chalet, après la danse. Son grand frère va être là pour superviser. Leurs parents sont au courant.

— Elle vous invite à son chalet ? fit Lucie, impressionnée. Es-tu déjà allé ?

Et j'y serais allé quand ? Pendant une permission imaginaire hors du Centre ?

Il fit signe que non.

— C'est au Wittigo. Y a juste des grosses cabanes, par-là ; des résidences secondaires. C'est les riches d'la région qui s'sont bâtis autour de c'lac-là. Tsé qu'y z'ont beaucoup d'argent, les parents d'Sophie.

— Son père a encore la quincaillerie ?

— Oui, mais sa mère a vendu son salon d'coiffure. Elle reste à' maison à surveiller sa femme de ménage. Pis comme lui a vendu son moulin à bois pis sa compagnie de construction avant qu'la récession embarque, y sont riches. Riches millionnaires, là.

Le fait qu'le père soit un des plus gros dealers *de la région a pas dû nuire.*

— J'préfère quand même Geneviève, assura-t-il en entrant dans sa chambre.

— Mon doux qu'c'est romantique, ça. Du vrai romantique.

◆

Éclairage multicolore, boule disco, énormes amplificateurs : la cafétéria vidée de ses tables était méconnaissable. La grande salle vibrait au rythme de *Zombie*, mégasuccès d'un nouveau groupe prometteur, The Cranberries. Les élèves, surtout ceux de quatrième et cinquième secondaires, dansaient au diapason de la mélodie saccadée.

Francis se tenait en retrait, observant la masse sans mot dire. Son petit groupe consentait à danser. Le *DJ* était dans leur classe et il enchaînait les chansons, dont celle-ci, qui trouvaient grâce aux oreilles exigeantes de la cohorte bigarrée.

Francis allait quitter son poste le temps d'un pipi quand il vit Kim Joyal se détacher du groupe compact qui occupait le plancher de danse. Derrière elle, son copain Jean-Michel Plouffe s'arrêta de danser pour voir ce qu'elle faisait. Dès qu'elle arriva à la hauteur de Francis, la jeune fille trop maquillée laissa tomber le masque.

— Écoute, dit-elle sans plus de cérémonie, je l'sais qu'Sophie t'a invité, toi pis ta gang de fuckés. C'est probablement juste pour rire de vous autres. Perds pas ton temps pis laisse-nous ent' nous aut'. T'avais juste à pas lâcher l'enrichi. On peut pas toute avoir.

— Sophie serait probablement pas contente de t'entendre, dit Francis en faisant mine de s'intéresser davantage à la piste de danse qu'à son interlocutrice.

— J'aurai juste à y dire que tu *bullshites*. C'est moi qu'elle va croire. *Anyway*, j'suis sa meilleure amie.

— C'est drôle, dit Francis sans détacher son regard des danseurs, j'pensais qu'c'était Johanne, sa meilleure amie.

Du coin de l'œil, il crut la voir s'empourprer.

— Tu devrais retourner danser, Kim, enchaîna-t-il en plantant soudain son regard dans le sien. J'pense que Jean-Michel s'impatiente.

À l'évidence, elle n'aima pas ce qu'elle vit dans les yeux de Francis.

— Tiens-toi loin d'moi, maudit malade mental, dit-elle en s'éloignant, un peu hébétée.

Ce léger sourire qu'il affichait si souvent vint à nouveau retrousser les lèvres de Francis.

Il consulta sa montre: 20 h 31. Hum... la piste de danse ne se vidait pas, mais lui serait volontiers passé à l'étape suivante de la soirée. Il s'apprêtait à aller prendre l'air quand Chantal Létourneau vint le saluer. L'enseignante de français avait prêté une attention particulière à sa tenue: les couleurs ne juraient pas trop entre elles. Malheureusement, tous ces vaillants efforts demeuraient voués à être court-circuités par ses horribles lunettes à verres épais.

— Vous dansez pas ? demanda-t-il quand elle fut tout près.

— J'ai passé l'âge, s'attrista-t-elle. Et dis-moi « tu » ; ici, on tutoie. On n'est pas au collège privé ! Non, la danse, je laisse ça à mes étudiants. Et pour être tout à fait franche, j'suis pas certaine que j'arriverais à suivre.

Elle y alla d'un éclat de rire nerveux. Il joua le jeu ; elle faisait presque pitié.

— J'ai pas pu m'empêcher d'voir Kim, à l'instant, poursuivit-elle. Elle avait l'air de mauvaise humeur…

Curieuse, va !

— Oui. Elle préférerait que j'aille pas à la fête qu'organise Sophie, tantôt, à son chalet du lac Wittigo.

— Mais pourquoi ? fit Chantal en se rapprochant davantage, l'air concerné.

— Elle…

Francis fit celui qui cherchait ses mots. Il ajouta un semblant de trémolo pour faire bonne mesure et poursuivit :

— Elle m'a traité d'malade mental. J'pense qu'elle a peur de moi.

Chantal le regarda et, dans ses yeux, Francis lut une empathie vraiment sincère qui ne manqua pas de le surprendre.

— Tu sais, dit-elle tout bas, on peut être très méchant quand on est jeune. Prends moi, par exemple. Tu l'croiras peut-être pas, mais j'étais pas très populaire au secondaire.

Sans blague.

— Et comment vous avez passé à travers ? s'enquit Francis.

— Il faut… que tu t'blindes contre les méchancetés, dit-elle. Je devrais peut-être pas t'dire ça, mais t'as pas fini d'en entendre. Même moi, au premier cours, j'étais un peu mal à l'aise de t'avoir dans ma classe, et probablement que t'as remarqué. J'suis désolée, tu sais. C'est qu'ici, on n'est pas habitués... aux gens qui sortent vraiment d'la norme, et je dis pas ça dans un sens péjoratif, Francis. Solange m'a montré le dessin que t'as fait dans son cours... on en revenait pas, toutes les deux. C'est tellement maîtrisé ! Il faut juste... il faut juste que tu survives à l'année scolaire. C'est la dernière. Tu vas voir qu'au cégep tout est différent. Si... si tu y vas, évidemment.

Elle se tut un instant, songeuse.

— Le cégep et l'université, reprit-elle avec une émotion contenue, ce sont mes plus beaux souvenirs de jeunesse. Certains de mes plus beaux, en tout cas.

— Vous... t'es pas si vieille, la flatta Francis.

Rire nerveux et consolidation du nouveau lien de complicité...

— T'es gentil, dit-elle, mais quarante et un ans, c'est déjà plus très jeune. Passe une belle soirée, Francis, et... et oublie pas ce que j't'ai dit.

... et voici une autre cliente satisfaite !

Elle s'éloigna en silence en reprenant la supervision de la soirée. Son collègue Yves Lanctôt et elle assuraient ce soir cette corvée.

Vers dix heures, un cortège de voitures roulant bien au-dessus de la limite permise défila en vrombissant sur la route de campagne étonnamment bien entretenue. Vrai que les résidents du coin devaient avoir les moyens d'être entendus là où ça comptait. Sur le bas-côté, la force de vélocité de l'air violemment déplacé soulevait du sol des guirlandes de feuilles mortes.

La petite bagnole de Geneviève était du circuit. Le fait de pouvoir rouler à grande vitesse devant témoins avait suffi à lui rendre le sourire. Sur la banquette arrière, Isabelle et Dominic chahutaient et exhibaient, pour la première fois depuis le drame, quelque chose s'apparentant à de l'insouciance.

On entrait dans l'immense résidence secondaire par un large couloir dont les murs accueillaient des reproductions laminées de maîtres. Francis s'expliquait mal pourquoi les nouveaux riches, malgré d'importants moyens, s'obstinaient à acheter de la camelote.

Olivier, le grand frère de Sophie, était arrivé au chalet de ses parents en compagnie de quelques potes en fin d'après-midi. Ils buvaient depuis ce temps. Francis ne l'avait pas oublié, celui-là. Il se demanda immédiatement si Olivier trimballait toujours le couteau à cran d'arrêt qu'il lui avait jadis mis sous le nez. Probablement pas : avec son air benêt de jeune ivrogne élevé dans la soie, l'aîné de Sophie paraissait à présent bien inoffensif.

C'est donc par des hôtes déjà passablement éméchés que furent reçus les plus jeunes. Sophie se contenta de rouler des yeux en demandant à son frère d'aller lui chercher un verre.

— OK, tout l'monde, cria-t-elle, *party time* !

La musique était presque aussi forte qu'à l'école, mais ici l'alcool coulait à flots. Olivier et ses amis entreprirent rapidement d'enseigner aux jeunes filles la consommation de *shooters*, le but sous-jacent étant bien sûr d'en déflorer quelques-unes.

Le groupe de Francis se divisa rapidement, chacun perdant son voisin parmi les convives enjoués. Lui jeta d'abord un regard à la ronde. La baraque était vraiment énorme. Ils se trouvaient tous dans un très spacieux salon doté d'une grande baie vitrée de quatre mètres de haut qui devait à coup sûr offrir une vue spectaculaire sur le lac. Il ne pouvait en l'occurrence en jurer puisque, de l'intérieur éclairé, on ne distinguait pas grand-chose de cette nuit nuageuse masquant un premier croissant de lune timide.

À sa gauche, un feu de bois agonisait dans un imposant foyer de pierre. Plus loin, un escalier massif, genre *Sunset Boulevard*, menait à l'étage. Tout l'intérieur de ce chalet (!) était fini en bois. L'abondance des essences, exotiques pour la plupart, témoignait à elle seule de la taille du compte en banque des parents. Quel dommage qu'ils eussent engendré des êtres aussi insignifiants, se dit Francis en cherchant discrètement Sophie du regard.

— Tu m'cherches ? fit une voix mielleuse derrière lui. Ou c'est pour la… belle Geneviève, que tu regardais ?

— 'Est encore un peu jeune pour ça, dit-il en se retournant. J'me demandais juste où sont les toilettes.

Les lèvres pulpeuses de Sophie s'étirèrent en un rictus à mi-chemin entre l'amusement et la concupiscence. La jeune fille y porta une longue paille mauve fichée dans un verre contenant ce qui devait être une vodka jus d'orange, à en juger par la couleur du liquide. L'hôtesse aspira une gorgée prolongée, les yeux mi-clos, avant de consentir une réponse à Francis.

— Première porte à gauche, tout d'suite en entrant. As-tu besoin d'aide ? proposa-t-elle en tirant de plus belle sur sa paille.

Bienvenue au niveau supérieur !

— Pas pour le moment, mais… peut-être plus tard, fit-il en s'approchant tout près.

Il sentit la respiration de Sophie s'accélérer, mais une voix avinée les apostropha soudain :

— Heille, c'est pas toi qu'y viennent de faire sortir de l'asile ? Ben oui, cé toé le p'tit criss qui faisait chier ma s…

— Olivier, coupa Sophie en toisant l'importun, retourne voir tes chums. Francis est mon invité.

Son frère la considéra une seconde ou deux, étonné, puis tourna les talons en haussant les épaules.

— Que de souvenirs, ironisa Francis. Ton grand frère continue de t'obéir au doigt et à l'œil, à ce que j'vois, lâcha-t-il avec la certitude d'être entendu par le principal intéressé.

Et, de fait, Olivier mit un frein à sa retraite et tourna la tête de quelques degrés dans leur direction. Francis le devinait contrarié.

— J'm'étais pas rendu compte avant qu'on a… des affaires en commun, toi pis moi, répondit-elle évasivement. Surtout astheure. T'es devenu très populaire, Francis. T'es devenu… assez mangeable, aussi.

Elle se tut, l'œil brillant.

— Pis pour Olivier, reprit-elle au profit de ce dernier, toujours planté non loin d'eux, ben imagine-toi donc que c'est même pas mon frère.

Elle eut un regard amusé dans la direction du cégépien.

— Mes parents lui ont avoué v'là trois ans qu'ils l'avaient adopté. La coche qu'y'a sautée ! À l'école en plus ! La honte ! Mais bon, y a l'air de s'en être remis… Hein, Olivier ? Tu t'en es remis, de ton adoption ?

Le jeune homme se tourna vers sa sœur, le regard ulcéré, les poings serrés. Loin d'être intimidée, Sophie fit un pas dans sa direction, un sourire angélique gardant l'orifice venimeux lui tenant lieu de bouche.

— Tiens, dit-elle en lui flanquant son verre vide dans la main. Va m'faire un drink. J'ai soif.

Olivier ravala et, sans bouger la tête, eut un regard circulaire afin de constater l'étendue des dégâts sur son amour-propre. Hormis ceux qui se trouvaient tout près d'eux, les convives n'en avaient que pour la musique et l'alcool. Or même si, dans le lot, seules une dizaine de personnes avaient surpris l'échange, son contenu serait fatalement relayé à chacun et, d'ici la fin de la soirée, tous auraient été mis au fait, si besoin était, de l'ascendant, voire de la domination, que continuait d'exercer Sophie sur ce frère dont elle ne devait avoir de cesse de préciser, comme à l'instant, qu'il n'était qu'adoptif.

C'est un amalgame de rage et d'embarras résigné que Francis lisait en ce moment, sans surprise, dans les yeux d'Olivier. Dans ceux de Sophie, il ne lut l'instant d'après que calme félicité.

Nul doute qu'elle venait de se livrer à ce déballage par pur plaisir sadique.

— *Watch out*, Sophie, gronda Olivier. Un moment donné, m'a t'faire fermer la yeule. Un moment donné…

Il ne termina pas sa phrase, comme surpris d'avoir osé répliquer.

— Un moment donné, compléta Sophie, tu vas arrêter de t'lamenter pis tu vas agir comme un homme? Me semble! pouffa-t-elle. Pis quoi, encore? Un moment donné, tu vas arriver à t'pogner une fille sans la saouler avant? J'te dis ça parce que t'es presque mon frère, Olivier: accepte tes limites. OK? Bon, va m'chercher mon drink, astheure.

Elle le regarda s'éloigner d'un pas raide, observée à son tour par Francis.

— Ma chambre est en haut, dit-elle en revenant à leurs moutons, deuxième porte à droite… celle où y aura d'la lumière.

Un type déjà bourré se faufila entre eux en titubant à ce moment précis.

— S'cusez, fit-il sans les regarder. Faut j'pisse.

Sans lâcher Sophie des yeux, Francis emboîta le pas à l'importun.

— En haut, deuxième porte à droite, répéta-t-il en s'éloignant.

Une petite file d'attente poireautait devant la porte de la salle de bain du rez-de-chaussée, l'étage étant, officiellement du moins, *off-limits*. Francis y prit place et attendit. À côté de lui, l'adolescent pompette de tout à l'heure crut bon d'y aller d'une petite mise en garde.

— Fais attention, dit le jeune homme trapu, y doit pas rester grand' gars icitte qui y'ont pas passé d'ssus, à Sophie.

Hoquet houblonneux, lents clignements des yeux. Francis le reconnut. Il s'agissait de Simon, l'un de ses anciens bourreaux du primaire. Il avait gagné en largeur, mais pas en hauteur.

— Elle aime le cul, ça, c't'un faite, continuait l'autre. 'A beau brailler su' Jonathan, pas sûr qu'y'était l'seul à la rincer *anyway*. Ça fait que, fais attention. Elle doit être *full* de bebittes. J'ai pas toujours été correct avec toi, tsé. J'm'en rappelle, ça fait que là, j'te donne un *cue*, tu comprends-tu? Ouin, le cul, Sophie aime ça…

— Je sais, murmura Francis.

— T'es drôle, toé. J'aurais pensé qu'tu voudrais rien savoir d'elle après toute quessé qu'à t'a faite à' p'tite école. À p'tite école…

Francis dut tendre l'oreille pour saisir la suite, que Simon semblait s'adresser surtout à lui-même.

— Des fois, j'me dis que toutes les morts d'avant pis d'astheure, c'est pour nous punir… J'sais même pas pourquoi j'faisais toute c'qu'à voulait, Sophie. J'étais même pas pogné su' elle. On a été punis, chu sûr. On va l'être encore…

Il lui faudrait le présenter à Lucie, celui-là, pensa Francis en passant en revue les élucubrations de sa tante sur le parvis de l'église, le lendemain de son retour.

— Pourquoi tu veux la fourrer? reprit Simon en essayant maladroitement de murmurer à l'oreille de Francis.

— Parce que c'est l'ultime souillure, répondit-il spontanément en rattrapant son interlocuteur chancelant.

— Quoi? fit Simon en émergeant à demi.

— J'disais merci pour tes conseils, Simon, dit Francis en l'invitant à avancer un peu.

Son tour approchait.

— T'es correct, dans l'fond, Francis. J't'aime ben. T'es correct, toé. T'es correct…

Francis s'enferma avec soulagement dans les WC et poussa le verrou en fer forgé. Il sourit en se faisant la réflexion que Jack Nicholson aurait eu grand-peine à démolir cette porte-là, un panneau de chêne massif.

La salle de bain lavande et rose bonbon était vaste, tout équipée et meublée à l'ancienne mais, là encore, les accessoires trahissaient un manque de goût évident ; en témoignait une authentique baignoire à pattes en fonte surmontée d'une robinetterie en forme de cygnes crachant l'eau chaude et l'eau froide, entre autres fausses notes.

Une grande fenêtre ornée d'un rideau de dentelle industrielle offrait une vue sur une partie de l'immense boisé encore sauvage qui entourait la propriété, un véritable domaine, tout considéré. Francis écarta le rideau ajouré et approcha le visage de la vitre froide. À travers les branches, plus loin, on distinguait une serre toute de carreaux de verre et de joints de bois peints en blanc qu'éclairaient faiblement les lumières du living où il se trouvait l'instant d'avant. On ne distinguait en revanche rien de ce qui se trouvait à l'intérieur de la serre.

Francis suivit des yeux le fil lumineux jusqu'à une terrasse basse dominée par une large porte-fenêtre vitrée percée dans la paroi latérale de la propriété, côté living toujours. Son regard s'aiguisa devant le spectacle qui se mettait en branle sous ses yeux. Il écarta davantage le rideau et ouvrit doucement la fenêtre.

◆

— T'es certaine ? demanda Jean-Michel sans se presser.

— J'te dis qu'on va être tranquilles, s'impatienta Kim. Y a un vieux divan pis des couvertes. C'est Sophie qui me l'a dit. C'est son spot. Penche-toi, y vont nous voir !

Les amoureux coururent, courbés dans les branchages, sur le petit sentier s'ouvrant au bout de la terrasse et qui menait à la serre, douze mètres plus loin. Une fois arrivés devant la porte exclusivement constituée de carreaux de verre, et se croyant maintenant à l'abri des regards, le garçon saisit sa copine par la taille et enfonça sa langue dans la bouche aussitôt rébarbative de la jeune fille.

— Jean-Michel, pas d'même ! À force de m'la rentrer aussi creux, tu vas m'faire dégueuler. T'aurais l'air smatt' !

— Tu parles de ma langue ou d'ma graine ? fit-il en la poussant gentiment à l'intérieur.

Elle pouffa en se précipitant sur le sofa élimé où elle entreprit de déboutonner son chemisier pêche.

— Viens, dit-elle doucement en tendant la main.

Toujours debout dans l'embrasure de la porte, Jean-Michel la regardait sans bouger. Tout autour, de hautes plantes qui avaient séché sur place confirmaient que le jardinage n'était pas une spécialité de la maison.

— J'ai froid, se languit-elle en passant ses mains sur sa poitrine déjà plantureuse.

La pointe de ses seins semblait corroborer les dires de Kim. Jean-Michel ferma vivement la porte et s'approcha. Le son haletant de sa respiration emplit la serre.

— T'as jamais voulu l'faire au complet avant, dit-il d'une voix hésitante.

Kim l'attira à elle en le tenant par la boucle de sa ceinture. Elle entreprit de la lui retirer tandis qu'il descendait sa braguette, son empressement malhabile trahissant son niveau d'excitation.

Il sauta sur la causeuse fatiguée, en levrette au-dessus d'elle, son pantalon à plis français beige aux genoux, et commença à lui lécher les seins par-dessus son soutien-gorge rouge.

Quand elle retira sa jupe, il lui libéra un sein et, au moment où il s'apprêtait à la pénétrer, un son étrange sortit de sa bouche entrouverte. Sous lui, Kim ouvrit des yeux terrifiés mais déjà vitreux. Le manche de bois cassé d'un vieux râteau, très effilé à son extrémité brisée, venait de les transpercer tous les deux.

Une silhouette sortit de l'ombre un instant et, après avoir arraché deux tuteurs de métal de plantes en pot racornies abandonnées près du canapé, se dépêcha de les enfoncer dans les orbites de Kim avant d'appuyer violemment sur la tête de Jean-Michel. Un son humide, presque inaudible, puis un craquement. Des larmes de sang traversées de caillots gélatineux roulèrent sur les joues pâles de la jeune fille.

Les amoureux étaient morts les yeux dans les yeux. Littéralement.

Quelques secondes plus tard, près de la porte entrebâillée, le frémissement d'un buisson vint troubler l'immobilité d'une nuit d'automne sans vent.

◆

Francis se séchait les mains quand on frappa à la porte.

— Heille, grouille! fit une voix masculine, j'vas m'chier d'ssus! C'est ben long, criss! T'es-tu en train de t'chier l'corps?

Francis ouvrit et rencontra le regard courroucé de Dominic.

— Ah, c'était toi, fit ce dernier en se calmant aussitôt. S'cuse, mais ça commençait à presser.

Francis s'écarta sans se formaliser des précédentes invectives.

— J'te comprends, dit-il en souriant. J'ai laissé la fenêtre entrouverte pour pas asphyxier ceux qui passeraient après moi.

Il entendit Dominic pouffer derrière la porte et, alors qu'il regagnait le salon, il sentit un courant d'air dans son dos. On venait d'ouvrir celle de l'entrée principale. Il se retourna à demi et vit Johanne Laure qui revenait de l'extérieur, l'air un peu hagard. Elle surprit le regard de Francis et essaya de se donner une contenance en passant près de lui pour rejoindre les autres.

Au salon, la fête battait son plein. Tout le monde criait pour couvrir le bruit assourdissant de la musique et quelqu'un avait sorti l'entonnoir à bière.

Alors que Sophie devait se languir dans un lit à baldaquin telle une Belle au bois dormant nymphomane, Francis vit Olivier sortir par la porte latérale avec une fille de deuxième secondaire répondant au prénom de Karine. Probablement dans le dessein avoué de s'envoyer en l'air avec elle dans la serre...

Le hurlement retentit dans le chalet entre deux plages musicales. Tous les regards se tournèrent vers la porte latérale qui donnait sur la terrasse puis, au-delà, sur la serre et le grand terrain boisé. Karine se précipita à l'intérieur en gémissant et en pleurant ; ses bras tendus étaient couverts de sang. Tous s'écartèrent, dégoûtés, mais une certaine fascination prévalut l'espace d'un instant.

C'est alors que l'évidence frappa. Un des copains d'Olivier vomit toutes ses consommations sur le faux tapis persan. Quelques-uns parmi les plus vieux se précipitèrent dehors et l'un d'eux ramena à l'intérieur un Olivier en état de choc.

D'autres cris montèrent bientôt de la serre. À présent recroquevillée près du foyer, Karine se mit à pleurer en frottant frénétiquement ses bras le long de son corps. Elle exigea d'être ramenée chez elle, mais personne ne se porta volontaire. Geneviève, qui était allée chercher une serviette humide à la salle de bain, vint s'agenouiller devant elle et entreprit de lui essuyer les bras. Karine se laissa faire tout en continuant de parler de manière effrénée, comme si elle n'avait même pas conscience de la présence de Geneviève devant elle.

— C'est Pascal Jutra! C'est Pascal Jutra! Y s'venge, braillait-elle. Y'ont pas r'trouvé son corps. C'est parce qu'y'est pas mort. Y'est pas mort! Y nous surveille!

Un silence surnaturel accueillit le verdict, rapidement rompu par un bruit mat. Geneviève venait de s'effondrer aux pieds de Karine, la serviette ensanglantée dans la main.

N'y prêtant aucune attention, Karine continuait de regarder autour d'elle telle une Cassandre affolée. Elle montra soudain la baie vitrée en poussant un hurlement de terreur. Francis comprit qu'elle avait pris le reflet d'un convive dans la vitre pour l'assassin les épiant du dehors. Il fut toutefois le seul à comprendre le phénomène.

La panique gagna alors définitivement la cinquantaine de jeunes encore présents. La plupart d'entre eux se ruèrent vers la porte, causant la chute de quelques laminés et bibelots. Dans la mêlée, Francis crut discerner Éric, courant à contresens et riant du tumulte ambiant. Une minute plus tard, le salon dévasté était presque désert tandis qu'à l'extérieur, les bruits de pneus lardant le gravier se succédaient, signe d'une fuite effrénée.

Quand, intriguée par tout le tintamarre, Sophie consentit finalement à descendre le grand escalier, elle ne parut pas comprendre ce qu'elle vit. Elle regarda Johanne, qui était restée, puis son frère Olivier, qui se balançait d'avant en arrière sans mot dire malgré les paroles de réconfort de ses amis.

Allongée sur un canapé à l'autre extrémité de la pièce, Geneviève était toujours inconsciente, sa tête reposant sur les cuisses d'Isabelle, qui lui caressait doucement le front après l'avoir installée là. Assis par terre mais adossé au meuble, Dominic se tenait en position de repli, la tête entre les mains.

Sophie, qui ne semblait pas avoir trouvé ce qu'elle cherchait, descendit quelques marches de plus et remarqua Karine, toujours prostrée près du foyer où les braises avaient fini par devenir cendres. Sophie poursuivit son tour d'horizon. Son regard s'arrêta sur Francis au moment où ce dernier reposait le combiné du téléphone.

— La police s'en vient, dit-il.

CHAPITRE 11

LE COMMISSARIAT, PRISE 2

La maisonnée s'éveilla très tôt, ce matin-là. Francis bâilla devant son bol de céréales. Il vida son verre de jus d'orange et alla se brosser les dents, à l'étage. À mi-chemin dans l'escalier, la voix de sa tante lui parvint, étouffée. Elle priait, psalmodiait plutôt, dans sa chambre. Il soupira en poursuivant son ascension. Il ferma la porte de la petite salle de bain, trop épuisé pour ironiser sur la futilité de la démarche de Lucie.

La veille – enfin, quelques heures plus tôt –, un policier avait pris sa déposition préliminaire au chalet d'une Sophie pour une fois vraiment dévastée. Aujourd'hui, il devrait se prêter à l'exercice officiel, au poste. Compte tenu du lieu où s'était déroulé le plus récent massacre, et considérant la nature illicite des opérations dans lesquelles devait encore tremper le père de Sophie, on devait sûrement s'assurer en haut lieu que toute l'affaire serait conduite avec la plus stricte efficience. Dans le comté, le Bureau des crimes majeurs de Nottaway partageait les locaux du BRE, le Bureau régional d'enquête, bras policier qui cherchait à coup sûr à coincer le bonhomme depuis belle lurette. Et comme le premier département ne devait pas vouloir nuire au second, voilà qui expliquait peut-être cette soudaine propension à tout traiter dans les règles de l'art. Rien à voir avec la première visite de Francis chez les flics.

Assis sur la lunette froide, la perspective de sa rencontre prévue pour tout à l'heure avec les forces de l'Ordre fit bâiller Francis de plus belle.

Rochon, quel que fût son grade, ne l'inquiétait nullement. Le sergent détective Filiatreault, en revanche, pouvait finir par poser un problème. Geneviève était à la fête, Francis aussi... Il savait qu'il ne devait pas sous-estimer les réactions du père de son amie, même s'il était définitivement hors du coup pour l'enquête, conflit d'intérêts oblige. Ce qui s'était produit la veille risquait d'attiser la flamme filiale déchue de Filiatreault. Le bien-être de sa fille constituait peut-être le seul incitatif suffisamment puissant pour justifier qu'il enfreignît quelques lois dans sa recherche de la Vérité, et nul doute que dans l'esprit du sergent détective, Justice ne serait servie que lorsque Francis reprendrait le chemin de l'asile ou, mieux, de la prison.

À partir de maintenant, il devrait redoubler de prudence.

Il n'eut pas le loisir d'extrapoler plus avant : son oncle l'appelait du rez-de-chaussée. Francis avait parfois tendance à oublier que Réjean était doté de l'usage de la parole. S'il rouspétait contre sa femme, il ne parlait cependant jamais vraiment à son neveu.

— Francis ! Francis !... Téléphone !

De retour dans l'escalier, le neveu constata que les lamentations de sa tante avaient baissé d'un ton. Il ne saisit que quelques bribes de la litanie, quelques mots hors contexte : pécher, purifier, pénitence. La trinité des P, décréta-t-il pour s'en souvenir.

Peut-être croyait-elle qu'il avait forniqué toute la nuit et que c'eût pu être lui, dans la serre, une lance divine plantée entre les omoplates, les yeux crevés... Il se dépêcha de redescendre.

— Allo? fit-il en reprenant le combiné de la main de son oncle, qui lui jeta un drôle de regard avant de battre en retraite au salon.

Francis reporta son attention sur son interlocuteur pour l'instant muet.

— Allo? répéta-t-il sans qu'une once d'impatience ne vienne altérer son timbre égal.

— Salut, Francisss…

Ses yeux devinrent fixes et, durant une fraction de seconde, son masque de détachement menaça de voler en éclats. Pendant ce bref instant, le débit traînant de la voix intoxiquée lui en avait rappelé une autre qu'il gardait soigneusement enfouie au plus profond de sa mémoire.

— Bonjour, monsieur Filiatreault.

Silence. Puis :

— Ouin, c'est moi. J'voulais te… hip… te demander une faveur, dans l'particulier.

— Toujours heureux d'vous rendre service, monsieur Filiatreault.

— … tu m'vouvoyais pas, quand t'étais p'tit.

— J'ai pas été p'tit bien longtemps, comme vous l'savez, monsieur Filiatreault.

— J'sais ben… j'sais ben…

— Vous savez rien, crut bon de corriger Francis.

— Écoute, j't'ai pas appelé pour parler d'ça… du passé…

— Non, en effet. Vous avez un service à m'demander. J'avoue que j'suis curieux d'entendre ça.

— Câliss que tu sonnes fendant…

— Je sais.

Il marqua une pause calculée.

— Geneviève trouve ça elle aussi, des fois, reprit-il malicieusement.

Il sentit Filiatreault se raidir à l'autre bout du fil.

— Laisse-la tranquille, Francis.

Francis fut déçu de la requête, du ton surtout, presque suppliant. Avait-il en fin de compte surestimé le père de Geneviève ?

— S'il te plaît, Francis, laisse-la tranquille. S'il te plaît, mon gars. S'il te plaît…

Une seule personne avait eu le droit de l'appeler ainsi, brièvement. Une seule.

— Je – ne – suis – pas – vot' – gars !

Francis raccrocha violemment. Debout au milieu de l'escalier, sa tante le fixait d'un œil dont il n'aurait su dire s'il était inquiet ou triste. Les deux, décida Francis en se recomposant une mine impénétrable.

◆

En entrant dans la salle d'interrogatoire située un peu plus avant dans le poste, il ne put que constater combien elle était plus spacieuse que celle, près de la réception, qu'il avait visitée fin août. À l'instar de la superficie de la pièce, l'atmosphère était également moins étouffante.

En arrivant sur place, il avait assuré à son oncle et à sa tante qu'il ne servait à rien de l'attendre, qu'il les appellerait quand ce serait terminé. Il prévoyait être inutilement, ou plutôt arbitrairement, cuisiné pendant un bout de temps. Mais il était serein. Ils n'avaient rien contre lui. Preuve indiscutable de son état d'esprit paisible, Éric ne s'était pas manifesté.

Comme il ne pouvait pas vraiment expliquer à Lucie pourquoi on risquait de l'accaparer un moment sans risquer de déclencher chez elle une crise de nerfs, Francis avait finalement renoncé à la dissuader de patienter sur place. Quant à Réjean… Disons simplement que Réjean avait fait ce que Lucie avait décidé. Bien qu'inutile, la présence du premier avait pourtant été réclamée par la seconde, qui jugeait essentiel qu'ils soient tous les deux là pour « soutenir » leur filleul.

Et l'oncle de Francis avait acquiescé sans broncher. Quel mollasson il faisait, celui-là !

Quand il prit place en face du sergent détective Rochon, Francis s'aperçut rapidement que la donne semblait avoir changé de façon radicale depuis la dernière fois. Apparemment décidé à faire mentir ses pronostics les plus conservateurs, Rochon se contenta de lui tendre les pages où il avait consigné le témoignage donné la veille par Francis. Qui relut le tout et, ne trouvant rien à redire, signa sa déposition, étonné mais content.

— Accordez-vous tant de crédit que ça au témoignage d'la fille qui pense avoir vu Pascal Jutra ? Karine, c'est ça ?

— On discute pas des détails d'une enquête, lâcha Rochon d'un ton morose. Sauf si c'est pertinent par rapport au témoignage du témoin.

— On sait jamais, fit Francis, j'pourrais m'souvenir d'autre chose si vous consentiez à m'informer de détails pertinents, comme vous dites. Allez... J'ai bien vu les photos du cadavre de Jonathan Pilon. Et votre supérieur arrête pas de m'appeler « mon gars ». C'est comme si j'faisais partie d'la famille.

— Le sergent détective Filiatreault est pas mon supérieur, ne put s'empêcher de préciser Rochon. On a l'même grade. Moi, je suis du Bureau des crimes majeurs, à Nottaway. Une enquête comme ça peut pas être traitée au local. Et j'suis pas certain d'comprendre où tu t'en vas en me disant tout ça.

— Vous comprenez très bien. Vous m'avez donné des détails avant... enfin, votre *collègue* l'a fait lors d'un interrogatoire frôlant l'illégalité. Le sergent détective Filiatreault n'aurait pas dû se trouver dans la salle d'interrogatoire avec moi. Il vous a pris de vitesse. Il a voulu se mêler de votre enquête parce qu'il considère encore que c'est la sienne. Pas certain que de couvrir ce genre d'ingérence soit une bonne idée, mais ça vous regarde. C'est votre enquête, après tout. C'est bien votre enquête ?

Francis marqua une pause, jaugeant son vis-à-vis. Les pointes des oreilles de Rochon se coloraient de nouveau.

— Évidemment, poursuivit Francis, j'pourrais essayer de m'informer autrement... à votre supérieur, pourquoi pas. Vous devez bien en avoir un ! Il en saurait peut-être plus que vous ? Ou peut-être que c'est moi qui pourrais lui en apprendre ? J'vous ai dit que j'ai une très bonne mémoire visuelle ? J'pourrais vous décrire les photos de Jonathan Pilon dans l'détail, là, tout de suite. Pas la scène de crime elle-même puisque, après tout, je ne l'ai pas vue, mais les clichés réalisés sur place qui se sont malencontreusement retrouvés entre mes mains : les angles, les nuances de gris, le cadrage, la composition. À vous... ou à n'importe qui d'autre, tant qu'à ça. N'importe qui qui est prêt à écouter. Aux Affaires internes, pourquoi pas ?

Le sergent détective Rochon lui rappela brièvement le directeur, monsieur Genest, après que Francis l'eût mis K.O. à la rentrée. L'impression se dissipa toutefois quand l'officier reprit la parole d'une voix plus agressive que désemparée.

— On recherche toujours Pascal Jutra, mais vivant. C'est not' suspect numéro un pour les meurtres de Kim Joyal et de Jean-Michel Plouffe. Ces meurtres-là présentent des grosses similitudes avec celui de Jonathan Pilon...

Vrai.

— ... que Jutra a lui-même confessé dans une note jugée trop tôt posthume.

Pas vrai.

Décidément, la jeune fille hystérique – on l'eût été à moins – de la fête s'était montrée très persuasive. Non contente de voir dans ces nouveaux meurtres l'acte sadique de Pascal, elle affirmait maintenant l'avoir vu les observer par la fenêtre du salon. Le pouvoir de suggestion s'était chargé du reste et au moins trois autres personnes prétendaient avoir elles aussi aperçu le présumé disparu. L'un de ces nouveaux témoins avait même poussé la soif morbide d'attention jusqu'à déclarer l'avoir entrevu *dans le salon*, parmi les convives enivrés, à un moment de la soirée.

Francis n'avait donc rien à apprendre aux autorités qu'elles ne savaient déjà et, par un heureux hasard, Dominic et lui se servaient mutuellement d'alibi avant « la macabre découverte », pour reprendre la formule consacrée. Qui plus est, comme Dominic avait patienté un long moment devant la porte close, il avait tenu pour acquis que Francis se trouvait dans la salle de bain tout du long, et donc pendant que les assassinats étaient perpétrés. De son côté, Sophie avait gracieusement précisé qu'elle n'avait pas vu Francis quitter le salon auparavant. Dès lors, même la pire des mauvaises volontés n'aurait pu parvenir à le remettre sur une hypothétique liste de suspects.

Avant de quitter Rochon plus tôt qu'il ne l'avait anticipé, Francis, encore mal réveillé, crut tout de même pertinent de préciser un détail, privant au passage le policier de pousser un prévisible soupir de soulagement à la perspective de ne plus revoir cet adolescent peut-être pas homicide, mais certainement un peu déséquilibré. Oui, l'attitude de ce flic-là donnait à lire les mêmes informations que Francis recueillait sur les visages d'à peu près tous ses interlocuteurs. Abrégeons ses souffrances, pensa-t-il en ajoutant sa modeste contribution à l'enquête.

— En sortant des toilettes, chez Sophie, j'ai croisé Johanne. Johanne Laure, son amie et… et celle de Kim. Elle arrivait de l'extérieur, mais par la porte de devant… Les toilettes sont sur le côté, vous vous souvenez ? Elle avait l'air, je sais pas…

Francis tergiversa durant quelques secondes soigneusement calibrées devant un Rochon qui ne cherchait pas à dissimuler sa curiosité.

— ... perturbée, dit finalement Francis d'un air pénétré.

— Merci, dit le policier en notant l'information au bas de la dernière page de la déposition de Francis.

Il la lui tendit et Francis y apposa à nouveau sa signature.

— Vous voyez, dit-il, comme des détails peuvent nous revenir...

— Bonne journée, lâcha Rochon d'un ton qui était tout sauf jovial.

Dans la petite salle d'attente, les conversations allaient bon train. Francis se demanda jusqu'à quel point un témoignage pouvait ainsi se voir inconsciemment altéré, à l'insu du témoin lui-même.

Il dépassa le comptoir de la réception et, alors qu'il s'apprêtait à quitter les lieux, un échange en apparence banal entre deux étudiantes de quatrième secondaire attira son attention. Il se pencha en faisant mine d'attacher son lacet.

— ... pis c'est là qu'Sophie est sortie dehors pis qu'elle a dit à Johanne d'en r'venir, que c'est elle que Jonathan avait tout l'temps aimée, même quand y sortait avec Johanne ! T'aurais dû y voir la face, pauvre fille...

— Pis c'est Kim qui aurait dit à Sophie qu'Johanne était en maudit ?

— Oui, c'est ça qu'Sophie a dit à Johanne. Tu comprends, moi, j'me sus faite toute p'tite derrière mon arbre. J'étais juste sortie en fumer une...

— Pourquoi tu fumais pas en d'dans, comme les autres ?

— J'veux pas qu'quèqu'un l'dise à ma mère ! 'Est assez folle, la criss.

— T'es conne ! Elle doit ben l'savoir : tu sens l'cendrier à plein nez !

— Tellement pas ! T'es ben vache !

Francis se redressa puis quitta le bâtiment sévère. Malgré le reflet du jour dans le pare-brise, il vit nettement sa tante se redresser dans la voiture dès qu'elle l'aperçut.

◆

Il monta deux à deux les marches de béton du large escalier de la bibliothèque municipale. Derrière lui, son oncle et sa tante s'éloignèrent dans le ronronnement rassurant d'un moteur de l'année, à coup sûr la musique préférée de Réjean.

Francis avait une fois de plus insisté pour qu'ils ne l'attendent pas, cette fois avec plus de conviction. Il voulait prendre son temps, et du temps, il en avait, sa visite au poste ayant été plus succincte que prévu.

C'est donc à la bibliothèque municipale qu'il avait ensuite choisi de se rendre. Il n'y avait pas mis les pieds depuis son retour, car il ne s'y sentait pas prêt, à son grand étonnement. Certains de ses plus beaux souvenirs étaient pourtant liés au bâtiment de pierre grise ; certains de ses plus beaux, oui, et quelques-uns de ses pires, coupables malgré eux par association.

Il tira la lourde porte renforcée et pénétra dans ces lieux qui, à première vue du moins, étaient demeurés les mêmes malgré le passage du temps. Le plancher de *terrazzo*, les murs de béton peints en beige et brun, l'escalier intérieur pourvu d'une rampe en fer forgé qui menait à la bibliothèque elle-même. Oui, tout était là. Francis sourit, déjà ravi à l'idée de revoir Madeleine, la bibliothécaire.

Arrivé en haut des marches, il ne put cacher sa déception. Là, tout avait été rénové. La cloison, jadis fermée, était à présent complètement vitrée ; le comptoir de prêts en bois massif avait été remplacé par une surface en mélamine d'un gris sans âme. Les murs étaient à l'avenant, tantôt bleu pastel, tantôt vert hôpital. Et aucune trace de Madeleine, la grosse bibliothécaire qui dégotait toujours pour Francis *le* roman idéal, comme si elle lisait son humeur du moment. À sa place se tenait un homme grassouillet d'une trentaine d'années, le cheveu ras, clairsemé, et qui remplissait d'un air affairé quelque document posé devant lui.

Francis le trouva tout de suite antipathique.

— Bonjour, dit-il en entrant.

— Bonjour, fit l'homme sans lever les yeux.

— Madeleine est-elle dans les parages ?

Le bibliothécaire consentit à abandonner un instant son formulaire, le nouvel usager ayant formulé une question concise dans un français irréprochable, deux prérequis à un service courtois de base. Toute fioriture, tel un sourire, venait toutefois en option.

— Madeleine est décédée il y a deux ans. Le cœur. Vous la connaissiez ? demanda-t-il de ce ton dont Francis ne savait pas encore s'il était hautain ou juste constipé.

— C'était une amie, dit-il simplement. Une bonne amie.

Il gagna les rayonnages sans un regard de plus pour l'homme peu amène.

Il déambulait depuis un moment, comme s'il errait sans but, quand il s'arrêta net. Il s'accroupit devant un rayon et passa un doigt inquisiteur le long des dos reliés. Il sentait le grain serré de la toile sous son index.

Il retira deux épais cahiers presque identiques du lot et alla s'installer dans un des fauteuils mis à la disposition des usagers. Il ouvrit l'un des albums, le parcourut rapidement puis entreprit de feuilleter le second.

Ses yeux se posèrent bientôt sur un visage qu'il fut surpris de trouver fort semblable au sien. Son père. « Promis à un brillant avenir dans les sports et digne successeur de Casanova, il ne se fait pas prier pour taquiner ses amis et faire la fête... » Pour sûr, convint Francis, il ne se faisait pas prier pour faire la fête. Il relut le court texte et continua de feuilleter les pages écornées sur lesquelles il repéra plusieurs visages reconnaissables malgré leur vieillissement subséquent. Ils avaient de ces *looks*...

Il s'arrêta sur la photo de groupe qui concluait l'album. Son père était accroupi au centre et tenait avec un autre élève baraqué une grande plaque de bois gravée de caractères dorés. *Promotion de 1969-1970*, pouvait-on y lire. Son père semblait effectivement promis à un brillant avenir avec son regard frondeur et son sourire conquérant. La vie en avait décidé autrement... avec un bon coup de pouce du principal intéressé.

Francis eut de la difficulté à détacher ses yeux de la photo. Quand enfin il parvint à se ressaisir, il s'apprêta à refermer l'album mais se ravisa au dernier moment. Après un second examen, son regard s'anima d'une lueur intriguée puis s'éclaira.

Il se leva sans bruit, rangea les deux cahiers reliés et se dirigea vers la sortie en faisant halte au comptoir de prêts.

— Puis-je utiliser votre téléphone, s'il vous plaît ?

— C'est pour un appel local, j'espère, remarqua le fonctionnaire municipal en poussant l'appareil vers Francis, le tout sans lever les yeux de son écran d'ordinateur.

Toute la ville était informatisée, maintenant. Ce constat, étrangement, attrista un peu Francis.

— Geneviève? Oui, c'est moi. Es-tu occupée?…
J'aurais besoin d'faire une course. Ça implique un…
trajet. C'est en plein ça: j'ai pas envie d'marcher.
Génial. Non, non, j'suis à la bibliothèque… OK. Merci
beaucoup, j't'attends.

La voiture de Geneviève s'arrêta devant le bâtiment quatre minutes plus tard, chrono en main. Son
amie semblait ravie de se changer les idées après les
émotions de la veille.

— Merci, dit Francis en s'asseyant du côté passager.
J'savais pas si tu serais en état de…

— Ça va. C'était juste une faiblesse. Je l'sais
qu'Pascal est mort. Pis j'suis toujours certaine que
c'est pas lui qui a tué Jonathan pis qu'il s'est pas suicidé après, pis encore plus qu'y a rien à voir avec
Kim pis Jean-Michel, hier. Ça tient juste pas deboute.
Faut ben être une police pour pas s'en rendre compte.

Elle soupira en accélérant.

— Mais à part ça, ça va super bien, reprit-elle en
appuyant sur le sarcasme. Ma mère se repose. Elle a
fini d'travailler à quatre heures à matin, mais avec
c'qui est arrivé hier, on n'a pas vraiment dormi.

Elle faillit ajouter autre chose mais se tut.

— Qu'est-ce que t'allais dire, Ge?

— Que j'suis inquiète pour Dominic. Y fait l'*tough*,
mais j'pense qu'y capote sérieusement, avec l'histoire
de Pascal. J'veux dire encore plus que moi. Dominic,
y dit pas grand-chose, mais je l'ai déjà vu devenir
intense…

— Et Isabelle? Ils ont quand même l'air proches?

— Rien d'sentimental. Isa, 'est tellement belle qu'elle
aurait juste à s'pencher pour cueillir les gars, mais on
dirait qu'ça l'intéresse pas. C'est plate à dire mais…

— Mais quoi?

— Ben, j'me rends compte que c'est beaucoup
Pascal qui nous gardait ensemble. Je sais pas… j'ai

comme le feeling qu'on va s'perdre de vue, astheure.
Ça change toute, une affaire de même…

Elle se tut, réfléchissant à cette appréhension qu'elle
venait d'énoncer sans l'avoir consciemment cogitée.
Son regard parut s'éloigner, très loin, ou très proche,
mais dans une réalité parallèle. Une réalité, peut-être,
où Pascal aurait en ce moment été à côté d'elle à la
place de Francis. Peut-être…

— Faudrait que j'dorme, dit-elle soudain. Chu juste
pas capable, on dirait. J'arrête pas d'voir Pascal…
C'est pas lui, Francis, j'te l'jure. C'est pas Pascal. Pis
non, j'prendrai pas d'pilules.

— J'sais qu'ça changera rien pour les policiers, dit
Francis sans relever le dernier commentaire, mais
moi aussi, j'trouve ça tiré par les cheveux, l'hypothèse
de Pascal en tueur psychopathe.

Elle lui lança un regard de côté, soulagée de voir
qu'elle n'était pas seule à douter du bien-fondé de
cette piste trop évidente. Trop évidente, oui, et cousue
de fil blanc.

— Toi, tu sais quèqu'chose, dit-elle en reportant
son attention sur la rue déserte en plein samedi après-
midi.

— Je sais plein d'choses, corrigea Francis en demeurant évasif.

— Pis tu m'diras rien, fit Geneviève, déjà résignée.
Mais tu penses pas qu'Pascal est… était un maniaque.
J'vas m'contenter de t'ça.

Il se réjouit de voir qu'elle commençait au moins
à admettre que Pascal était probablement mort.

— Pis c'est quoi, ta fameuse commission? s'enquit-
elle. Ça, t'auras pas l'choix d'me l'dire, pis j'te signale qu'on est à' veille de sortir d'la ville.

— C'est parfait, dit-il. On va au cimetière municipal.

Elle arrêta la voiture aussi sec et coupa le contact
en se tournant vers lui.

— T'es pas drôle, Francis, dit-elle en s'empourprant légèrement.

— J'essaie pas de l'être. J'veux vraiment aller au cimetière. J'ai quelque chose à y faire.

Elle soupira en redémarrant. Les maisons commencèrent bientôt à s'espacer, suivies de champs en friche dont les herbes dorées seraient très bientôt la proie des matinées givrées.

À environ cinq kilomètres, juste avant les limites nord-ouest de la ville, une haute futaie créait une ligne de démarcation au-delà de laquelle les champs devenaient pelouses entretenues, lesquelles accueillaient toute une variété de monuments funéraires. Le cimetière municipal avait pris le relai au tournant des années 1970 quand l'autre, celui situé près de l'ancien quartier de Francis, avait affiché complet. Limité d'un côté par la rivière, de l'autre, par la route, et, derrière, par le chemin de fer et un terrain privé, ce site-là ne présentait aucune possibilité d'expansion. Le nouveau, aménagé sur une ancienne terre agricole, pourrait éventuellement déborder dans toutes les directions, au besoin, sans occasionner de maux de tête à la municipalité.

Un petit chemin asphalté était dissimulé par les grands arbres. Il remontait jusqu'au fond de l'immense terrain jalousement préservé. Geneviève s'y engagea.

— J'reste dans l'char, prévint-elle.

— Mais j'y compte bien, répliqua Francis en ouvrant sa portière. Et si tu vois un grand maigre au teint blanchâtre qui s'approche en titubant, tu l'laisses surtout pas t'mordre[3].

Elle l'observa une seconde, le regard pénétrant, avant de trancher.

— J'te dis ça juss parce que t'es mon ami, Francis : t'es *fucking weird*.

---

[3]   Allusion au film *La Nuit des morts-vivants*, de George A. Romero.

Il s'éloigna en souriant et emprunta le portail latéral en cherchant du regard la guérite du gardien, qu'il repéra sans peine. Il gagna le petit bâtiment en jetant un coup d'œil au lieu, ironiquement sans âme. Tout semblait récent, trop récent. Les pierres tombales se ressemblaient toutes. Les fioritures qui stigmatisaient leur marbre finissaient par se confondre.

Il frappa deux coups secs. Un vieil homme lui ouvrit.

— C'est pour qui ? demanda-t-il d'une voix rocailleuse.

Francis remarqua, mais sentit d'abord, un cigare posé en équilibre sur le coin d'une petite table de métal.

— Je viens voir Madeleine…

Il réalisa soudain qu'il ne connaissait même pas le nom de famille de celle qui lui avait, par ses bons conseils, procuré tant de moments de joie.

— Madeleine… la bibliothécaire, hasarda Francis d'un air piteux.

Le visage de l'homme s'éclaira.

— Madelcine Arbour, dit-il. Une gentille femme, la Madeleine. Beaucoup d'monde aux funérailles. Beaucoup d'monde. T'es un p'tit qui, toi ?

— Francis. Content d'savoir qu'elle était appréciée, enchaîna-t-il rapidement. Vous la connaissiez bien ?

— Madeleine ? Tout l'monde la connaissait. En tout cas, toutes ceuzes qu'aimaient à lire. Moé, j'ai toujours aimé ça. Avec ma job, j'ai l'temps en masse. C'est pas mes locataires qui m'dérangent, hé, hé, hé… 'Était ben fine, la Madeleine. Elle pouvait avoir l'air *stiff*, la première fois, mais c'était une pince-sans-rire. 'Était capable de ricaner.

Il regagna sa table, se ficha le cigare entre les dents et saisit un grand registre qu'il consulta attentivement en souriant au souvenir de quelque anecdote mettant en vedette la défunte.

— Y veulent me sacrer une de leurs machines ici d'dans. Un d'leurs ordinateurs. Avant qu'ça rentre icitte, c'te damnée invention pas comprenable ! J'ai toute c'qui faut icitte, ben consigné. Ça fait des siècles que ça marche ben d'même ! Madeleine… Madeleine… Madeleine Arbour, 23 juillet 1992, concession J24. Tu suis l'allée centrale jusqu'à' rangée J, c't'à gauche.

— Merci.

Francis tourna les talons avant que le gardien ne se mette de nouveau à vouloir bavarder.

La dernière demeure de Madeleine avait bien modeste allure. Intimidante Madeleine, mais gentille Madeleine…

La brise se leva et dissipa momentanément les nuages. Francis releva la tête en laissant le vent sécher les larmes dont il ne savait plus au juste pour qui, ou pour quoi, elles coulaient.

— J'ai vu sa tombe, annonça Geneviève derrière lui. Celle d'Éric. J'étais jamais revenue.

Elle demeura silencieuse quelques secondes. Il l'entendit renifler discrètement ; le son fut suivi d'un léger froissement. Elle devait s'essuyer les yeux avec sa manche. Ses yeux à lui étaient à présent secs, clos, mais bien conscients de la présence silencieuse d'Éric, tout autour.

— Francis ? dit Geneviève.

Il ne se retourna pas tout de suite. Le soleil de fin d'après-midi qui frappait presque à l'horizontale les pierres tombales créait l'illusion d'une multitude de doigts noirs s'étirant vers la route, vers eux.

— Savais-tu qu'on peut être mort sans l'être ? souffla-t-il, le visage toujours exposé à la brise.

◆

Sissy Spacek allait recevoir le seau de sang de cochon sur la tête quand on frappa à la porte de la chambre. Geneviève sursauta violemment tandis que Francis, riant de la nervosité de son amie, figeait le gros plan du rictus sensuel de Nancy Allen.

— Entre, ma tante, dit-il.

— Excusez-moi d'vous déranger, les tourtereaux, dit Lucie en ouvrant la porte. J'voulais juste savoir si tu restes à souper avec nous autres, ma belle Geneviève.

Cette dernière consulta le radio-réveil du regard, puis Francis. Il haussa les épaules en lui laissant toute latitude.

— J'fais mon fameux pâté chinois, fit Lucie en dodelinant de la tête.

— Son pâté chinois est assez dur à battre, l'informa Francis le plus sérieusement du monde.

— Merci, Lucie, dit Geneviève. C'est sûr que j'vas rester, dans c'cas-là. C'est ben gentil d'm'inviter.

— Bon, parfait, se réjouit la femme en détaillant la pièce.

Francis et Geneviève étaient avachis sur le sol moquetté, au pied du lit, encore à bonne distance de la commode où trônait la télé. La chambre était spacieuse. Le neveu n'avait absolument rien changé à la disposition des meubles. Il n'avait collé aucune affiche sur les murs. Les seuls témoins de sa présence étaient la multitude de crayons qui jonchaient son bureau de travail ainsi que le téléviseur et le magnétoscope qu'il avait exhumés du fourbi au sous-sol. Et le calendrier, bien sûr, qu'il marquait comme l'aurait fait un prisonnier en attente de libération, ce qu'il était, d'une certaine manière.

— Qu'est-ce que vous écoutez? s'enquit Lucie en fronçant les sourcils à la vue de la bouche en très gros plan.

— *Carrie*, dit Francis. On descend dans une quinzaine de minutes. Merci, ma tante.

Elle referma doucement la porte sans s'imposer plus longtemps.

— 'Est quand même gentille, ta matante, dit Geneviève.

— Oui. Gentille…

Il appuya sur le bouton *play* de la télécommande qu'il avait fini par retrouver et les cordes de Pino Donaggio vibrèrent de plus belle.

…*mais elle est*… fucking *bizarre, des fois.*

◆

Geneviève les quitta vers vingt heures. Francis rejoignit aussitôt ses quartiers en laissant à son oncle et à sa tante tout loisir de se tirer la gueule.

D'aucuns auraient pu sympathiser avec le premier, captif d'un mariage sans amour avec une catho culpabilisante, *control freak* et frigide de surcroît – Francis n'avait pas manqué d'entendre du couloir les refus étouffés, et répétés, de sa tante.

Oui, Réjean était à plaindre. Mais comme Réjean était un mollusque buvant plus qu'il n'était humainement possible de supporter, qu'il était incapable de formuler un remerciement et que, la plupart du temps, il ignorait tout bonnement sa femme, on aurait tout aussi bien pu lui abandonner l'odieux de la situation. Une chose était certaine, ils ne divorceraient pas. Sa tante refuserait, non pour préserver les apparences, jadis le moteur même de son existence, mais par conviction religieuse, tout bonnement. De la sincérité de la ferveur retrouvée de Lucie, Francis ne doutait absolument pas.

Il ferma sa porte en s'y adossant, songeur. Le souper avait été agréable du simple fait de la présence de Geneviève. Elle détendait l'atmosphère sans même y travailler. Lucie l'avait couvée d'un regard bienveillant pendant tout le repas, incapable de l'appeler par son prénom sans le précéder de « ma belle ». Réjean s'était pour sa part montré civilisé, même si l'excitation de la nouveauté semblait l'avoir déjà déserté.

Francis, lui, n'arrivait qu'à les rendre nerveux, ou mal à l'aise.

Il rembobina la vidéocassette et jeta un coup d'œil à ses croquis. Il n'avait pas envie de dessiner. Non, pas un autre film... Il savait très bien de quoi il avait envie, mais c'était pour l'heure impossible. Il devait encore attendre. Une lettre ?

Après avoir tiré la boîte de sous son lit, Francis la posa sur la couette et entreprit d'en extraire quelques missives inédites. Geneviève en était à la fin de la troisième secondaire. Son béguin pour Pascal était un peu plus discernable. C'étaient toutefois les élans de mélancolie et de rancœur de l'adolescente qui frappaient l'imaginaire avec le plus de vivacité.

... Mais mes histoires de notes, c'est pas très grave. Est-ce que tu étudies dans ton centre ? J'espère que tu vas bien. Ben, que tu vas de mieux en mieux, genre. Moi, ça reste pas mal pareil. Des fois j'ai l'impression que j'ai rien d'intéressant à raconter. Mais je continue, une lettre par semaine, parce que je te l'ai promis, même si tu le sais pas. Hier, Sophie a fait pleurer une fille de secondaire deux qui avait osé lui demander si elle pouvait s'asseoir à leur table, à la cafétéria. Je sais pas ce qu'elle lui a dit, j'étais trop loin, mais la jeune est partie en courant la face toute rouge comme si elle venait de faire pipi dans ses culottes. Pis eux autres qui riaient ! Mais pas Sophie. Elle, elle a juste regardé la fille s'en aller. Elle avait cette espèce de sourire... T'imagine comment que j'ai tout de suite repensé à Sylvie, en deuxième année. Je suis capable

*de faire la part des choses, mais dans ma
tête, c'est Sophie Malo la vraie coupable en
ce qui concerne Sylvie. Dans ma tête, c'est
elle qui l'a tuée. J'aimerais tellement ça
être capable de juste la confronter. De l'envoyer chier pis de lui enlever son maudit
sourire. Je voudrais juste... qu'elle dispa-
raisse, elle pis sa criss de face à fesser
dedans. Mais je fais rien. J'ai pas le gutts.
Avant, je l'avais. Ou en tout cas, j'étais
capable de faire comme si. Ça c'était
quand t'étais là. Mais t'es pu là pis moi la
chicken, je me contente d'hair la princesse
vidange en silence...*

Francis posa la lettre sur le couvre-lit. Confortablement étendu, il croisa les mains derrière sa tête,
pensif. La responsabilité criminelle et l'imputabilité :
deux sujets avec lesquels il avait eu le loisir de se
familiariser. Geneviève n'avait pas tort, comme il s'était
d'ailleurs fait la réflexion à la rentrée à l'évocation
du souvenir de Sylvie et de son trop court passage
parmi eux. Oui, son opinion sur la question demeurait
la même : si son propre père était bel et bien celui qui
avait enlevé la vie à l'amie de Geneviève, c'était avant
tout les mots de Sophie qui avaient poussé l'enfant à
fuir vers sa perte. Mais ça, aucun tribunal ne s'y inté-
resserait. Aucun tribunal traditionnel, en tout cas.

Au fond, c'était ironique que Sophie vît à présent
en Francis une sorte de star à laquelle il convenait de
s'acoquiner. Les « affaires en commun » auxquelles
elle avait fait allusion n'étaient pas celles qu'elle
croyait. Popularité, supériorité : telles étaient les prin-
cipales préoccupations de la belle. Celles de Francis
étaient tout autres. La seule similitude qu'ils partageaient peut-être, à son avis, était celle, peu enviable,
de souvent avoir une main sur la Faucheuse quand
celle-ci frappait. Si Francis avait appris à composer

avec cette réalité, il n'en tirait en revanche aucune fierté.

Il poussa un profond soupir, un peu étonné de s'être laissé piéger à ressasser ces vieilles histoires. Déjà que certains ici, dont le père de Geneviève, semblaient décidés à les remettre au goût du jour... S'il fallait en plus que Francis leur facilite la tâche !

Il eut un regard vaguement courroucé pour la lettre qui reposait près de lui et la fourra sèchement dans la boîte. Il se redressa avec lassitude, replaça le couvercle sur la boîte puis la rangea sous le lit. Après avoir considéré à nouveau sa table à dessin, il se laissa choir dans un grincement de ressorts. Il ferma les yeux, désireux de dériver vers des contrées plus hospitalières, plus... plus n'importe comment, pour peu qu'elles fussent différentes. Juste différentes.

On frappa doucement. Il n'avait pas entendu sa tante monter l'escalier... quoique, pendant quelques secondes, il n'avait tout simplement plus été là, mentalement. Il se leva et ouvrit, déjà las à l'idée de devoir socialiser avec elle.

— J'te dérange ? demanda-t-elle d'une voix vulnérable qui lui en rappela une autre, encore plus douce.

— Non, mentit-il. Entre.

Il se rassit sur le coin du lit, encourageant du regard sa tante à parler. Elle hésita une seconde puis vint s'asseoir à côté de lui. Il n'en demandait pas tant.

— Ton amie est toujours la bienvenue, commença-t-elle. Tes autres amis aussi...

— C'est qu'il y en a pas encore beaucoup, ma tante. J'arrive à peine.

— Mais... mais c'est chez vous, ici. C'est tes amis ; vous êtes allés à la p'tite école ensemble...

— J'ai été absent sept ans, ma tante. Autant dire que j'ai été parti toute une vie. J'les connais pas, ces gens-là.

Et j'ressens aucune envie pressante d'y remédier.

— Est-ce que…

Elle semblait craindre la réponse à sa question. Elle inspira profondément.

— Est-ce que c'est d'même que tu t'sens ici ? J'veux dire… avec nous autres ?

Elle avait parlé vite en essayant d'avoir l'air dégagé. Pauvre Lucie, pensa-t-il.

— Non, mentit encore Francis. J'suis bien avec vous deux. C'est gentil de m'accueillir, de faire tout ça. J'aurais pu m'retrouver en famille d'accueil, autrement.

— Pis ton… ton autre famille ?

— Le frère de mon père ? Il est à Montréal. J'le connais pas. Mon père lui parlait pas. J'aurais pas ma place là-bas de toute façon. J'arriverais probablement juste à mettre le trouble. C'est tout c'que j'sais faire, on dirait.

— Parle pas comme ça, dit sa tante sévèrement.

Francis sourit faiblement.

— Si y a une chose que j'ai apprise au Centre, ma tante, c'est qu'le recours à la pensée magique, c'est un réflexe bien hasardeux. C'est pas parce qu'on occulte un élément de l'existence qui nous fait peur qu'il va disparaître. C'est même le contraire qui s'produit ; il finit par enfler jusqu'à prendre toute la place, jusqu'à c'qu'on puisse plus nier sa réalité. J'sais de quoi j'parle, ma tante.

Et j'devrais peut-être même en prendre de la graine…

Le visage prématurément vieilli de Lucie trahissait une incompréhension angoissée.

— Qu'est-ce que t'essaies de dire, Francis ? Je… Des fois, tu parles comme un jeune de ton âge, comme avec la belle Geneviève, mais d'autres fois, comme là, tu parles… même pas comme un adulte, mais comme un médecin. Comme un d'tes psychiatres.

— Pédopsychiatres. J'en ai vu toute une brochette avant que l'docteur Barbeau me prenne en charge. Ça t'fait peur, les psychiatres, ma tante ?

Elle releva vivement la tête, comme surprise qu'il ait pu penser une telle chose.

— J'ai faite une dépression, t'sais.

Cette déclaration fut suivie d'un long regard entendu, comme si sa tante venait de lui démontrer par le détail quelque obscure parenté, autre que filiale, les unissant. J'ai consulté un psy, toi aussi… quelque chose du genre.

Ni l'un ni l'autre ne semblaient prêts à reprendre la parole. Francis demeurait muet parce que peu enthousiaste à la perspective d'une visite privée dans les méandres de la psyché fracturée de sa tante Lucie. Il aimait les films d'horreur, mais pas ceux de ce genre-là. Quant à sa tante, peut-être attendait-elle un signe d'ouverture, de connivence.

Incapable de supporter plus que quelques secondes de quiétude méditative, Lucie rompit le silence la première.

— Ben oui, reprit-elle, j'ai fait une dépression, y a cinq ans. Ta mère… ma p'tite sœur pis moi, on s'est pas toujours très bien entendues, tu l'sais, mais je l'aime, c'est ma famille, comme toi. D'la voir comme ça… d'la voir essayer autant de… de s'tuer, ça m'a vraiment vidée. Je l'sais, c'est pour elle que c'était l'pire, je sais ça, mais j'm'occupais d'elle, tu comprends ? Comme quand on était p'tites filles. D'la voir… dépérir pis s'en aller comme ça, j'avais l'impression qu'c'était d'ma faute, que j'm'en occupais pas assez bien, que j'étais pas assez bonne, pas assez fine… pas assez… Seigneur, pardonnez-moi…

Francis ne savait plus trop si elle avait conscience de sa présence à ses côtés. Elle semblait égarée dans le passé, se repliant légèrement sur elle-même à mesure qu'elle s'enfonçait dans ses souvenirs douloureux. Ses traits étaient tirés et son regard, brumeux.

— Je l'ai perdue, tu comprends? Oui, évidemment qu'tu comprends, j'me mets à ta place... C'que j'essaie de dire, c'est qu'tu peux m'faire confiance. Si tu veux parler, de n'importe quoi... Je voudrais pas t'perdre toi aussi, OK? Je voulais juste que... que tu saches que j'suis là pour toi, toujours. J'laisserai rien d'autre t'arriver, t'as assez souffert de même. C'est mon but, maintenant, tu comprends?

Pour comprendre, il comprenait. Il comprenait que sa tante avait été entraînée dans la tourmente déclenchée par le père de Francis... ou par Francis lui-même, quelle importance? Autre victime collatérale, Lucie avait été gagnée par l'atmosphère glauque et le malheur contagieux à force d'y être exposée, tout simplement. Et elle s'en était sortie, quoique de façon bien relative constatait-il à présent, en redécouvrant Jésus. Grand bien lui fasse, pensa Francis, que ces confidences irritaient comme un scénario pétri de clichés larmoyants. Il ne s'était jamais senti d'affinité avec le mélodrame, à moins bien sûr que Shirley MacLaine en fût. La vénérable actrice avait le flair pour pimenter les sauces les plus sirupeuses : Tendres Passions, Passions Tourmentées... De la guimauve inoffensive, le Centre lui en avait donné à voir, ces dernières années !

Il n'avait pas besoin d'être protégé. L'idée même était absurde. Il avait appris; il avait appris depuis longtemps. Il savait comment tirer avantage de toute situation. Il avait reçu sa formation non officielle de l'un des meilleurs manipulateurs qui fût.

Francis avait été très attentif durant ses longues séances avec le docteur Barbeau. Au début, il refusait de se plier à l'exercice des questions par crainte de laisser entrer le pédopsychiatre trop avant dans son univers intérieur. Et puis un jour, il avait pris conscience des questions, de leur contenu. Quelle information le pédopsychiatre souhaitait-il aller chercher avec telle question ? Pourquoi l'avait-il formulée ainsi ? Pourquoi avoir choisi tel mot plutôt que tel autre ? Francis avait montré une aversion pour telle expression ? Le docteur ne l'avait plus réutilisée. Barbeau s'était donc rendu compte de la réaction que son emploi avait suscitée chez lui. C'était dire qu'il observait Francis de près, qu'il l'examinait. Ses expressions faciales, le ton de sa voix, son non-verbal, tout était analysé.

Alors Francis s'était ouvert. En apparence. Surtout, il avait commencé à faire comme le docteur Barbeau : pas tant à poser des questions, c'eût été louche, mais à observer. Tout, froidement, cliniquement. Il avait eu sept années pour s'exercer. Il avait su qu'il avait atteint son but l'année précédente. Barbeau ne remettait plus en question la validité des confidences de Francis. Le jeune patient avait trouvé la faille de son docteur après trois années d'observation minutieuse : comment il se comportait avec les patients, mais surtout avec le personnel infirmier, administratif, les gens de l'entretien... avec ses confrères.

Le docteur Barbeau était un excellent pédopsychiatre, mais comme beaucoup de gens brillants, il était peu enclin à la remise en question. Le docteur Barbeau était vaniteux. Et Francis avait volontairement tablé sur cette attitude en la légitimant aux yeux du médecin. Ce cas extrêmement complexe – névroses et traumatismes psychiques multiples, désordres phobiques liés à la proximité, méfiance exacerbée, accès de délirium hallucinatoire ponctués d'épisodes sévères d'automutilation, et la liste s'allongeait – avait fini par se clarifier sous les bons soins du docteur Barbeau. Sous les bons soins du très grand docteur Barbeau. Francis n'avait eu qu'à effleurer la question des blessures renvoyant à un sentiment de culpabilité pour lancer le psychiatre sur la piste qui l'amènerait à croire qu'il avait tout compris, qu'il était venu à bout des démons de Francis. Il devait être quasiment triste de voir partir ce dernier, jugeant, à tort ou à raison, qu'il s'agissait là de son plus grand cas en carrière, mais surtout de sa plus éblouissante réussite. Et il y avait fort à parier que le pédopsychiatre soit tenté de rendre public son génie par le truchement d'un livre inspiré du cas de Francis…

En réalité, Barbeau n'avait réussi qu'à prouver la supériorité de son patient. Personne ne savait ce qui se cachait sous le crâne de Francis. Personne. Et c'était très bien ainsi.

— Francis ?

Sa tante le regardait avec une note d'inquiétude dans les yeux. Il sourit : après elle, c'était lui qui était allé se balader du côté du temps jadis. De quelle durée avait cette fois été l'absence mentale ?

— J'vais prendre mes médicaments, dit-il en se levant.

— Oui, approuva sa tante, oublie-les pas. Pis tu vas être dû pour un renouvellement d'prescription bientôt, à ce que je vois.

Elle désignait les deux flacons déjà à moitié vides.

◆

Un manteau de brume relativement opaque recouvrait la Matshi et les pieds de Francis, qui longeait la berge. Il frissonna en accélérant le pas. Il semblait anxieux, presque nerveux, ce qui était très rare. Il regarda par-dessus son épaule à quelques reprises.

Il savait qu'il ne pourrait pas continuer son petit manège indéfiniment, mais pour l'heure, il n'avait d'autre choix. Sa silhouette sombre s'évanouit bientôt dans le paysage nocturne et le brouillard dense.

CHAPITRE 12

SOPHIE AU BAL DU DIABLE

La Commission scolaire du district accorda aux établissements primaires et secondaire de Saint-Clovis une suspension exceptionnelle des cours durant une semaine complète. La petite communauté était, à proprement parler, en état de choc.

Ce double meurtre paraissait encore plus odieux, gratuit. Pascal Jutra avait tué Jonathan Pilon et s'était ensuite suicidé : c'était épouvantable mais accessible, c'est-à-dire que chaque élément était clair et l'équation résultant de leur association était compréhensible ; horrifiante, contre nature, mais exempte d'ambiguïté. C'est l'ambiguïté, ce facteur inconnu, qui terrorisait, qui mettait à cran. Le meurtre de Jonathan par Pascal et surtout la mort trop vite présumée de ce dernier avaient un sens… mais Kim Joyal et Jean-Michel Plouffe ? Pourquoi Kim et Jean-Michel ?

Tous les parents étaient dévastés. Ceux des victimes semblaient inconsolables et les autres, s'ils étaient soulagés, devaient craindre pour leur progéniture. On n'aurait su les en blâmer, puisque les recherches n'avaient à ce jour rien donné. De là à dire que l'enquête piétinait, il n'y avait qu'un pas que la communauté inquiète était prompte à franchir.

Les amoureux défunts furent enterrés le mercredi 12 octobre, après un passage de deux jours au salon funéraire, à cercueil fermé, il allait sans dire.

Le service funèbre fut impressionnant, surtout pour une si petite communauté. Toute la ville, ou presque, s'était déplacée. L'église était pleine à craquer et le parvis affichait lui aussi complet.

Sophie avait prévu une distribution de bougies blanches pour les gens qui devaient demeurer à l'extérieur. Oui, disait-elle à qui voulait l'entendre, elle serait forte. On lui avait enlevé l'amour de sa vie, puis sa meilleure amie et le copain de celle-ci, lui-même un ami très cher... la vie ne serait plus jamais la même, mais il fallait continuer, ne pas se laisser abattre... quelques larmes...

Francis était fasciné de voir à quel point le manque évident de sincérité de la jeune fille passait inaperçu aux yeux de tous. On la plaignait, on la consolait, on ne cessait de louanger son courage, sa force de tempérament... Et tout cela aurait été normal, n'eût été de la nature profonde de Sophie. Francis, lui, connaissait intimement la vraie Sophie, le monstre d'orgueil et de sournoiserie. Elle était pure méchanceté et l'avait toujours été. Il n'était pas dupe de ses grotesques épanchements. Sophie se fichait éperdument de la mort de Jonathan, de Kim et de Jean-Michel. Elle s'offrirait sans peine de nouvelles marionnettes pour meubler le théâtre de boulevard qu'était son existence.

D'un point de vue plus large, la vie scolaire avait été considérablement chamboulée et la vie municipale aussi. Réuni en assemblée extraordinaire, le conseil de ville avait voté à l'unanimité l'instauration d'un couvre-feu. Les patrouilles policières étaient depuis beaucoup plus voyantes. Que de souvenirs, s'était répété Francis en apprenant la nouvelle.

Les élèves, du moins ceux qui n'évoluaient pas dans les mêmes sphères sociales que Kim et Jean-Michel, et il y en avait quand même quelques-uns, craignirent un temps que la grande danse d'Halloween soit compromise. C'était compter sans la roublardise de Sophie.

Bien entendu, la direction l'avait d'abord annulée, décision qui relevait de la décence la plus élémentaire. Mais, une fois de plus, la présidente du conseil étudiant avait prévu le coup. Et son papa était conseiller municipal et de loin l'homme d'affaires – personne ne demandait plus lesquelles – le plus prospère de la ville. Ce que Sophie désirait, Sophie l'obtenait, d'une manière ou d'une autre.

De prime abord, l'attitude de la jeune fille avait de quoi surprendre. Or un examen détaillé de sa situation pouvait en révéler la logique et expliquer nombre de ses comportements.

Sophie était de celles et ceux qui viennent au monde avec un destin préétabli. Chaque étape de son existence était convenue : le premier prix oratoire, la présidence de tel et tel comités, l'histoire d'amour avec le capitaine de l'équipe de hockey (ou d'un sport quelconque, pourvu qu'il s'agît du plus populaire). Le maître mot était « visibilité », et le concept retenu, « continuité ».

Tout était pensé et calculé en fonction du but à atteindre. Par exemple, dès la quatrième année du primaire, il était clair pour tous les autres enfants de sa cohorte que Sophie serait la Reine du Bal à la graduation du secondaire. Cela allait de soi, c'était une évidence. Elle travaillait néanmoins en ce sens en s'assurant que rien ni personne ne viendrait barrer sa route, assombrir son règne. Il en allait ainsi dans la plupart des générations d'élèves, mais Sophie était d'une caste à part. Elle torturait sa Cour pour mieux être crainte ; elle utilisait tous ceux qui pouvaient lui apporter quelque chose... Elle n'avait rien à faire d'être aimée : elle voulait être vénérée. Plus que tout, elle voulait qu'on se souvienne d'elle. À certains égards, ils se ressemblaient, Francis et elle, comme Sophie l'avait elle-même fait remarquer d'ailleurs ; il n'avait pas peur de l'admettre. Lui croyait cependant fermement que le sadisme profond de la seconde les distinguait l'un de l'autre. Ça, et le désir d'adulation de Sophie, duquel Francis était aux antipodes.

Sophie Malo était intelligente et elle savait mieux que quiconque qu'elle n'avait strictement rien à offrir au monde et que ce dernier, tôt ou tard, en aurait autant à son service. Mais ici, dans le cadre scolaire, son autorité était incontestée. C'était sa meilleure garantie pour passer à l'histoire locale, un objectif qui mettait incidemment en exergue son peu d'ambition. Bien sûr, la richesse familiale lui permettrait peut-être de se distinguer l'âge adulte venu, mais il s'agissait déjà d'un pari plus incertain sur lequel une fille comme elle ne pouvait se permettre de tout miser. La fin du secondaire représentait en outre la fin d'un cycle important qu'elle pouvait dominer haut la main.

La plus grande occasion pour ce faire, hormis son couronnement prévisible au Bal des finissants, était la danse d'Halloween. La fête demandait beaucoup de coordination, de direction, de supervision, de décorations, mais surtout, l'événement ferait briller Sophie de tous ses feux : comme elle est travaillante, comme elle est organisée, comme elle est prévoyante, gentille, forte, un exemple à suivre. Et, bien sûr, elle dédierait la fête à ses amis assassinés, avait très tôt anticipé Francis. La danse d'Halloween aurait lieu coûte que coûte. Ce serait une vraie fête des morts. Et celle de Sophie.

Ainsi, quand elle prit la parole devant l'école le lundi 17 octobre, Francis s'appliqua surtout à décoder les expressions faciales de spectateurs choisis puisqu'il avait déjà une idée assez juste de la teneur de l'allocution. Ce qu'un visage en apparence impassible pouvait révéler…

— … et je voudrais dédier la soirée à la mémoire de nos amis disparus trop tôt, déclamait maintenant Sophie sur la petite scène aménagée dans la grande salle de l'école.

Quelques murmures s'élevèrent en protestations timides.

— C'est ce que… c'est c'que Kim aurait voulu, asséna-t-elle en étouffant un sanglot. Elle avait déjà choisi son costume… un ange. Elle va veiller sur nous. Ils vont tous veiller sur nous.

Et vlan! Elle pouvait maintenant enchaîner avec la cuisine: ils n'avaient pas à s'en faire, la Sûreté du Québec avait gentiment accepté – mais les autorités avaient-elles vraiment eu le choix? – de dépêcher trois officiers pour la soirée. Ils s'assureraient que toutes les issues secondaires seraient verrouillées. Deux d'entre eux se posteraient ensuite devant l'entrée principale par mesure de sécurité tandis que le troisième patrouillerait l'école la soirée durant. Et voilà pour ajouter à la protection divine de tout à l'heure! Sophie avait pensé à tout. Murmures impressionnés. Applaudissements.

Elle prenait un plaisir évident à s'adresser à toute l'école. Tous ces yeux braqués sur elle. Elle! Oui, elle prenait son pied, là-haut. Sophie pouvait bien resservir son numéro, Francis reconnut la lueur qui animait à présent les yeux de la présidente, une lueur qu'il connaissait fort bien. Vanité, pensa-t-il en refrénant un sourire carnassier.

◆

Les préparatifs ayant été retardés d'une semaine complète, les deux dernières avaient paru se dérouler en mode accéléré. Sophie s'était affairée (et avait délégué) avec diligence. Et dans l'ombre, Francis guettait.

— Tu vas venir à la danse ce soir, Francis ?

Il poussa ses reliures sur la tablette de métal et referma la porte. Adossée au casier voisin, la poitrine bombée, Sophie le toisait avec insistance, indifférente aux regards intrigués qui fusaient de toutes parts.

— Je devrais ? fit-il en verrouillant son cadenas.

Il ne l'avait pas encore regardée.

— Évidemment qu'tu devrais. J'aimerais ça voir si tu sais t'débrouiller sur la piste de danse… Tu comprends, depuis la mort de Jonathan…

Elle n'hésita pas longtemps à lui révéler le fond de sa pensée, peut-être parce qu'elle savait pertinemment qu'il la connaissait mieux que quiconque pour l'avoir vue de manière prolongée sous son vrai jour, celui que les adultes ne verraient jamais et dont les autres élèves jugeaient plus sûr de s'accommoder.

— On s'racontera pas d'histoires, Francis, reprit-elle plus bas. J'vais être élue Reine du Bal de fin d'année, pis j'aurai besoin d'un partenaire à la hauteur, rendue là. T'as la stature, le look, pis une sorte de… notoriété. Ça pourrait marcher. C'est pas comme une audition, là. Chu pas mal certaine que tu m'décevras pas. Les gars ici sont tellement plates, soupira-t-elle en fermant les yeux.

Lorsqu'elle les rouvrit, elle rencontra le regard de Francis qui la fixait intensément à quelques centimètres à peine des siens. Elle sourit.

— J'vais y penser, dit-il en s'éloignant.

Elle regagna ses quartiers, un air mi-figue, mi-raisin, fort inhabituel pour elle, altérant à peine la beauté indéniable de son visage. Plus loin, Francis se retourna.

Le va-et-vient des élèves parmi les rangées de casiers lui laissait voir, par intermittence, une Sophie plongée dans ses pensées. À ce moment précis, elle n'était pas en représentation. Elle avait été prise de court et ne comprenait pas trop ce qui venait de se produire, ou de ne *pas* se produire. La mécanique bien huilée de son univers venait d'avoir un soubresaut imprévu.

Il la vit ouvrir son casier puis se pencher, l'air intrigué. Un élève lui bloqua la vue une seconde ; Francis étira le cou.

Elle avait retrouvé le sourire. Elle tenait dans sa main droite un petit bout de papier déplié.

◆

Soixante-neuf croix au calendrier et quatre cadavres plus tard, la soirée tant attendue était enfin arrivée. Non que la chose revêtît une grande importance en comparaison, mais Francis fêterait le lendemain ses dix-sept ans.

En ce jour J, les élèves étaient fébriles, les professeurs, sur les dents, et les parents demeurés chez eux, reconnaissants de la présence policière.

Les étudiants de première et deuxième secondaires arrivèrent bien sûr les premiers mais furent nettement plus rares que par les années passées. Impossible pour l'heure de dire s'il en irait de même pour leurs aînés, ceux-ci jugeant impératif de ne pas paraître trop impatients, verbe ayant à cette période de l'existence valeur de commandement divin.

Présent avant tout ce beau monde, le comité organisateur veillait au grain et mettait la dernière touche aux décorations tout en préparant l'accueil où, tueur en fuite oblige, on exercerait un contrôle d'identité à l'arrivée.

Deux dollars l'entrée, c'était le prix. La danse de l'Halloween constituait l'une des plus importantes sources de financement du Bal des finissants, avec la vente de chocolat, bien sûr. Plus la fête promettait d'être spectaculaire, plus les étudiants se pressaient nombreux à la porte avec leurs deux dollars. Plus nombreux les deux dollars dans la caisse égalait un Bal des finissants encore plus mémorable. Ce soir, Sophie jouait son héritage.

Les enseignants s'étaient déplacés spontanément. Habituellement, pour la danse d'Halloween, trois ou quatre d'entre eux avaient la gentillesse de venir bénévolement surveiller les élèves, par opposition à deux seulement aux autres danses mensuelles. Mais ce soir, ils étaient presque tous là, solidaires, concernés… et costumés.

Le prof de mathématiques du deuxième cycle, Yves Lanctôt, faisait exception. Il portait son sempiternel cardigan et son air timoré tout aussi habituel. Mais peut-être s'était-il déguisé en lord anglais désœuvré ?

Solange Sainte-Marie et Chantal Létourneau avaient toutes les deux opté pour la traditionnelle sorcière, à la différence que le costume et le maquillage de l'enseignante d'arts plastiques étaient beaucoup plus recherchés, quoique les fonds de bouteille qui servaient de lunettes à Chantal conféraient une touche presque surréaliste à son accoutrement noir. Elle avait tenté de se faire un maquillage vert, mais au final, on aurait plutôt dit un masque de beauté raté.

Plus loin, un des deux professeurs d'éducation physique paradait en Robin des Bois. Après le succès révisionniste de Kevin Costner trois ans plus tôt, son collant vert faisait sourire. Geneviève avait tenté de convaincre Francis de louer le film en question, mais il avait poliment décliné.

Il détailla le reste du corps professoral sans grand intérêt : une fée obèse, un bûcheron tout aussi ventru, un épouvantail, un vampire… Francis détourna le regard.

Évidemment, la présence policière ne passait pas inaperçue, quoiqu'elle ne détonnait pas vraiment parmi la débauche de costumes. L'envoi de trois hommes en uniforme pour monter la garde conférait en tout cas à la soirée une dimension solennelle inédite. Si certains étaient là pour affirmer leur refus de vivre leur jeunesse dans la peur, la majorité, elle, ne souhaitait que se distraire. Du pain et des jeux.

La soirée avait beau être dédiée aux chers disparus, dans les faits, ceux-ci avaient d'ores et déjà été réduits à des fonctions bassement utilitaires. Preuve de cette triste réalité, ils étaient devenus l'outil de prédilection des gardiennes aux prises avec des enfants trop turbulents. D'ici peu, Pascal Jutra aurait supplanté le Bonhomme Sept Heures, institution vénérable vouée, à Saint-Clo du moins, à une retraite anticipée au royaume du folklore.

Mais tout cela intéressait fort peu Francis, qui avait pour l'heure d'autres chats à fouetter. Il était aux aguets. Il surveillait l'assistance sans trop en avoir l'air. À ses côtés, Mercredi Addams, alias Isabelle, et Freddy Krugger, alias Dominic, discutaient avec animation. Geneviève, dans un costume de poupée de porcelaine démoniaque épatant, se déhanchait sur la piste de danse, où, décidément, elle semblait oublier tous ses ennuis.

Francis avait pour sa part joué de sobriété et s'était déguisé en moine. Sa tante lui avait procuré la soutane marron surmontée d'un large capuchon contre la promesse qu'il en prît grand soin, quoiqu'elle était ces jours-ci d'humeur particulièrement joviale. Le fait que Réjean passait quelques jours à Ottawa pour son travail avait tout à y voir, Francis l'aurait parié. Bref, Lucie s'était fait un plaisir d'accommoder son neveu,

les placards du presbytère regorgeant de ce genre de
bures.

Ce parti pris épuré mais indéniablement sinistre
avait surtout l'avantage de passer inaperçu parmi le
déploiement de couleurs qu'affichaient les autres
costumes.

Dès les premières mesures de guitare, un frisson
presque palpable parcourut l'assistance. La voix
éraillée mais puissante de la chanteuse des 4 Non
Blondes s'éleva bientôt. Isabelle apprit à Francis
qu'il s'agissait de *What's Up ?*, méga-hit de l'année
précédente. Quand, plus tard, *Smells Like Teen Spirit*,
de Nirvana, enflamma les élèves au point d'inquiéter
les enseignants, Dominic siffla spontanément de sa
main non parée de fausses lames. Ce deuil-là aussi
avait été digéré.

Que de choses Francis avait manquées, que de
choses... Puis ce fut le tour de *Runaway Train*, de
Soul Asylum, et il se demanda si la planète Rock, à
l'instar de sa tante, avait souffert de dépression en
son absence. Passez « Go » et tirez-vous une balle.

Les autres dansaient avec ferveur. Ils riaient, criaient,
mais cette exaltation des corps à la fois sombres et
colorés n'était que fragile surface : à l'intérieur, ils
tremblaient de peur, ils grinçaient, ils hurlaient. Francis
le sentait bien. Normal : quelque part, enfoui sous une
appréciable couche de déni, ils savaient n'être là,
peut-être, que parce que trois autres jeunes avaient eu
moins de chance qu'eux. Pascal, bien sûr, comptait
pour du beurre. Ils ignoraient cependant que la mort
ne frappait pas au hasard, ce que Francis, lui, savait
pertinemment.

Délaissant un instant la foule, qu'il surveillait attentivement et de façon ciblée, Francis retroussa sa
manche et consulta sa montre : 20 h 42. Un coup d'œil
aux danseurs... une silhouette qui s'en détachait : la
chasse était ouverte.

— J'vais aux toilettes, dit soudain Francis.

— Euh... OK, fit Isabelle en riant. Merci d'partager ça avec moi, le taquina-t-elle en retournant à sa conversation avec Dominic.

Francis se dirigea bien vers les toilettes mais, au dernier moment, il se glissa entre deux paravents qui bloquaient l'accès à un couloir. Sophie avait fait de même un instant plus tôt.

◆

Le local d'initiation à la technologie, ou local de techno dans sa version abrégée, sentait le bran de scie. Les grosses machines, perceuses industrielles, scies à ruban, banc de scie, luisaient dans la pénombre. La lumière froide d'un chiche quartier de lune se déversait par une série de petites fenêtres carrées fichées à trois mètres du sol et était captée par les grandes tables de travail, plus bas. Les reflets de l'astre lunaire donnaient à celles-ci des allures de grands nénuphars bleutés à la surface d'un étang noir.

Un rai de lumière surgit de la salle de classe adjacente. Sophie, déguisée ce soir en garde Malo, s'avança lentement. Le costume d'infirmière trop ajusté et d'une blancheur immaculée découpait la plantureuse silhouette à contre-jour dans le chambranle reliant les deux locaux.

La jeune fille cherchait quelque chose du regard. Elle fit quelques pas prudents.

— Je suis là, dit-elle en se caressant les cuisses. Francis ? On a passé l'âge de s'faire peur... Tu veux m'punir parce que j'ai été vilaine ?

La lumière s'éteignit. Elle étouffa un petit cri en se retournant. Rien. La classe était vide. Vide et sombre.

Un crayon roula par terre. Sophie déglutit. Un ricanement, à proximité... tout près de la porte, de la grande armoire de métal...

Sophie fit un pas incertain. Elle devinait une présence cachée par le haut et large meuble. Elle s'approchait inexorablement, comme incapable de stopper son mouvement. Elle vit le bout des chaussures… Ses yeux s'écarquillèrent. Une silhouette sombre tassée contre l'armoire pouffait silencieusement. Elle murmura son nom: Sophie. Puis la jeune fille rencontra un regard animé de haine. Un regard dément.

— Toi!? Non… pas moi! S'il te pl…

Une main déterminée vint se plaquer contre la bouche suppliante de Sophie. Des marques de rouge à lèvres en souillèrent rapidement les bords poudrés.

C'est à ce moment que le bruit de la perceuse étouffa les lamentations informes de la reine déchue. La longue mèche rotative se déchira un chemin dans la chair du ventre, puis dans les entrailles.

Un torrent d'hémoglobine et de bile s'écoulait de la bouche ouverte de Sophie au moment où, derrière plusieurs cloisons de béton, Freddie Mercury chantait parfois souhaiter ne jamais être venu au monde.

Quand Sophie Malo s'écroula dans un bain de sang, Francis ne ressentit pas le sentiment de plénitude escompté. Comment cette triste poupée désarticulée avait-elle pu le terroriser jadis? Il ne trouva aucune réponse à sa question dans le regard incrédule de la défunte.

◆

Il contemplait toujours le corps charcuté de Sophie, mais de beaucoup plus près à présent. Deux ciseaux à bois saillaient de ses orbites ensanglantées. Francis ne ressentait toujours rien. Il se pencha et ramassa le bout de papier que Sophie tenait encore dans sa main serrée, ou peut-être était-ce simplement le fait de la rigidité cadavérique qui s'installait. « Rejoins-moi dans le local de techno à neuf heures. Francis » Il chiffonna la note dans son poing, releva le pan de sa soutane et fourra la boulette dans la poche de son jean.

Il s'activa ; il n'avait pas de temps à perdre. Il retira son habit de moine. Plus question de retourner dans la grande salle. La donne venait de changer. Il gagna la sortie de secours au fond du local de techno, appuya sur le long poussoir qui ne permettait d'ouvrir la porte que de l'intérieur, frotta ses empreintes avec la soutane et sortit dans la nuit froide.

L'arrière de l'école donnait sur un terrain vague, un immense champ. Pas de maisons, pas de témoins. Il marcha environ trois quarts d'heure au bout des terres avoisinantes afin de contourner les limites de la ville en demeurant à couvert, la soutane roulée sous son chandail.

Finalement, il arriva en vue de la rivière et rejoignit la rive nord, celle où était construite, à quelques kilomètres de là, la maison de sa tante. Cette dernière devrait cependant l'attendre encore quelques heures. Sa destination du moment se trouvait non loin de la maison familiale, mais sur l'autre rive.

Il atteignit le premier pont à vingt-deux heures deux, celui du chemin de fer à vingt-deux heures quatre. Il escalada la pente abrupte et se hâta sur la voie ferrée, une traversée qu'il effectuait chaque soir depuis presque deux mois.

Il n'y avait pas de temps à perdre.

CHAPITRE 13

ET POUR QUELQUES CADAVRES DE PLUS…

Caché dans les buissons, Francis la regarda descendre de voiture, insouciante dans son costume banal. Elle chercha la bonne clé puis entra dans l'ancienne gare, sa maison, la maison du cimetière. Une musique romantique s'éleva bientôt dans la nuit.

Vingt-deux heures trente-six. La danse devait avoir pris fin à la demie. On n'avait probablement pas encore remarqué l'absence de Sophie, qui était peut-être partie plus tôt ou qui, autre possibilité, s'envoyait en l'air dans un coin sombre.

Francis attendit quelques minutes supplémentaires puis sortit de sa cachette en y laissant la soutane. Il gagna la porte, réfléchit un instant puis, finalement, sonna.

— Francis ? fit Chantal Létourneau en ouvrant. En voilà une surprise… il est tard. Tu veux m'parler ?

— Oui. C'est important.

— Entre, j't'en prie, dit-elle en s'écartant. J'allais m'faire un chocolat chaud, en voudrais-tu un ? Le temps est humide. Mais mon Dieu, tes vêtements ! Es-tu tombé ?

— Oui, dit-il sans développer.

Il fit un pas dans la cuisine ancienne. Une odeur rance émanait des lieux pourtant propres.

— Assieds-toi, dit-elle en désignant la table de bois qui trônait au milieu de la pièce.

Il s'exécuta sans mot dire tout en observant Chantal qui s'activait devant la cuisinière, dos à lui.

— Je mets du vrai cacao, dit-elle en fouillant dans une armoire. C'est pas du *Quick*.

— Tant mieux, dit Francis. Vous... tu as une belle maison...

— Merci. C'est la maison familiale. Elle est demeurée inhabitée longtemps, mais je l'ai récupérée en revenant m'installer à Saint-Clo, y a sept ans.

Elle semblait chercher quelque chose dans une armoire pleine d'épices et de petites boîtes métalliques.

— Oh, Francis, serais-tu assez gentil pour aller m'chercher mon châle, j'ai un peu froid. Il est à côté, dans l'salon.

Francis serra les mâchoires et se leva.

Il gagna le grand salon et regarda à la ronde. La pièce sentait la poussière. À droite, collé au mur, un bahut accueillait un téléviseur plus très jeune et un véritable dinosaure : un tourne-disque en pleine action. Il s'approcha et prit la pochette du microsillon. Une femme aux lèvres rondes et au visage un peu joufflu y était immortalisée : Eva, pouvait-on lire. Il reposa la pochette alors que, de sa voix très profonde, la chanteuse reprenait encore une fois *Les Enchaînés*. Cette piste jouait en boucle depuis que Chantal était rentrée chez elle. .

— J'le vois pas, dit-il en se tournant vers la cuisine au moment où Chantal posait deux tasses fumantes sur la table.

— C'est pas grave, dit-elle. Le chocolat va m'réchauffer. Viens boire tandis que c'est chaud.

Il retourna s'asseoir et contempla sa tasse durant une seconde qui lui parut une éternité. Son hôtesse lui sourit.

— Ah ! J'ai quelque chose que tu vas aimer, dit-elle en se levant soudain.

Elle disparut à son tour au salon. Francis renifla sa tasse attentivement.

— Elle sait qu'tu sais, lui souffla Éric à l'oreille. Rappelle-toi d'*La Petite Fille au bout du chemin*…

— Chut, Éric. Laisse-moi penser.

— Qu'est-ce que tu dis, Francis? s'enquit Chantal depuis la pièce voisine.

— Non, rien.

De guerre lasse, Francis se tourna vers son défunt meilleur ami, résigné à entériner sa présence.

Éric était revenu dès que Francis avait pris sur lui de diminuer sa médication de moitié. S'il n'avait initialement ressenti que de la contrariété en réalisant qu'Éric ne l'avait pas écouté, qu'il n'était pas resté au Centre avec le reste de son passé psychiatrique, il était à présent peut-être temps de revoir ses positions. Après tout, Éric savait tout ce qui se passait dans sa tête, parfois mieux que lui-même, alors pourquoi résister?

— *La Petite Fille au bout du chemin*, Francis!

J'sais, t'en fais pas. On n'est pas dans un film ou un livre, Éric. On l'est plus.

— T'es sûr?

Francis considéra sa tasse puis celle de Chantal, à l'autre extrémité de la table.

Son hôtesse reparut une minute plus tard en tenant contre sa poitrine avare un grand livre. Un album.

— Qu'est-ce que c'est? demanda-t-il en feignant l'ignorance.

Il prit une gorgée du chocolat chaud auquel on avait ajouté beaucoup trop de sucre.

— Tu t'souviens, dit-elle en s'asseyant, de ce que j'te disais de l'école secondaire, et comment ça pouvait être difficile, parfois?

— Oui, dit Francis en toussotant.

Il prit une autre gorgée en s'excusant sous le regard soudain aiguisé de Chantal. L'enseignante sourit davantage, l'air rêveur.

— Tu ressembles beaucoup à ton père au même âge, dit-elle. C'est troublant. Tu sais qu'il m'avait accompagnée au Bal des finissants?

— Non, dit Francis en toussant de nouveau.

— Regarde, c'est lui, ici, dit-elle en ouvrant l'album.

— Ton chocolat va refroidir, dit-il d'une voix enrouée.

— Merci, dit-elle en soulevant sa tasse et en la portant à ses lèvres sans y boire tout de suite. T'es attentionné, toi. C'est rare chez les jeunes… Ton père aussi était attentionné ce soir-là, se souvint-elle en prenant une gorgée. Excuse-moi…, reprit-elle. Je m'emballe un peu quand j'repense à ma jeunesse…

C'est elle qui fut alors prise d'une quinte de toux. Francis lui fit aussitôt écho. Il se tint le ventre un moment, les yeux clos.

— Ça doit être mon lait qui commence à surir, conclut-elle en considérant sa propre tasse. J'en étais où? Ah, oui: ton père m'accompagnait au Bal, reprit Chantal. J'étais pas sans savoir qu'il avait déjà une… une amie d'cœur: la mère de Sophie Malo. Elle était très belle, très populaire, pas comme moi. Mais quand il m'a demandé, j'ai dit oui, même si j'en revenais pas. Évidemment, ils avaient prévu une petite farce à mes dépens, avec leurs amis. J'me suis pas méfiée. Et ton père était tellement gentil… tellement beau. On a dansé. On allait danser sur *Unchained Melody*, c'est la version originale des *Enchaînés*, celle qui joue maintenant… Mais ton père voulait qu'on aille dans l'entrepôt du gymnase, sur les gros tapis de gymnastique, juste nous deux… Je l'ai suivi. Il a commencé à s'déshabiller. J'me pinçais. Je m'suis déshabillée moi aussi. Il faisait noir, il m'a enlevé mes lunettes. J'étais toute nue. Et c'est là que j'ai entendu les ricanements. J'les voyais pas, mais j'reconnaissais les voix. Ils m'ont laissée là, nue, sans vêtements. Sans lunettes.

Des larmes de rage coulaient sur les joues blanches à présent démaquillées.

— Ton père aussi a ri. Il a ri d'moi. Ils ont *tous* ri de moi ! Mais là ils rient plus.

Elle s'approcha et passa une main tremblante dans les cheveux de Francis, qui semblait sur le point de se trouver mal.

— Maintenant que leurs chers enfants payent pour leur faute, poursuivit-elle, ils rient plus. Tu sais, quand j'suis revenue m'installer ici, je savais pas si j'aurais la force nécessaire. Oh, je savais que j'risquais plus de tomber sur ton père, c'est même pour ça que j'ai osé revenir… J'disposais de plusieurs années avant que leurs enfants arrivent en cinquième secondaire. J'ai planifié toutes sortes de scénarios mais encore l'été passé, j'étais pas certaine de passer à l'acte. Et pis t'es revenu. Comme ça. Et j'ai su. J'ai su que j'aurais la force, que j'aurais le *guts*.

Elle considéra cette dernière confidence, comme si elle était plus précieuse ou révélatrice que les autres. Puis, sans crier gare, elle s'emporta.

— Vos parents étaient tellement pathétiques, cracha-t-elle. Ils se prenaient pour la crème de la crème. Les grands seigneurs d'la Promotion ! Et tout ça pour quoi ? Pour passer leur vie dans l'même trou qui les a vus naître. Pas d'ambition, pas d'vision ! Oh, bien sûr, il y en a qui sont partis, mais très peu. J'verrai l'année prochaine comment régler le cas de leurs enfants…

Elle se tut, revivant comme malgré elle l'épisode douloureux. Ses traits se durcirent, le rouge lui monta au visage.

— Ils m'ont vue !!! Ils m'ont vue quand moi j'pouvais rien voir ! Ils m'ont violée avec leurs yeux ! Avec leurs yeux ! Leurs yeux !!!

Francis l'entendit se diriger vers l'évier en toussant violemment. Il ouvrit les yeux.

Elle était penchée au-dessus d'un tiroir ouvert.
Elle chancelait un peu. Elle se retourna, les yeux rougis
par les larmes derrière ses épaisses lunettes. Un
mince filet de sang tachait ses lèvres pâles.

— J'ai pas inversé les tasses, dit Francis en se
levant sans difficulté.

Même si vous l'avez probablement jamais vu ou lu,
vous êtes comme tous les adultes dans La Petite Fille
au bout du chemin : *vous vous croyez plus futée que*
nous, mais c'est là votre faiblesse, votre faille. Car
vous n'l'êtes pas.

— Vous avez calculé que je n'boirais pas dans la
tasse que vous m'donneriez.

La voix de Francis, qui était sciemment de retour
au vouvoiement distancé, avait retrouvé un timbre
normal. Chantal cligna des yeux à quelques reprises,
incrédule.

— C'est pour me fournir l'opportunité d'échanger
ma tasse contre la vôtre que vous m'avez laissé seul
dans la cuisine, reprit-il. L'album, c'était un prétexte.
C'était limpide, sinon vous seriez restée là à attendre
que je prenne une gorgée devant vous. Si c'avait été
ma tasse qui avait contenu le poison, vous vous seriez
assurée que j'y boive avant de faire quoi que ce soit.
Vous ne m'auriez pas laissé la possibilité de les in-
verser, parce que c'est vous que vous auriez alors
mise en danger. Vous saviez que je me méfierais, car
si je suis ici, c'est forcément parce que je sais c'que
vous avez fait... Malgré c'que vous croyiez accomplir,
vous avez vendu la mèche en quittant la pièce, Chantal.

— Non..., souffla-t-elle en s'appuyant contre le
comptoir.

Francis s'approcha en souriant.

— Alors vous comptiez m'empoisonner, dit-il.
J'aurais pas eu droit aux mêmes... éviscérations ? Je
savais qu'mon arrivée impromptue vous forcerait à

improviser. Vous deviez me maîtriser autrement que par la force : l'effet d'surprise était absent. Vous êtes pas une empoisonneuse, mais toutes les maisons d'campagne disposent de poison...

— ... à rats, compléta-t-elle en glissant la main droite derrière son dos. Morveux !

Elle exhiba un couteau d'une main tremblante mais se pencha en avant sous le coup d'une crampe. Elle gémit. Francis en profita pour empoigner la main qui tenait l'arme et asséna une profonde coupure au poignet de l'autre.

Chantal eut à peine un cri de douleur.

— Désolé, dit-il, mais le suicide doit faire aucun doute.

Elle s'affala sur le sol, adossée aux armoires. Elle le regardait avec un mélange de haine et de soulagement. Il s'accroupit afin d'être à sa hauteur.

— Pourquoi vous m'avez pas tué l'premier soir, tout simplement ? Vous étiez derrière moi sur le pont, non ?

— Il fallait que j'te garde... pour la fin... À la danse, tu lui ressemblais tellement... j'ai presque envisagé...

Elle grimaça sous le coup d'une autre crampe. Elle perdait beaucoup de sang.

— ... j'voulais pas t'tuer, *toi*. J'ai même réalisé qu'on partageait certaines... blessures. Je m'attendais pas à... à m'prendre d'affection pour toi. Mais t'es son fils... il fallait qu'tu payes plus que les autres... et tu vas payer...

Son corps prostré fut alors secoué d'un faible fou rire.

— Non. J'payerai rien du tout. Pas plus pour votre meurtre que pour celui d'mon père.

Elle releva vivement la tête, son regard soudain presque lucide.

— Ben non, lui non plus il s'est pas suicidé. Et je sais pertinemment que j'devais porter l'chapeau dans votre scénario, dit Francis en sortant le bout de papier de sa poche. Je l'ai su ce soir.

Le regard de la meurtrière se brisa.

— Ils auront rien contre moi, Chantal. Surtout quand ils vont trouver l'album ouvert à côté d'votre corps sans vie. J'vais même encercler certains visages, pour leur faciliter la tâche. Ceux d'la mère de Sophie, du père de Pascal, d'la mère de Kim, d'la mère de Jean-Michel…

— … et celui de ton père.

— Oui. Le sien aussi.

Il hésita puis, comme le temps pressait, décida que le moment était propice à un peu de sincérité; c'était maintenant ou jamais.

— Vous pouvez partir tranquille, Chantal. J'vais m'assurer que vos raisons soient connues, que vous passiez pas pour une folle, que vous avez voulu vous venger sur les enfants de vos bourreaux, dans leur dernière année, l'année d'la Promotion. J'y aurai échappé. Ç'aura été le deuxième massacre auquel j'aurai échappé.

Il se tut, songeur, puis ajouta:

— C'était très romantique, Chantal, votre plan. Les meurtres d'une jeune fille en fleur…

— Comment…

— Comment j'ai su que c'était vous qui vous amusiez à tuer les jeunes gens de Saint-Clo? J'pourrais mentir et prétendre l'avoir déduit à la suite d'une enquête poussée, mais la vérité, c'est que j'vous ai vue, tout bêtement. J'vous ai vue tuer Pascal, dans l'cimetière. J'étais dans les buissons. J'étais parti, mais j'suis revenu au cas où Pascal aurait changé d'idée au sujet de… Oui, bon, vous avez probablement rien manqué du préambule avorté. Au lieu d'ça, j'vous ai vue lui trancher la gorge… J'vous ai vue traîner son corps jusqu'ici, j'ai vu aussi la fumée sortir d'la cheminée pas longtemps après. J'imagine que vous avez un bon poêle à bois à la cave. Évidemment, ça a piqué ma curiosité. Le meurtre, j'veux dire. J'ai pensé vous dénoncer, mais Pascal venait de m'envoyer promener. Il m'avait traité d'tapette, indirectement mais quand même. Et puis, j'me suis dit qu'une femme d'un certain âge comme vous devait avoir une bonne raison d'agir comme ça. Surtout que la manière rappelait celle du meurtre de Jonathan. Alors j'ai décidé de rien dire, d'attendre. Quand j'vous ai vue en classe, quand j'ai compris que vous étiez une enseignante, là, ma curiosité a été doublement piquée, sans mauvais jeu d'mots. D'ailleurs, les yeux crevés, c'est une belle idée. Les parents vous ont vue, leurs enfants ne verront plus… y a d'la poésie, là-dedans, peut-être un peu appuyée, mais ça m'plaît. Ça m'plaît beaucoup. Mais je digresse. Ensuite, il y a eu Kim et Jean-Michel, dans la serre. Là aussi, j'y étais. J'ai bien vu qu'à la danse, c'est à Kim que vous vous intéressiez, pas à moi. J'ai cru bon de vous laisser savoir où on serait, après… Je vous ai aperçue, par la fenêtre d'la salle de bain, mais là, c'était par pur hasard : je suis pas si fort, loin de là même. C'était pas très prudent d'ailleurs, mais vous avez eu d'la chance : c'était encore juste moi. J'ai pris un grand risque, pour être aux premières loges. Heureusement qu'la fenêtre de la salle de bain était large. J'dois dire que j'ai été impressionné par votre force. Vous deviez vraiment l'avoir sur le cœur, toutes ces années… Comme vous pouviez pas être certaine de c'que feraient Kim et Jean-Michel, vous surveilliez probablement les convives, par les fenêtres de la maison, j'imagine. Et si un autre couple s'était aventuré dans la serre ? Combien ils étaient, au fait, dans l'gymnase ? Le savez-vous vraiment ? Est-ce que c'est important ? Combien d'enfants, de cibles ? Chose certaine, Olivier Malo peut se compter chanceux de pas être le fils biologique de ses parents. Parce que c'est pour ça qu'il vit encore, j'me trompe ? Vous êtes une ratoureuse, j'dois bien l'admettre !

— Pourquoi tu…

Elle ne parvint pas à terminer sa phrase. Elle se tenait le ventre en gémissant. La flaque carmin n'avait cessé de s'élargir autour d'elle.

— Pourquoi j'vous ai laissée faire ? Je sais pas… La curiosité, le manque de distraction… ou par connivence ? Le meurtre, c'est très personnel. Ça sonne bien, non ? C'est pas d'moi… ou peut-être que oui, qu'importe… Mais j'pense que c'était surtout la curiosité, en fin d'compte. Je voulais *comprendre*. J'ai toujours été comme ça. J'ai toujours voulu comprendre les choses, pas juste…

Il eut un sourire songeur.

— … pas juste en être témoin, reprit-il. Pourquoi eux, pourquoi comme ça ? Et puis vous m'avez donné la réponse, à la danse, au début du mois. Quand vous m'avez parlé du secondaire, j'ai eu un déclic. J'ai consulté les albums de l'école, à la bibliothèque. J'ai vu qu'mon père était d'la même cohorte que vous, mais surtout j'ai remarqué que s'y trouvaient aussi la mère de Sophie, le père de Pascal, la mère de Kim, celle de Jean-Michel… et comme j'ai jamais cru aux coïncidences… C'est drôle, ils sont tous restés ici, comme vous disiez. Et ils ont tous pondu des enfants en même temps… mais peut-être qu'il y en a eu d'autres ? Vous comptiez poursuivre votre œuvre dans les années futures, à mesure que les enfants du groupe atteignaient la cinquième secondaire, c'est ça ? Et si quelqu'un redoublait ou lâchait l'école ? Qu'est-ce qui comptait ? L'âge ou la graduation ?

— Je…

La voix n'était plus qu'un murmure douloureux. Francis aurait voulu s'approcher pour mieux entendre, mais la flaque de sang continuait de s'étendre.

— Bon. On l'saura jamais… Je suis désolé, Chantal. Sincèrement. Je vous aurais volontiers laissé poursuivre votre vengeance, elle me paraît… juste, mais vous auriez dû avoir le bon sens de m'laisser en dehors de ça. Quand j'ai vu c'qui était écrit sur le papier, avec *mon* écriture, j'ai compris qu'vous vouliez m'faire accuser, comme avec Pascal. Belle imitation, en tout cas. Je ferai plus jamais une dictée d'la même manière ! Moi qui suis doué pour le dessin, facile de m'imaginer en faussaire. Une véritable aubaine pour vous ! Mais vous comprendrez que j'peux pas vous laisser détruire ma vie alors qu'elle recommence à peine. Les plus forts gagnent toujours, Chantal. Et quand on naît pas le plus fort, on s'débrouille pour le devenir.

Quelques faibles convulsions agitèrent la professeure de français à ses pieds. Francis recula afin que la mare de sang ne l'atteignît pas. Quelle mort atroce, diraient les gens. Quel esprit malade ! Oui, ils se contenteraient de ça, mais c'était plus compliqué. Ce l'était chaque fois.

Francis gagna l'entrée et s'empara du grand sac à main de Chantal. Il en examina le contenu avant de le renverser sur la table. Outre le porte-monnaie, l'agenda, les tampons, les aspirines et les antidépresseurs, c'est l'abondance de crayons et de stylos de toute sorte qui étonnait.

Il prit un crayon-feutre et encercla les visages des parents endeuillés sur la photo de groupe. Il tenait le livre ouvert avec ses avant-bras. Il saisit ensuite l'album par un coin et le déposa près du corps, mais pas dans le sang. Il essuya enfin ses empreintes sur le crayon, y appliqua les doigts de la morte et le remit avec les autres sur la table.

Il contourna la table, prit sa tasse, en vida le reste du contenu dans l'évier, la lava soigneusement et la rangea. Personne n'avait rendu visite à Chantal ce

soir. La maison du cimetière veillerait ses fantômes
encore quelque temps.

◆

Vingt-trois heures une. Comme il ne pouvait prendre
le risque d'être repéré, Francis sortit de la petite maison mais, plutôt que d'emprunter la route, piqua par
le boisé, après être allé récupérer sa soutane dans les
fourrés, et traversa le vieux cimetière avant de redescendre jusqu'à la berge.

Il courut le long de la Matshi jusqu'à ce qu'il eût
rejoint un autre boisé. *Son* boisé. Il s'y engagea sans
s'attarder à son vieux cormier et arriva bientôt en vue
de la rue de son enfance. Déserte, sombre. Pas de
lumière aux fenêtres : on dormait déjà dans la plupart
des chaumières.

Il traversa la rue et courut jusqu'à la maison de
Richard. Il n'était qu'une ombre furtive sur son ancien
terrain. Arrivé à destination, il regarda à la ronde et
monta rapidement la volée de marches qui menait au
petit balcon arrière. Chaque fois qu'il repassait par là,
il devait faire un effort immense pour ne pas se retrouver à neuf ans, tremblant de peur à l'idée d'affronter le voisin vampire. Surtout, il devait se concentrer
pour ne pas revoir les draps souillés de sang, le trou
cramoisi béant de la bouche de Richard…

Francis entrouvrit la porte, dont toute la base commençait à être rongée par la pourriture, et se faufila à
l'intérieur. Une puissante odeur d'humidité et de
moisissure lui emplit les narines. Il s'y était habitué
depuis le temps ; ça pouvait aller. Il traversa la petite
cuisine en faisant attention de ne pas se prendre les
pieds dans le trou qu'avaient creusé dans le plancher
les patients égouttements d'une fuite d'eau dans la
toiture. Il contourna la zone instable et gagna la salle

à manger adjacente en prenant soin de ne pas regarder à gauche. Par là, il y avait le salon, le corridor et, au bout, la chambre de Richard. Oui, venir ici lui était pénible, mais il n'avait rien trouvé de mieux.

Il déposa la soutane roulée en boule sur la table, dépassa le vaisselier antique couvert de poussière stratifiée et prit le chemin du sous-sol.

— Maman? Maman, c'est moi, chuchota-t-il en cherchant la lampe de poche à tâtons.

Il l'avait pourtant laissée là... voilà! Un faible faisceau lumineux éclaira la cave humide. Les murs de ciment chuintaient. Dans un coin sec, des couvertures dispersées sur des boîtes de carton éventrées, des conserves vides, les anciens flacons de pilules de Francis dans lesquels il avait mis la moitié de ses propres médicaments pour sa mère.

Il venait chaque soir depuis qu'il avait reçu la note. Quand il l'avait lue en rentrant après avoir été témoin du meurtre de Pascal, il n'avait pas fermé l'œil. La nuit suivante, il avait attendu son retour, mais elle n'était pas venue, alors il était sorti. Il s'était dit qu'elle ne serait pas loin de leur ancienne maison. Il avait vu juste. Il l'avait trouvée accroupie près du grand cormier, là où elle les avait retrouvés, lui et le cadavre de son père.

— Cachée, l'auto, lui avait-elle dit en riant. Cachée!

Il n'avait pas réussi à savoir où, et la police non plus, d'ailleurs.

Francis l'avait donc amenée ici, ne sachant trop que faire d'elle. Elle ne voulait pas retourner à l'hôpital; c'était exclu. Même si elle essayait de résister aux pulsions suicidaires, pour lui, pour Francis, sa mère finirait par se laisser envahir par le désespoir inhérent aux lieux qu'on réservait aux gens de leur espèce. Il refusait de courir le moindre risque de voir la lucidité de sa mère s'enfuir de nouveau, elle qui recommençait à peine à la retrouver. On ne devait pas institutionnaliser sa mère une fois de plus, car ce pourrait être la dernière.

Bien sûr, il y avait la famille. Il y avait Lucie. Sauf qu'en voulant bien faire, la sœur de sa mère aurait probablement entraîné, bien involontairement, la réalisation de ce scénario. Francis ne pouvait tout simplement pas imaginer sa tante cacher une fugitive sans que l'angoisse et la peur ne se mettent à suinter par tous ses pores. Son inquiétude serait repérable à des kilomètres. Lucie ne lui avait jamais fait l'effet d'une personne particulièrement maîtresse d'elle-même. En réalité, sa manie de tout régenter n'avait d'égal que son complet désarroi face à l'inconnu ; face à un neveu qu'elle ne reconnaissait plus, par exemple. Quoique tout cela, c'était au moment de l'évasion de la mère de Francis. Depuis, ses impressions sur sa tante avaient gagné en complexité, en points d'interrogation. Le profil psychologique de Lucie s'était fissuré, en révélant un second, plus sombre celui-là, peut-être. Peut-être ; tout se résumait à cet adverbe commun, et pourtant le pire de tous.

Mais Lucie avait eu son utilité, à son insu. Quelques vêtements avaient disparu, certains sans qu'elle s'en aperçoive, contrairement à son ensemble de coton ouaté. Des habits chauds que Francis avait dérobés méthodiquement et qu'il avait apportés à sa mère terrée dans la cave de la maison de pierre abandonnée, la seule possibilité de planque réaliste qui se fût alors offerte à lui.

Francis était conscient que ça ne pouvait pas durer ainsi, qu'il devrait trouver bientôt une solution, mais sa mère lui avait tellement manqué… Oui, il s'était ennuyé d'elle. Alors quoi ? Alors il lui rendait visite chaque soir, lui apportait à manger, de quoi se laver, lui faisait prendre ses propres médicaments, qui fonctionnaient relativement bien pour elle. Il aurait aimé en dire autant pour lui, mais, malgré la réapparition d'Éric, il n'avait pas envisagé d'agir autrement. Il devait veiller sur sa mère. Elle n'avait personne d'autre et, en fin de compte, lui non plus.

Sauf qu'elle s'était volatilisée. Il regarda autour de lui, certain d'être seul dans la cave humide. Une cave qu'il connaissait bien. Il lui aurait suffi de fermer les yeux pour entendre le ronronnement du congélateur, où il s'était convaincu d'avoir vu le corps d'Éric lors de son ultime visite, sept ans plus tôt. Mais le congélateur avait depuis longtemps été emporté, et Francis gardait les yeux ouverts.

— Elle a peut-être eu froid, dit Éric à ses côtés. C'est humide, icitte.

— Non, elle restait ici parce qu'elle voulait m'voir… Laisse-moi, fit Francis avec impatience.

— Il reste un gâteau Joe Louis, par terre. J'peux-tu l'manger ?

— Tu peux même t'étouffer avec.

Francis inspira profondément. Il était de nouveau seul. Que faire ? Il consulta sa montre : 23 h 26. Rentrer chez sa tante et revenir plus tard ? Il n'avait pas le temps de chercher de nouveau sa mère, qui avait probablement encore une fois été prise d'une lubie de retourner dans le boisé d'à côté. Il devait rentrer à une heure raisonnable pour ne pas alarmer Lucie. Si elle s'emballait, elle était bien capable d'ameuter la police. Merde ! Il n'aurait pas dû revenir ici tout de suite. Il n'aurait pas dû… mais il voulait voir sa mère. Il devait prendre soin d'elle.

— Tu cherches ta mère ?

Une fois n'étant pas coutume, Francis sursauta en faisant volte-face. Le faisceau de sa torche électrique éclaira Yoland Filiatreault. Ce dernier ne sourcilla même pas. Il considérait Francis d'un œil dur, ses bras maigres croisés sur son bide replet.

Francis voulut s'approcher, mais Yoland dégaina aussitôt son arme.

— Woh ! dit Francis en faisant un pas en arrière. On se calme, je suis pas armé !

— Dis-moi pas d'rester calme, ostie d'malade. Pis tu parles tout seul, en plus ? Une vraie conversation ? Tout seul ? J'peux même pas dire que ça m'étonne. Moé, tu m'as jamais trompé. C'était plein d'trous, cette histoire-là...

— Qu'est-ce que vous avez fait à ma mère ?

Le policier ne répondit pas. Francis lui braqua de nouveau la lampe dans les yeux.

— Qu'est-ce que t'as faite à ma mère, tabarnak !?

— J'y ai rien faite ! Quand j'suis venu voir tantôt, 'était pas là. Ôte ça de d'dans mes yeux, astheure !

Francis s'exécuta machinalement et regarda encore à la ronde, paniqué. Il avait perdu sa superbe. Soudain, il se souvint que le père de Geneviève braquait en ce moment son arme sur lui. Mort, il ne serait plus d'un grand secours pour sa mère.

— Viens, dit le flic derrière lui. Tu vas m'montrer comment ça s'est passé.

— J'peux pas, souffla Francis sans se retourner. Pas ici. Pas ici.

— Enweye ! On remonte.

En posant le pied sur la dernière marche, Francis tourna la tête de quelques degrés, lentement, afin de ne pas donner un prétexte à Yoland pour lui tirer dessus.

— Pourquoi ce soir ? Pourquoi pas être venu avant ?

— J'y ai pas pensé avant, avoua-t-il d'un ton maussade.

— J'm'en vanterais pas.

— On a eu d'autres chats à fouetter au poste, j'te signale.

— Laissez les chats en dehors de ça, marmonna Francis en s'apprêtant à continuer en droite ligne.

— Heille ! J'ai dit qu't'allais m'montrer comment ça s'est passé, le supposé meurtre de Richard par ton père.

Francis s'immobilisa.

— J'pourrai pas, souffla-t-il. J'peux pas retourner… là.

— J'ai toujours su qu'c'était toi. Ostie qu'je l'savais. Avance.

Sans un mot de plus, Francis reprit sa marche en bifurquant. Quand il parvint à l'entrée du couloir qui menait à la chambre de Richard, il eut la très distincte impression que l'espace s'étirait. Puis il comprit sans le comprendre que c'était lui qui rapetissait, qui rapetissait…

— J'ai amené mon pieu pis mon maillet, dit-il d'une toute petite voix, celle d'il y avait sept ans. J'les ai pris dans le jeu d'croquet de papa. Il est méchant, Richard !

— Pourquoi il est méchant ? s'enquit doucement Yoland derrière lui.

Apparemment conscient de la régression que vivait en ce moment Francis, le policier essayait d'adopter un ton plus posé.

— Il a tué mes amis ! C'est un vampire, mais personne me croit ! Il a mordu Éric !

— Mais Éric était mort ben avant qu'Richard emménage ici, Francis.

À mesure que Francis sombrait, Yoland paraissait réaliser qu'il était allé trop loin. Pourtant, il ne chercha pas à arrêter la machine à réminiscences. Même la pitié ne pouvait venir à bout d'une obsession aussi dévorante.

— Je l'ai pas poussé en bas de l'arbre ! cria Francis en se retournant vivement. C'était un accident ! Il s'est noyé ! Éric s'est noyé !

— OK. OK, Francis. Là, raconte-moi c'qui s'est passé ici.

Francis se détendit et fit en silence les quelques pas qui le séparaient de la dernière porte.

— Ouvre, Francis.

— J'veux pas…

— Ouvre, commanda Filiatreault.

L'enfant tourna la poignée.

Francis mit un moment à focaliser son attention. Deux visions de la chambre se superposaient sous ses yeux. Devant lui, la grande fenêtre apparaissait tantôt habillée d'un lourd rideau de velours bourgogne, tantôt complètement dénudée, à l'instar du sol, avec puis sans moquette. Le lit allait et venait lui aussi. Durant la fraction de seconde où il n'était pas là, Francis distinguait la tache brune laissée par le sang qui avait imprégné le plancher.

— Francis, qu'est-ce que c'est qu'tu vois?

— Le vampire fait dodo. Les vampires dorment, le jour. Si je l'tue pas, il va tuer d'autres enfants.

— Seigneur! souffla Filiatreault derrière lui.

Francis, qui était obstinément demeuré sur le pas de la porte, entra finalement, l'air apeuré. Il s'approcha de l'endroit où le sol était plus sombre à mesure que son air devenait plus décidé, plaça son pieu imaginaire en position et abattit violemment l'autre poing. Yoland était bouche bée.

— Le vampire est mort, dit simplement Francis en relevant la tête. Est-ce que j'peux m'en aller chez nous?

— Pas tout d'suite, Francis. T'as pas fini d'me raconter ton histoire. Tu t'souviens?

— Oui. Tu l'diras pas à Geneviève pour Éric, hein?

Le regard de Francis était celui d'un petit garçon honteux et effrayé.

— Non.

— Promis juré?

— Promis juré, répéta le policier, qui semblait peiner à contenir une bouffée soudaine d'émotion.

— OK.

Francis revint dans le couloir et le traversa d'un pas décidé.

Les arbres partiellement dénudés par les griffures de l'automne avaient profité, en sept ans. Francis aussi et, toutes proportions gardées, l'échelle de grandeur entre eux et lui n'avait guère changé. Il s'y sentait tout petit…

Il suivait le sentier imaginaire qu'Éric et lui s'étaient inventé, plus ou moins conscient de la présence de Filiatreault derrière lui.

— Il a plu, dit Francis.

— Non, c'est juste d'la rosée du soir, fit Yoland.

— Il a plu, répéta Francis avec humeur.

— Oh! Désolé. Oui, il a plu.

Francis avançait; le feuillage mouillé était revenu sur les branches, il le sentait coller à sa peau. Maman était allée voir chez Richard, alors Francis avait décidé de venir jouer à la cachette dans le bois avec Éric. Et, bien sûr, ils s'étaient tout naturellement retrouvés au grand cormier noueux.

— J'suis grimpé dans mon arbre, dit Francis en joignant le geste à la parole.

À ce stade, Filiatreault ne protesta même pas.

— Éric est bizarre. Il dit qu'il est mort le printemps passé…

— C'était devenu ton ami imaginaire?

— Ben non! Il est pas imaginaire!

— OK. Et après ça?

— Après ça, Éric était plus là. Est plus là. Il a dit des menteries sur mon papa pis il est retourné dans la rivière. J'pense. Papa…

Francis se tut et fronça les sourcils. Il tendit l'oreille, le regard inquiet.

— Ça va, Francis ?

— Papa m'a trouvé.

Complètement absorbé par le récit, le policier se tourna dans la direction du regard de Francis. Sans détacher les yeux d'un point indéterminé de la nature environnante plongée dans la noirceur, ce dernier allongea la main dans la cavité humide. Il détacha de son pouce le bouton-pression, tira doucement le Rapala de son étui et le dissimula le long de sa cuisse.

— C'est à cause de qu'est-ce que j'ai fait à mon père que j'vais m'faire des bobos quand j'vais être grand.

— Et qu'est-ce que t'as faite à ton père, mon gars ?

Les derniers mots de Yoland résonnaient toujours dans la tête de Francis quand il lui trancha la gorge d'un geste ample et rapide. Mon gars… Francis… Fran-ciiissssssss…

— *Francis ? Francis ? Francis ! Rouvre tes yeux.*

— *Éric… T'es revenu, en fin d'compte ?*

— *J'suis ton meilleur ami.*

— *Oui.*

— *Y faut qu'tu t'réveilles pis qu'tu retournes chez ta matante.*

— *Pourquoi ?*

— *Parce qu'ils vont trouver l'cadavre de Sophie bientôt, si c'est pas déjà faite. Y vont t'chercher.*

— *Le cadavre de Sophie… ma mère… J'suis où ?*

— *Dans ta tête. Sors de là. Vite !*

Francis ouvrit brusquement les yeux. Sous le coup de la surprise, il faillit tomber en bas du cormier. Quand il vit le corps du père de Geneviève, il roula des yeux en soupirant. Il descendit de son perchoir et essuya le derrière de son jean d'une main distraite en contemplant le cadavre embarrassant. Sa montre indiquait vingt-trois heures quarante-trois. À peine quinze minutes qu'il avait quitté le sous-sol de Richard… Il n'avait aucune idée de ce qui s'était passé dans l'intervalle, mais il ne faisait en revanche aucun doute dans son esprit qu'il avait tué le père de Geneviève. Le couteau qu'il tenait toujours à la main en était une preuve accablante.

Réfléchissant à toute vitesse, il se mit sur la pointe des pieds, récupéra l'étui de cuir, y inséra l'arme et la lança de toutes ses forces en direction du large, non sans regret. Il ne l'entendit même pas frapper la surface.

Sans perdre de temps, il se pencha et roula son pantalon, après quoi il retira ses baskets et ses bas. Il noua solidement les lacets ensemble et, après y avoir fourré ses bas, accrocha ses souliers à son cou. Il empoigna le corps par les pieds et le tira vers la rive.

Bien entendu, il était hors de question que Francis essayât de traîner le corps dans les eaux plus profondes : il risquait de s'y noyer lui-même. La Matshi n'avait pas construit sa réputation sur du vent !

Il avançait moins vite qu'il ne l'aurait voulu, mais il préférait marcher dans l'eau afin que la dépouille de Yoland ne trace pas un sillon sur la berge. Plus vite, il devait faire plus vite. Il lâcha une cheville et consulta sa montre en appuyant sur le petit bouton de la veilleuse : 23 h 50.

Francis récupéra le pied ballant et reprit sa route en redoublant d'ardeur. Bientôt, il discerna la structure du premier pont. Aucune circulation, comme on pouvait s'y attendre. Il se hâta, encouragé.

Parvenu sous le pont, il se permit de souffler un peu. Il savait que le plus dur était à venir. Il prit une longue inspiration et tira de plus belle en direction du pont du chemin de fer.

Quand il hissa enfin le corps en haut de la pente difficile, Francis était trempé de la tête aux pieds. Cette fois pourtant, il ne fit pas de pause. Tout juste s'il prit une seconde pour regarder l'heure : 23 h 57.

Après les berges mouillées et l'ascension casse-cou, la voie ferrée s'avéra presque reposante, non que Francis ralentît la cadence, bien au contraire. Il atteignit rapidement le centre du pont et, sans plus d'égards pour feu Yoland Filiatreault, balança dans le vide sa dépouille qui fit un grand « plouch » en frappant l'eau.

Francis s'agrippa à une poutre et s'avança un peu au-dessus du vide afin de bien voir en bas. Le dernier quartier de lune éclaira brièvement le visage livide, qui fut rapidement avalé par les eaux noires. Le courant se chargerait du reste.

— Bye-bye, petit chat, murmura-t-il.

Il émergea du fond de la cour au pas de course après s'être assuré que la voie était libre. Lucie ne dormait pas : il y avait de la lumière au rez-de-chaussée. Il n'avait pas le choix. Il inventerait quelque chose.

Quand il poussa la porte, il ne savait toujours pas, chose rare, ce qu'il raconterait à sa tante. Sauf que, dans son for intérieur, il avait l'intime conviction qu'elle le couvrirait coûte que coûte. Oui, elle le lui avait elle-même dit ; pas dans ces mots-là, mais c'était tout comme.

— Ma tante ?

— Chut, ta mère dort, dit Lucie.

Francis tourna la tête en direction de l'escalier et aperçut sa tante assise en haut, une cigarette au bec. Elle l'écrasa dans le cendrier qu'elle tenait à la main et vint le rejoindre en prenant garde de ne pas faire de bruit.

— 'Est sortie des buissons au fond d'la cour, toute perdue. J'ai pensé mourir drette-là. Elle te cherchait. Elle arrêtait pas d'dire qu'il fallait qu'elle te prépare un gâteau d'fête. J'y ai dit de pas s'inquiéter, que j'avais pas oublié, mais ç'a eu l'air d'la fâcher. T'aurais dû me l'dire que tu savais où' était, j'aurais pas… Mon doux ! Francis, d'où est-ce que t'arrives de même !?

Il prit alors conscience de l'état dans lequel il était et, surtout, de son drôle d'accoutrement avec ses baskets pendouillant toujours sur ses pectoraux.

— Je… Yoland Filiatreault a trouvé la cachette. Il m'attendait… il…

— Et il a pointé son arme sur toi ?

— Oui.

— Et t'as été obligé d'te défendre ?

— C'est ça…

— Est-ce qu'y faut qu'on aille cacher l'corps ?

— Ma tante !

— La famille d'abord, Francis. La famille d'abord. J'vous perdrai pas deux fois.

Sans qu'il pût expliquer pourquoi, Francis revit les petites filles de la photo qui accompagnait l'article de journal, radieuses parce que ne sachant pas au moment de la pose que leur père les quitterait bientôt. Ou était-ce justement à cette perspective qu'elles souriaient ?

Francis secoua la tête en essayant de se rappeler la question initiale de sa tante. Devaient-ils se soucier du corps ?

— Non, c'est correct. Je l'ai jeté du milieu du pont. Mais, ma tante…

— Quoi, mon grand ?

— Sophie s'est faite tuer pendant la danse, tantôt.

Il leva la main bien que Lucie ne semblât pas désireuse de l'interrompre.

— Je sais que c'est arrivé, mais c'est pas moi qui l'ai tuée. Pas elle, en tout cas.

Comme il terminait sa phrase, le hurlement des sirènes commença à enfler, de plus en plus près.

— Donne-moi ton linge, ordonna Lucie. Vite !

Francis balança ses souliers par terre, retira son jean et son chandail, les tendit à sa tante et, en caleçon, reprit ses souliers pour en défaire le nœud à ses lacets.

— Astheure, monte en haut t'changer avec du linge qui ressemble à celui-là. T'es rentré d'la danse à… Sophie est morte à quelle heure ?

— Vers neuf heures.

— Étais-tu avec les autres ?

— Non, dit Francis.

— Dans ce cas-là, t'étais ici à neuf heures moins dix parce que tu filais pas. Est-ce que ça s'peut ? Personne peut dire le contraire ?

Non, personne ne pourrait prouver qu'il n'était pas ici à l'heure dite. Même s'il était douteux qu'on essayât de l'accuser de ce meurtre signé alors qu'il avait des alibis pour tous les autres, il ne perdait rien à se couvrir. Isabelle pourrait probablement confirmer qu'il était allé aux toilettes avant vingt et une heures et qu'il n'était pas revenu. Qu'il y eût été malade et qu'il eût préféré rentrer constituait une possibilité tout à fait plausible. Par la suite, ni elle ni Dominic ou Geneviève ne l'avaient revu.

— Ge…

La lumière des gyrophares le sortit de sa torpeur.

— Monte te changer, Francis, vite !

◆

Le calme. Enfin, le calme. Les policiers étaient venus, puis ils étaient repartis ; valse-questions. Lucie s'était révélée une fieffée menteuse, la réponse précise, le regard franc.

La dépouille de Sophie avait été retrouvée un peu plus d'une heure après le départ des derniers enseignants. Les agents de la Sûreté du Québec avaient pourtant effectué une dernière ronde alors que la porte principale avait été verrouillée par leurs bons soins. Personne, à part eux, ne devait plus se trouver dans l'école.

Une fois leur tournée terminée, les policiers avaient quitté les lieux, abandonnant au concierge les vestiges de la soirée. En allant chercher son chariot d'entretien, celui-ci avait remarqué que la porte du local de techno était demeurée entrouverte. C'est en voulant la fermer qu'il avait repéré la traînée de sang sur le linoléum.

Pris de panique, il s'était enfermé dans le secrétariat, d'où il avait appelé la police. Retour des trois agents, mortifiés d'avoir loupé pareil « détail ». À l'évidence, cette portion reculée de l'école n'avait eu droit qu'à un examen bien superficiel…

Que la voiture de Sophie se trouvât toujours dans le stationnement n'avait fait qu'ajouter à leur embarras. Vrai que le véhicule aurait pu appartenir au concierge, qu'ils avaient croisé à son arrivée, mais une simple vérification n'aurait pas nui.

De tous les élèves et enseignants qui étaient passés par là en rentrant chez eux, personne n'avait cru bon de s'inquiéter. Après tout, Sophie était l'organisatrice en chef : peut-être partirait-elle la dernière ? Dans le chahut du départ, il y avait eu beaucoup de circulation dans le portique principal, beaucoup de va-et-vient de voitures…

Bref, après une patrouille plus exhaustive de l'école, les trois agents s'étaient trouvés mûrs pour un très humble mea-culpa. *Exit* la princesse.

Qui avait fait le coup ? Pascal Jutra s'était-il faufilé parmi les étudiants costumés ? C'était envisageable, et ce, malgré le contrôle d'identité à l'accueil…

De toute façon, comme Lucie s'était montrée persuasive dès l'arrivée du détective Rochon sur le pas de sa porte, qu'Isabelle confirmerait, si ce n'était déjà fait, son départ précipité et que ce meurtre-ci ne pouvait qu'être l'œuvre du même tueur que les autres, Francis serait rapidement exonéré. Une attitude ne serait-ce qu'un tantinet pugnace de la part des flics passerait à ce stade pour de l'acharnement. Aucune preuve, aucune, sinon vaguement circonstancielle. Normal, au fond, puisque Francis n'était pas le tueur. Enfin, pas ce tueur-*là*.

Le sergent détective Rochon avait semblé savoir tout cela avant même de mettre le pied dans la maison, tout à l'heure. Les questions attendues avaient été posées, les réponses crédibles et dont la plupart étaient vérifiables avaient suivi. Lucie ayant par ailleurs la réputation d'être plus catholique que le pape, sa parole pesait lourd dans ce genre de balance.

Les policiers étaient venus, puis ils étaient repartis ; fini les questions. Pascal Jutra serait-il encore longtemps considéré comme suspect avant que ne soit découverte la vérité ? Retrouverait-on ses restes calcinés quelque part dans la cave ou autour de la propriété de Chantal Létourneau, non loin du vieux cimetière ? Et elle ? Moisirait-elle longtemps dans sa mare de sang coagulé avant que ne soit éventé son secret ? Jusqu'à lundi, peut-être ? Qui, hormis ses collègues et les gens de l'école, remarqueraient son absence au cours du week-end ? Francis aurait été surpris qu'elle eût beaucoup d'amis. Les gens comme eux en avaient peu.

Qu'importe quand on la retrouverait, affalée dans sa cuisine avec son poison à rats dans le corps, son couteau à la main, son album et ses crayons pour toute compagnie. Désormais, cela ne le concernait plus. Francis avait réglé ses comptes, un peu malgré lui, mais il ne pouvait effacer ce qui avait été fait. Et s'il était parfaitement honnête avec lui-même, il ne reviendrait pas en arrière, aussi improbable que ce fût, même s'il en avait la possibilité.

La mort de Yoland Filiatreault retirait une grosse épine à son pied. Comme quoi, même en plein accès de délirium, l'instinct de survie de Francis prévalait. Quant à Sophie… Sophie creusait sa tombe depuis le primaire ; c'était juste ironique qu'elle eût péri de la main de quelqu'un qui ne lui en voulait pas directement.

Le calme. Enfin, le calme. Assis sur le lit étroit, Francis surveillait depuis un bon moment déjà la respiration de sa mère, assoupie sur la couchette voisine. Qu'elle se fût finalement retrouvée dans sa chambre de petite fille semblait à présent aller de soi. Elle n'avait pas volé ce sommeil qui serait fatalement interrompu par l'arrivée, d'ici peu, d'une fourgonnette de l'hôpital psychiatrique.

Mais pour l'heure, elle dormait paisiblement. Et Francis en ressentait un apaisement immense.

Comme si elle l'avait entendu penser, elle ouvrit les yeux. Elle tourna lentement la tête vers lui en lui adressant un sourire ensommeillé.

— Penses-tu qu'ils vont aller voir à côté d'chez nous ? J'veux dire… tu sais, là-bas ?

— Je sais pas, admit-il.

— De toute façon, j'y suis allée seule, tu m'entends. C'était mon idée. Mon idée, Francis… Me rapprocher pour te protéger. Ils vont m'croire.

— J'te laisserai pas là, maman. On t'laissera pas là. Avec matante, on va les convaincre qu'on peut s'occuper d'toi.

Il vit une larme rouler en travers de la fine arête nasale de sa mère.

— Je sais, je sais, souffla-t-elle. Elle m'a promis que tout irait bien, maintenant… que tout irait mieux. Comme quand on était p'tites… quand j'lui ai dit que papa m'faisait des choses… elle m'a promis que tout irait bien, qu'il recommencerait pas… qu'il…

Francis se pencha afin de saisir la fin, mais sa mère s'arrêta soudain, comme perdue dans ses pensées. Secoué par ce qu'il venait d'apprendre, Francis embrassa doucement le visage dont les yeux se fermaient de nouveau, certainement grâce à ses médicaments.

— Fais-y confiance…, reprit soudain sa mère. Lucie tape sur les nerfs, mais c'est ma sœur. C'est notre famille…

Il passa une main apaisante sur le front de sa mère puis se leva. Sous le lit reposait ce qui n'était en fin de compte qu'un album de famille; un album juste un peu… différent.

◆

À son grand soulagement, sa mère n'opposa aucune résistance au personnel de l'hôpital venu la cueillir. Elle continuait d'être plutôt cohérente et, surtout, docile. Lucie leur fit promettre sur la Bible de ne pas malmener sa sœur. Les infirmiers parurent estomaqués de l'insinuation et leur outrage trop naïf pour être feint rassura Francis.

Couché depuis longtemps, il aurait dû dormir à présent, mais l'insomnie s'était installée, insidieusement. Le réveil indiquait cinq heures une. Au point où il en était, pourquoi ne pas aller s'installer à la fenêtre afin d'attendre le lever du soleil qui aurait lieu dans, quoi? deux heures? Peut-être, avec un peu de chance, l'attente aurait-elle l'effet d'un somnifère?

Sans hâte, il se leva et déplia son corps courbaturé. Il se dirigea vers la fenêtre sud et, alors qu'il s'apprêtait à s'asseoir à son bureau, stoppa son mouvement.

En partie dissimulée par les arbres, non loin des carcasses de bagnoles, Geneviève l'observait, immobile. Son visage pâle se détachait sur l'entrelacs des buissons noirs; petite lune égarée loin des cieux opaques.

Francis sourit. Bien sûr, son amie venait aux nouvelles. Attendait-elle depuis longtemps? La croirait-il folle si elle lui disait que oui? Cette éventualité la préoccupait encore, la nuit où elle l'avait coincé à son retour de chez feu Yoland Filiatreault...

Feu Yoland Filiatreault, se répéta-t-il, son sourire à présent barbouillé par le doute. Comment réagirait-elle face à cette disparition qu'elle avait ardemment souhaitée, mais certainement pas de manière aussi... définitive?

Bon, il l'avait suffisamment fait attendre. Avec les précautions habituelles, il quitta sa chambre, descendit l'escalier et sortit dans le petit matin encore sombre. Dans les faits, sa prudence était sans doute inutile, puisqu'il avait entendu Lucie ouvrir puis refermer un flacon de pilules dans la salle de bain après le départ de sa sœur. Un calmant pour les grandes occasions, à coup sûr.

Une fois dans la cour, il fit signe à son amie.

— Viens, dit-il en désignant la carcasse de voiture qui avait accueilli leurs retrouvailles.

Geneviève s'approcha sans mot dire.

Quand ils se furent installés aussi confortablement que possible dans le véhicule humide, l'adolescente rompit le silence la première. D'une étrange façon.

— Allo, Francis.

Un frisson le parcourut. Elle était d'un calme presque surnaturel vu les circonstances; la neutralité du timbre de sa voix ajoutait à cette impression, inhabituelle chez son amie, de complet détachement. Était-ce à cela qu'il ressemblait, lui?

— Tu m'as raconté beaucoup d'histoires, Francis. Là, c'est moi qui va t'en conter une.

— Quelles histoires? fit Francis en une tentative de reprendre la main. Tu veux pas savoir c'que les policiers ont dit tout à...

— Non, l'interrompit Geneviève d'une voix éteinte, mon histoire à moi est ben plus intéressante. Ça parle d'un policier alcoolique qu'on croira disparu, mais en faite qui a été assassiné. C'est ton genre d'histoires, ça, me semble.

Francis ne réagit pas.

— Tu vas encore à la pêche, Ge. J'me souviens, le soir que j'revenais d'chez ton père. Tu m'avais bien eu, ratoureuse.

Sauf qu'elle ne pouvait pas faire une telle supputation sans savoir.

Elle sait.

— J'vas pas à' pêche, Francis. J'ai toute vu. Toute. J't'ai vu t'faufiler entre les paravents, à la danse. J't'ai vu regarder Sophie s'faire tuer par Chantal Létourneau. C'qui m'étonne, c'est qu'personne ait essayé d'la tuer avant, l'ostie d'Sophie.

Inutile de s'enquérir auprès de Geneviève de son opinion sur la peine de mort.

— J'sais pas toi, poursuivit-elle, mais moi, ça m'a pas faite c'que j'pensais. *Anyway*, j'ai pas pu t'suivre à cause de mon char, ça fait qu'j'ai décidé d'aller t'attendre au pont, cachée proche des *tracks*. J'savais qu'tu retontirais parce que t'avais pas l'choix de passer par là pour aller chez Chantal. J'ai *guessé* que c'était là qu't'allais à cause de c'qu'elle venait d'faire. J'ai attendu un ostie d'boute. Pis t'as fini par te pointer. T'es passé super proche de moi. J't'ai suivi jusque chez elle, de loin. J'ai pas toute entendu c'que vous disiez, même l'oreille collée sur la porte. Tu l'as pas manquée, mais elle avait comme couru après. Yoland aussi, tant qu'à ça.

— Chantal, elle avait ses raisons…

— Elle avait pas l'droit d'tuer Pascal !

La dureté glacée du ton de Geneviève le saisit en même temps que la virulence de sa hargne. Ainsi, il n'avait pas été suffisamment prudent ; il n'e s'était pas assez méfié. Il s'en était aveuglément remis à ses capacités intellectuelles et cognitives, peut-être surestimées. Quoiqu'en définitive, un élan d'humilité, tout méritoire fût-il, ne le servirait guère. Ainsi, son propre jugement avait été gangréné par la vanité. Chez lui, c'était inexcusable et il en assumerait les conséquences. Ou Geneviève les assumerait…

À côté de lui, derrière la vitre remontée, Francis devinait le faciès inquiet d'Éric planté près de la voiture abandonnée.

— Ton histoire, Ge, est-ce qu'elle se termine bien ?

— Quessé qu't'en penses ?

Il se retourna. Geneviève lui adressait un sourire indulgent. Soudain, son regard s'assombrit.

— J't'ai suivi, après. Tu comprends ?

— Tu m'as suivi… chez Richard aussi ?

— J'allais descendre te rejoindre dans' cave quand je l'ai entendu, l'autre.

— Ton père ?

— Yoland. Je l'ai entendu pis, quand j'ai vu qu'vous remontiez pis qu'j'ai compris qu'est-ce qu'y voulait t'faire faire, j'me suis cachée. J'étais dans l'garde-robe d'la chambre, Francis.

Il était incapable de dire quoi que ce soit. Elle avait tout vu, tout entendu, et lui ne se souvenait de rien. Oh, il avait bien une idée de ce qui s'était passé, mais il n'arrivait pas à fixer les images dans sa mémoire.

— Je sais que tu m'croiras probablement pas, Ge, mais j'me souviens de rien. Je sais que… que j'ai tué ton père, mais… mais j'me souviens pas. J'me suis réveillé dans l'arbre…

— J'te crois, Francis. Si tu t'étais vu, si tu t'étais entendu surtout, tu comprendrais pourquoi. Tu… tu parlais comme quand on était p'tits. Ta voix était pareille. C'était *freakant*. J'ai eu peur que tu r'viennes pas de... ben... de ça. Chu certaine que c'était dangereux. Mais l'autre ostie, y pensait juste à sa maudite enquête pis à ses maudites bebittes pas réglées.

Elle se tut, essoufflée.

Rasséréné et soulagé, Francis formula pour Geneviève, mais surtout pour lui-même, le constat qui s'était graduellement fait jour dans son esprit à la lumière des derniers événements.

— Je suis comme je suis, Ge. J'ai... j'ai décidé de faire avec. Non, pas de faire avec. De l'accepter. J'viens d'une famille... disons que j'vois plus les choses d'la même manière depuis cette nuit.

Certains aspects de mon hérédité m'étaient jusqu'ici inconnus. Maintenant, je comprends mieux. Le passé vient d'éclairer mon présent. Oui... oui, c'est ça.

— J'ai fait la paix avec moi-même, poursuivait-il au profit de son amie sans s'être interrompu. T'en fais c'que tu veux, Ge.

— Au cas ou t'aurais pas remarqué, j'étais venue t'remercier pour c'que t'as faite, Francis. Près d'l'arbre, j'veux dire. Moi... moi, j'ai jamais pu. J'aurais voulu, mais... j'ai pas ça en d'dans d'moi.

Aussi saugrenu que cela puisse paraître, il avait la conviction qu'elle lui enviait ses prouesses homicides, toutes désordonnées fussent-elles. Il en resta pantois.

— Par contre, j'ai d'la suite dans les idées, ça fait que j't'ai ramené ça.

Elle sortit de sous son blouson la soutane roulée en boule.

— Tu sais, Ge, dit-il en retrouvant l'usage de la parole, y a juste toi qui arrives encore à m'surprendre. Pis y a un roman qu'y'va falloir que j'te prête. C'est avec une petite fille. Une petite fille pas mal dans ton genre, finalement.

ÉPILOGUE

Une mélodie romantique, à la limite du sirupeux, s'élevait dans la soirée tiède. Le vieux succès avait regagné en popularité auprès de la jeune génération, qui l'avait entendu dans le film *Ghost*, quatre ans plus tôt.

L'école secondaire Des Saules accueillait ce soir-là le traditionnel Bal des finissants.

Des guirlandes de lampions avaient été disposées de part et d'autre de l'avenue piétonnière qui menait à l'entrée principale. Des bouquets de ballons, quelques banderoles colorées… les étudiants responsables avaient déployé des trésors de couleurs et de fantaisie pour faire un peu oublier les terribles drames qui s'étaient joués en ces lieux au début de l'année scolaire. Et ils y étaient presque parvenus.

À l'intérieur, on avait créé un couloir en masquant de drapés noirs le large accès aux casiers. Les lumières avaient été tamisées… À l'entrée de la grande salle, on avait aménagé un petit accueil.

Au centre de la piste de danse, un couple en particulier semblait évoluer dans un univers à part. Les deux partenaires se dévisageaient à tour de rôle. La jeune fille rougissait. Elle étrennait ce soir-là ses nouveaux verres de contact. Le jeune homme l'attira contre lui alors que s'élevaient les dernières notes de *Unchained Melody*.

Après la chanson, ils regagnèrent leur table au fond de la salle.

— C'était presque romantique, constata Geneviève sans s'émouvoir.

— Oui, concéda Francis. Presque.

— Inquiète-toi pas : j'me ferai pas d'idées.

— J'sais. C'est pour ça que je t'ai invitée, précisa-t-il en ricanant.

— Parce que tu savais qu'avec moi y avait pas d'danger, contrairement à une autre fille qui aurait probablement pas résisté à ton charme ravageur, c'est ça ? Tu serais pas devenu un peu, c'est quoi l'mot, vaniteux, avec le temps ?

Le sourire de Francis se figea.

— Viens, dit-elle sans se soucier de la mine momentanément contrariée de son ami.

— Où ça ? s'enquit Francis.

— Dans l'gymnase. On va être tranquilles pour jaser, viens.

— Jaser ?

— Ben oui ! Jaser ! Aie pas peur, j'te sauterai pas d'ssus !

— J'ai ben ben peur, Ge, fit-il en lui emboîtant le pas. Ben ben peur.

Ils s'éclipsèrent sans éveiller les soupçons des professeurs assignés à la surveillance.

— Comment va ta mère ? chuchota Geneviève en chemin.

— Beaucoup mieux. Ma tante s'occupe très bien d'elle. Les médecins sont confiants, maintenant. Et ils nous laissent un peu plus tranquilles. Ils savent qu'elle est pas dangereuse, surtout dans son propre environnement. J'peux remercier ma tante, en tout cas. Oui, ma mère va mieux, au grand dam de monsieur l'curé : il a plus personne pour gérer gratis sa paroisse !

— C'est don' triste. Parlant d'affaires tristes : j'sais pas s'ils sont sérieux avec leur idée d'rebaptiser l'école en l'honneur d'la princesse… Y veulent peut-être se faire pardonner d'avoir employé une meurtrière ?

Ils étaient arrivés devant la grande porte à double battant. Francis tira un petit coup sec, question de s'assurer que la serrure était déverrouillée. Il ouvrit doucement en jetant un regard à l'intérieur. Le gymnase était plongé dans une obscurité quasi complète. Seuls de petits espaces éclairés en rouge indiquaient les sorties de secours.

— Ben, on y va-tu ? s'impatienta Geneviève derrière lui.

— Oui.

Ils entrèrent et disparurent dans les ténèbres. Derrière eux, la porte se referma sans bruit.

— Francis ?

— Quoi ?

— La nuit qu'Chantal a tué Pascal… aurais-tu pu l'empêcher ?

Quelles bribes de l'échange entre l'enseignante vengeresse et lui Geneviève avait-elle vraiment captées ?

— Non, Ge. J'suis arrivé trop tard, mentit-il.

Avait-elle entendu le contraire ? Auquel cas, devrait-il envoyer son amie rejoindre son père dans la Matshi ? Geneviève arriverait-elle à voler, cette fois ?

— S'cuse, dit-elle en glissant sa main sous son bras. Fallait que j'sache, tu comprends ?

À son tour de savoir.

— Qu'est-ce que t'aurais fait si je t'avais dit l'contraire ? si j'avais pu faire quelque chose mais que j'avais choisi de pas intervenir ?

Comme ce qu'on a fait, ou plutôt pas fait, tous les deux, pendant que Chantal tuait Sophie.

Geneviève eut un faible rire.

— Probablement rien, tu m'connais. *Anyway*, c'est toi mon meilleur ami.

Était-ce une pointe de regret qu'il décelait dans la voix de Geneviève ?

— Francis ?

— Quoi ?

— Tu t'souviens, ce matin-là, après ? Tsé, dans l'auto, dans' cour en arrière ?

— Oui, évidemment.

— J't'ai dit que j'vous avais entendus, dans' cave, avant qu'vous remontiez.

— Et ?

— Ben… j't'ai entendu aussi… avant qu'mon père te surprenne. Lui parles-tu souvent comme ça, à Éric ?

Francis sentit l'air quitter ses poumons. Devant lui, son visage espiègle faiblement éclairé par la lueur rouge d'une des sorties de secours, leur ami lui adressait un sourire narquois.

Index des films cités

FRANÇOIS LÉVESQUE…

… est né en 1978, en Abitibi-Témiscamingue. Fasciné dès son plus jeune âge par les arts en général et le cinéma en particulier, il se découvre une passion pour l'écriture durant sa Maîtrise en études cinématographiques. Après que plusieurs de ses nouvelles eurent successivement été publiées, notamment dans la revue *Alibis*, sa trentième année voit la parution de deux romans dont le premier, *Matshi, l'esprit du lac*, remporte le prix Cécile-Gagnon 2009. François Lévesque est critique de cinéma au journal *Le Devoir* et à l'agence de presse *Mediafilm.ca*.

LES VISAGES DE LA VENGEANCE
est le cent cinquante-cinquième titre publié
par Les Éditions Alire inc.

Il a été achevé d'imprimer
en février 2010 sur les presses de

Imprimé au Canada par
Transcontinental Métrolitho

Imprimé sur Rolland Enviro 100, contenant
100% de fibres recyclées postconsommation,
certifié Éco-Logo, Procédé sans chlore, FSC
Recyclé et fabriqué à partir d'énergie biogaz.